关庙楹联

赵淑琴 / 编著

ONG WENHUA
HU

公文化丛书

山西出版传媒集团　山西经济出版社

图书在版编目（CIP）数据

关庙楹联 / 梁申威，赵淑琴编著. -- 太原：山西
经济出版社，2021.5（2023.5重印）
（关公文化丛书）
ISBN 978-7-5577-0855-9

Ⅰ．①关… Ⅱ．①梁… ②赵… Ⅲ．①对联—作品集
—世界—现代 Ⅳ．①I16

中国版本图书馆CIP数据核字(2021)第085209号

关庙楹联
GUANMIAO YINGLIAN

编　　著：梁申威　赵淑琴
出 版 人：张宝东
责任编辑：曹恒轩
封面设计：阎宏睿
内文设计：李玲君

出 版 者：山西出版传媒集团·山西经济出版社
地　　址：太原市建设南路21号
邮　　编：030012
电　　话：0351-4922133（市场部）
　　　　　0351-4922085（总编室）
E—mail：scb@sxjjcb.com（市场部）
　　　　　zbs@sxjjcb.com（总编室）

经 销 者：山西出版传媒集团·山西经济出版社
承 印 者：三河市天润建兴印务有限公司

开　　本：787mm×1092mm　1/16
印　　张：15.75
字　　数：265千字
版　　次：2021年5月　第1版
印　　次：2023年5月　第3次印刷
书　　号：ISBN 978-7-5577-0855-9
定　　价：48.00元

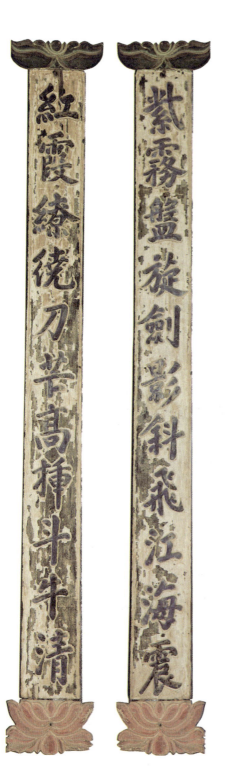

北京市故宫

明·唐廷

姓氏流香，大义与乾坤不朽
风物特达，孤灯共日月争光

紫雾盘旋，剑影斜飞江海震
红霞缭绕，刀芒高插斗牛清

山西太原大關帝廟

行义常昭为圣为神名垂万古
天心可协允文允武威镇八方

行义常昭，为圣为神，名垂万古
天心可协，允文允武，威镇八方

北斗在当头，帘箔开时应挂斗
南山来对面，春秋阅罢且看山

南山来對面春秋閱罷且看山

北斗在當頭簾箔開時應挂斗

2

聖德與天齊真不愧協天兩字

崇基從地起也須知拔地千尋

圣德与天齐，真不愧协天两字
崇基从地起，也须知拔地千寻

圣湖庙宇重新，蠲洁如监潭上月
武帝旌旗在眼，威灵共仰水中天

浙江省杭州西湖關岳廟

聖湖廟宇重新蠲潔如瞭潭上月

武帝旌旗在眼威靈共仰水中天

青灯观青史，着眼在春秋二字
赤面表赤心，满腔存汉鼎三分

夫子孰能当，孺妇知名，继文宣于千秋之后
精忠庸有几，馨香终古，唯武穆可一龛而居

赤面秉赤心，骑赤兔追风，驰驱时无忘赤帝
青灯观青史，仗青龙偃月，隐微处不愧青天

一龕而居
精忠庸有幾馨香終古惟武穆可
清 王新銘

夫子孰能當孺婦知名繼文宣于千秋以後
天津市關帝廟

青燈觀青史仗青龍偃月隱微處不愧青天
明 祖宗 朱翊鈞

赤面秉赤心騎赤兔追風馳驅時無忘赤帝
湖北玉泉山關帝廟

国贼数操，谁曰不然？顾权无以异也；张挞伐，建纲常，天地低昂神鬼泣

圣乡说鲁，夐乎尚已！惟解亦相侔焉；仰威灵，明祀事，山川磅礴庙堂巍

荊州吾舊業恨劉封孟達協力助吳至今一

局殘棋須還我漢家疆土

年定論要援他孔氏春秋

陳壽爾何人黨司馬夏侯私心帝魏誰知百

潘·渖祖荣

重慶市 江津區關帝廟

荆州吾旧业，恨刘封孟达协力助吴，至今一局残棋，须还我汉家疆土
陈寿尔何人，党司马夏侯私心阿魏，谁知百年定论，要援他孔氏春秋

力扶汉鼎，道阐麟经，秉忠义伐魏拒吴，统南北东西，四海咸钦帝君仙佛
气禀乾坤，心同日月，显威灵伏魔荡寇，合古今中外，万民共仰文武圣神

圣德服中外，大节共山河不变

英名振古今，精忠同日月常明

聖德服中外大節共山河不變

英名振古今精忠同日月常明

民國元年四月重修原聯有滿文刪去

洪洞崔廣居題

忠义二字，团结了中华儿女
春秋一书，代表着民族精神

威震华夏名传百世
义薄云天庙祀千秋

贯日精忠，立臣子千秋模范
弥天正气，壮国家一统山河

滩水夜号，蛟龙饮泣三分
秋山昼啸，草木声诛两贼

史策几千年未有，上继文宣大圣，下开武穆孤忠，浩气长存，树终古彝伦师表
地方数百里之间，西连汉寿旧封，东接益阳故垒，英风宛在，望当年戎马关山

9

河南洛陽關林

翊溪表神功龍門並峻
扶綱伸浩氣伊水同流

> 翊汉表神功，龙门并峻
> 扶纲伸浩气，伊水同流

湖北當陽市關陵

生蒲州長解州戰徐州鎮荊州
萬古神州有赫

千秋智德無雙擒龐德釋孟德
兄玄德弟翼德

當陽關陵 任彥書刻

甲申秋月吉旦

> 生蒲州，长解州，战徐州，镇荆州，万古神州有赫
> 兄玄德，弟翼德，擒庞德，释孟德，千秋智德无双

CONTENTS

目录

1 / 精忠昭日关山美　　仁义辉云羽路长

1 / 四言联

8 / 五言联

14 / 六言联

17 / 七言联

37 / 八言联

46 / 九言联

54 / 十言联

67 / 十一言联

87 / 十二言联

106 / 十三言联

114 / 十四言联

118 / 十五言联

128 / 十六言联

136 / 十七言联

148 / 十八言联

156 / 十九言联

158 / 二十言联

163 / 二十一言联

166 / 二十二言联

170 / 二十三言联

174 / 二十四言联

180 / 二十五言以上联

195 / 附录　　三国人物联语选辑

精忠昭日关山美
仁义辉云羽路长
——编者的话

关羽（160—220），字云长，河东解州（今属山西运城）常平村人。东汉末亡命奔涿郡，与张飞从刘备起兵。献帝建安五年（200）为曹操所获，极受优礼，封汉寿亭侯。后仍辞曹归刘备。赤壁之战后，出任襄阳太守，督荆州事，后拜为前将军。曾率部围曹仁于樊城，并大破于禁所领七军，迫使曹操一度拟迁都，以避其锋芒。后中东吴吕蒙计，败走麦城而遇害。卒谥壮缪侯。

关羽作为三国蜀汉的一员大将，为什么得以享有"庙祀遍天下"的尊崇呢？

明韩文《正德修庙记》曰："自开辟以来，固有为神而祠祀者，孰能如王（关羽）。近而都邑，远而遐荒异域，虽庸人孺子，皆能知王之姓名，慕王之忠义。"

明徐阶《重修当阳庙碑铭》："昔韩昌黎（韩愈）推尊孔子以为祀，而遍天下者唯社稷与孔子为然。（至于关公）其褒赞之典，代以益崇，而庙祀亦遍天下，与孔子等，何其盛也。自古有功德于人者，死则必食其报，然其功德有及有不及，则其庙祀亦必因之。"事实上到清代后，武圣关庙数量之多，规模之大，都远远超过了祭祀孔子的文庙。

清林庆铨《楹联述录》卷三所引《重修渠镇关帝庙序》，阐释得更为明确，称："关壮缪当汉之季世，佐昭烈帝起于一旅，奄有西蜀，樊城之役，大功垂成，孙氏败盟，遂以死勤事，合于祭法，其庙食至今宜也。然自古人臣殉忠者，多有之矣。或即祀于其死事之乡，未有庙食遍天下。其追恤赠谥者，亦有之矣。未有轶侯王之尊，而上拟于帝者。盖观史臣所记载，帝好读《春秋》，明大义，其才武超群绝伦。在三国之际，殆无与为敌者。而坚事昭烈帝，虽经险阻艰难之交，秉节不移。终其身，固非犹夫人臣之度矣。况其刚大正直之气，赫然震人耳目，于我国朝妖魔小丑，煽动跋扈之日，屡著灵爽。所以内而京畿，外而郡邑，设宇妥神，岁时举祭，著在令典。至于里巷之祝，皆所以致感激敬爱之诚。上体朝廷礼意，非淫祠祈福者比。"

如上所述，关羽正是凭借其"贯日"之"精忠""参天"之"义气"，才为后世众人所钦仰，才被历代帝王所推崇。清毛宗岗修订评刻《三国演义》时，这样评价关羽："历稽载籍，名将如云，而绝伦超群者莫如云长。青史对青灯，则极其儒雅；赤心如赤面，则极其英灵。秉烛达旦，人传其大节；单刀赴会，世服其神威。独行千里，报主之志坚；义释华容，酬恩之谊重。做事如青天白日，待人如霁月光风，是古今名将中第一奇人。"关羽这位被毛宗岗称为"义绝"之"奇人"，奇""绝"之处就在以至"侯而王，王而帝，帝而圣，圣而天，褒封不尽，庙祀无垠"。的确，凝聚在关羽身上的报国以忠、待人以义、处世以仁、重诺以信、作战以勇等精神，不仅蕴涵着中国传统的道德精华，同时也渗透着正宗儒学的春秋精义，兼及还体现着佛道二教的教化精髓。关公也因此"奇"异"绝"妙地跨越了时代历史，最终达到了登峰造极的地步，成为千百年来世人尊崇的偶像。历代封建统治者推崇关羽自不必说，就连反抗统治者的农民起义领袖如李自成、洪秀全等，也都把关羽奉为顶礼膜拜的英雄。近年来，在大陆以及港澳台，再度兴起了"关公热"。就连日本、韩国、东南亚，甚至可以这样说，凡世界上有华人居住的每一个角落，都能感受到关羽的存在及其产生的影响。人们不断地把自己的理想寄托在关羽身上，把他从一个有血有肉的勇士武将，塑造成了无所不能的"神中之神"，即皇室钦定的帝神，仕进钦尚的禄神，军旅钦仰的武神，商贾钦敬的财神，警界钦慕的战神，学人钦佩的文神，田家钦羡的农神，江湖钦伏的尊神，众皆钦崇的福神，总之是万世钦崇的守护神，由衷钦信的灵佑神。正是这种各行各业对关羽的"神化"，使关羽的历史形象、艺术形象、民间形象合而为一，形成了具有丰富内涵和极广外延的关公文化。这种文化在戏曲、小说、绘画、雕塑、民俗、建筑等诸多方面都有反映。以建筑而言，就有与关羽相关的祠庙陵墓以及会馆戏台等，同这些建筑产生密切联系的，便是与之相辅相成的楹联（包括匾额）。民国吴恭亨《对联话》曰："山川祠庙，非借文人之题咏，即名胜亦寂然失色。"又云："名胜之区，衬祀名人，所谓人以地重，而地亦以重者也。"如下面这样一联，就颇能概括关羽在中国传统社会中的历史文化地位和极为重要的影响：

儒称圣，释称佛，道称天尊，三教尽皈依，式瞻庙貌长新，无人不肃然起敬
汉封侯，宋封王，明封大帝，历朝加尊号，矧是神功卓著，真所谓荡乎难名

民国元老、爱国诗人于右任先生曾为海外一座关帝庙题联曰：

忠义二字，团结了中华儿女
春秋一书，代表着民族精神

更加高度地概括了关公形象在中华传统文化中所起的传承和强化作用，同时也明确指出由此产生的向心力尤为难能可贵。正是关公在民众心目中的崇高地位，使之成为维系海内外炎黄子孙精诚团

结的重要精神力量。

利用联语表达对"允文允武，乃圣乃神"的关羽崇敬与仰慕之情，占了各地关帝庙及其他相关建筑楹联的绝大部分，代表了当时社会各界及广大民众对关羽评价的主导方向。其中：

或赞其精忠，颂其大义。如："圣德服中外，大节共山河不变；英名振古今，精忠同日月常明。"又如："大义秉春秋，辅汉精忠悬日月；威灵存宇宙，干霄正气壮山河。"

或赞其诚信，颂其睿智。如："浩气丹心，万古忠诚昭日月；佑民福国，千秋俎豆永山河。"又如："亦知吾故主尚存乎，从今日遍逐天涯，且休道万钟千驷；曾许汝立功乃去耳，倘他日相逢歧路，又肯忘樽酒绨袍。"

或赞其仁厚，颂其神勇。如："求仁得仁，是以至大至刚，气塞乎天地；先圣后圣，只此能好能恶，义取诸春秋。"又如："义勇冠三分，想西湖玉篆得摹，终古封侯尊汉寿；威灵跻伍相，看东浙银涛疾卷，迄今庙貌并吴山。"

或赞其峻德，颂其丰功。如："翊汉表神功，龙门并峻；扶纲伸浩气，伊水同流。"又如："才兼文武，义重君臣，耻与汉贼同天，戮力远开新帝业；威震华夷，气吞吴魏，能使奸雄破胆，忠魂长绕旧神京。"

以上所举之例，只是每副略有侧重，而通常则是兼而有之，相提并论。在众多关帝庙及与关公有关建筑物的楹联中，还有一部分是在颂赞关羽品节与功德的同时，对他的未竟事业表示遗憾与惋惜。如："炎运竟难回，往事祇堪问伯约；丹心同不老，遗踪犹来访汉升。"又如："数定三分扶炎汉，讨吴伐魏，辛苦备尝，未了平生事业；心存一统佐熙朝，伏魔荡寇，威灵丕振，只完当日精忠。"

另有一些联语则是劝诫警世，策励解悟。如："有半点生死交情，方许入庙谒帝；无一毫光明心迹，何须稽首焚香。"又如：
"古来不乏英雄，能称圣贤者亦罕矣；世上许多朋友，有如兄弟者
其谁乎？"再如："拜斯人便思学斯人，莫混帐磕了头去；入此山
须要出此山，当仔细扪着心来。"

就艺术表现手法而言，关帝庙及相关建筑戏台联也各有不同，
异彩纷呈，别开生面，独具匠心。其中：

或集引诗文，自然生动。如："万国衣冠拜冕旒，生民来未有
夫子也；三分割据纡筹策，知我者其唯春秋乎。"又如："竹焚留
节，玉碎留白，身死留名，其为气塞天地；富贵不淫，贫贱不移，
威武不屈，此之谓大丈夫。"

或因人串事，复辞巧用。如："赤面秉赤心，骑赤兔追风，驰
驱时无忘赤帝；青灯观青史，仗青龙偃月，隐微处不愧青天。"又
如："生蒲州，长解州，战徐州，镇荆州，万古神州有赫；兄玄
德，弟翼德，擒庞德，释孟德，千秋至德无双。"

或借景抒怀，流韵生风。如："潭分印心，鼎足三分一轮月；
台影照胆，桃园双影六桥春。"又如："威镇雄州，野树尚含荆蒲
绿；神游故国，夕阳偏照蜀山红。"

或用典嵌字，寄寓遥深。如："经壁辉光媲美富；羹墙瞻仰对
英灵。"又如："关怀华夏，胸存汉统垂竹帛；圣览春秋，志昭义
勇壮山河。"

或比喻拟人，回味不尽。如："涂山西望心思蜀；淮水东流恨
入吴。"又如："本正大之情，放海而准；礼神明之德，如川斯
流。"

或设问排比，融情铸意。如："此吴山第一峰也，问曹氏横
塑英雄，而今安在；去汉代二千年矣，数当日大江人物，不朽者
谁？"又如："天地合其德，日月合其明，四时合其序，智者勇者
圣者钦，纵之将圣；富贵不能淫，贫贱不能移，威武不能屈，忠矣

清矣仁矣夫，何事于仁。"

诸如此类，还有许多。尽管不同的联语用了不同的表现手法，但目的却是相同的，即让联语贵有服人之哲思，富有励人之内涵，具有感人之真情，拥有动人之文采，饶有夺人之魅力，享有好评之神韵。当然，由于受时代的局限，所选对联中也固有片面之看法，存有消极之内容，虽然在浅析中已经提及，但未必准确，或欠深刻，还请读者细察明鉴。

收集整理关帝庙及与关公有关建筑物的联语，对于研究关公文化，有着一定的意义。书中所选联语，有些是亲临实地所录。只因有些建筑已毁弃，而有的地方又难以前往，所以不少的联语，皆摘自于图书或网络，特此说明。另外，我们还用附录的形式，选辑了一组有关三国人物的联语，以供参考。

参加本书编写的还有王亚东、刘劲松、刘岳霖、罗杰、罗新宇、罗迩麟、梁润昕、梁润昉、陶敏、燕润福、王凤兰、赵根成、韩胜利、詹进宝。鉴于我们水平有限，所选恐有偏执之嫌，定有遗珠之憾；所析亦有浅陋之识，或有迂拙之见。惶悚之余，热切祈盼博雅识者不吝垂教，有以正之，是为至幸。

[四言联]

灵钟醝海
秀毓条山
——山西运城常平关帝祖祠坊联　佚　名

常平村是关羽的故里，位于运城市盐湖区南25千米。早在隋代，乡人慕其德而建关帝家庙，亦称关帝祖祠。后因关羽被历代皇帝追封，祠庙得以不断重修扩建，到金代时已初具规模。现存建筑多为清代遗构。关帝祖祠南有中条山为屏，北有盐池湖（即"醝海"）相邻。"坊"，指牌坊。是旧时用以表彰忠孝节义、富贵寿考等的纪念性建筑物。柱间上部为横向匾额，题有文字。镌刻在"关王故里"木质牌坊上的这八个字，可视为一副四言联。有成语作"钟灵毓秀"，此联将其倒置，突出"灵""秀"二字，指出正是此间美好的自然环境，才诞育出关羽这样杰出的人物。工巧自然，言简意赅。

精忠贯日
大义参天
——山西运城解州关帝庙联　佚　名

明曹忭《谒解州关庙》诗："英风宇宙人皆仰，血食乡邦世所钦。"解州关帝庙始建于隋开皇九年（589），后经历代扩建和重修，布局严谨，规模完整，尤以春秋楼和崇宁殿最为精致，被称作"武庙之祖"。它与山东曲阜孔子家乡的"孔庙"，遥相呼应，成为我国传统文化文武崇拜的两脉之源。端门的门楣正面，雕刻"关帝庙"三个大字，背面正中题刻"扶汉人物"四字，两侧门楣，右边写有"精忠贯日"，左边即是"大义参天"。这组字既可视为独立的横幅，又可看作四言的联语，字为楷书，略带隶意。"精忠"，纯正忠贞。"贯日"，遮蔽太阳。古人常以之为精诚感天的天象。"大义"，正道，正义。"参天"，高耸于天空。此联凝练概括出关公文化的重要核心——"精忠"与"大义"，简明扼要，雄浑豪迈，脍炙人口，印象极深。2010年在山西太原迎泽公园新建的晋商会馆，大门的左右墙壁上也镌刻着这八个大字。

恕同文武

志在春秋

——山西蒲州关帝庙联　宋　权

宋权，字元平，号雨恭，明末河南商丘人。天启五年（1625）进士，累官顺天巡抚。入清官至内翰林国史院大学士。谥文康。据《笃廊偶笔》载，宋权过蒲州，谒关庙，见一联云："恕同文武；道即圣贤。"以对句不工，思有以对之。偶午睡，梦神告之曰："何不云'志在春秋'？"按：恐系文康托梦以神其事。"恕"，推己及人；仁爱待物。《论语·卫灵公》："其恕乎，己所不欲，勿施于人。""文武"，指文圣人孔子和武圣人关羽。"春秋"，编年体史书名。相传孔子据鲁史修订而成，为儒家经典之一。清魏介裔《柏乡庙记》："自有帝君（指关羽）以身任《春秋》之统，君臣之义，灿然复明。"对关羽学以致用《春秋》予以肯定和誉赞。此联凝练缜密，高度概括了关公文化的仁义精神及其令人钦敬之处，同时也为相关长联的编撰奠定了基础。

义参天地

道衍春秋

——河南洛阳关林石坊门联　佚　名

"义"，正义。《墨子·贵义》："万事莫贵于义。""道"，志趣，信仰。《论语·卫灵公》："道不同，不相为谋。"清张鹏翮《关夫子志序》称："侯虽未登洙泗之堂，而刚直之气，忠义之概，暗与道合。"即指与孔子《春秋》之道相合。"参"，并立。"道"，道德理义。"衍"，延伸。宋黄茂才《武安王赞》称关羽"气盖世，勇而强，身归汉，义益彰"。即勇武为其表象，忠义才是核心，而这一切又归功于"不虚平日看春秋"（明文徵明《题圣像》）。联语对关羽忠义仁勇的精神和光明磊落的品格予以颂赞，指明"义"为关羽文化的核心，必将与"天地"同在；指出"道"是关羽一生的遵循，源自《春秋》，光照春秋。

刚健中正
博厚高明

——河南洛阳关林石坊门联　佚　名

关林是关羽首级埋葬之处。关羽被杀之后，吴王孙权深怕刘备起兵复仇，遂使"移祸"之计，用木匣盛关羽首级，派人星夜送往洛阳。曹操识破其阴谋，刻沉香木为躯，以王侯之礼葬关羽于洛阳南门外。初时只称关冢。明万历二十一年（1593）始建关庙，清雍正八年（1730）追封关羽为"武圣"，便按照帝王陵寝之制加以扩建，并依圣人墓称"林"的规定改叫"关林"。清乾隆、慈禧、光绪等都曾到关林祭祀，颁赐御匾。如今墓冢高大，四周有参天翠柏，确也蔚然成林。此为集句联，上联出自《易·乾》："大哉乾乎！刚健中正，纯粹精也。"用以称赞关羽秉性刚毅，坚韧强劲，纯正无私。下联出自《礼记·中庸》"博厚配地，高明配天，悠久无疆。"用来颂扬关羽精忠至诚，德博恩厚，崇高明睿。联语集引自然，概括简洁，由衷表达了对关羽品德及功绩的颂赞与钦敬之意。

允文允武
乃圣乃神

——河南洛阳关林石坊门联　　佚　名

"允"，果真，确实。"允文允武"，语出《诗经·鲁颂·泮水》："穆穆鲁侯，敬明其德。敬慎威仪，维民之则。允文允武，昭假烈祖。"孔颖达疏："信有文矣，信有武矣，文则能修泮宫，武则能伐淮夷，既有文德，又有武功。"谓文事与武功兼备。"乃"，副词，就是，真是。唐封演《封氏闻见记·尊号》："允文允武，乃圣乃神，皇王盛称，莫或逾此！"此联颂赞关羽文武双全，有如圣贤、神明般高尚与尊贵。诚如封演所云，此盛美的称誉"莫或逾之"，真是没有人再能超过了。正因此，这副四言短联的八个字，常常被人选用，出现在文字更多的联语之中。如湖北钟祥关帝庙联为："允武允文，精忠新汉帝；乃神乃圣，祚泽佑万民。"又如甘肃宕昌哈达铺关帝庙联曰："浩气塞两间，至大至刚，至仁至义，德参天地同不朽；丹心昭万古，乃神乃圣，乃武乃文，名并日月合其明。"

帝天同德
吴粤一家

——江苏南京广东会馆关庙联　　佚　名

从明代起，关帝就被列入国家的重要祀典，成为与观音、天后等同样为民间供奉的主要神灵。此会馆庙内就将关帝与天后同祀。天后为道教神仙，亦称"天妃""妈祖神"。《元史·祭祀志五》："南海女神灵慧夫人……护海运有奇应。"由此专祀天后的庙宇遍及福建、广东、台湾等地，亦称妈祖宫或妈祖庙。"帝天"即指关帝和天妃。"同德"，《国语·吴语》："戮力同德。"指为同一目的而努力。联指二位都是在民间享有盛誉的尊神，德威甚崇。"吴"，地名。泛指我国东南（江苏南部和浙江北部）一带。"粤"，广东古为百粤之地，故为广东省的别称。"吴粤一家"正说明是古粤的广东会馆建在了吴地的江苏。联语可谓简括凝练，也表明了一种特殊的民俗信仰。

威震华夏
志在春秋

——吉林省吉林北山关帝庙联　佚　名

"威震",以威力或声势使之震动。《史记·魏公子列传》:"当是时,公子威震天下。""华夏",原指我国中原地区,后复包举我国全部领土而言,遂又为我国的古称。《三国志·蜀书·关羽传》:"羽威震华夏,曹公议徙许都,以避其锐。"清梁章钜《楹联丛话》卷三称:"《三国志》本传有'威震华夏'语,似也可对'志在春秋'。"清同治皇帝为关帝庙所书匾额即"威震华夏"四字。另也有诗赞关羽:"功盖三分国,英雄敌万夫。华夏威风震,声名绝代无!"故此八个字相对,甚是允当。《三国演义》第三十一回写刘备兵败后叹曰:"君等何不弃备而投明主,以取功名乎?"众皆掩面而哭。关羽却道:"胜负兵家之常,何可自堕其志?"修订评刻《三国演义》的毛宗岗曾评"美髯公千里走单骑,汉寿侯五关斩六将"云:"卒能脱然而去,虽邀天幸,实仗神威。总之,志不决则虽易者亦难,志既决虽难者亦易耳。"盛赞关羽之"志",其"志"便"在春秋",识大义而遵正统之道也。香港大澳关帝古庙联云:"威名震华夏,大义本春秋。"

四言联

5

名光日月
志在春秋

——湖北汉口山陕会馆关帝庙联　　佚　名

　　旧时同省、同府、同县或同业的人在京城、省城或国内外大商埠设立的机构称为"会馆"，主要以馆址的房屋供同乡、同业聚会或寄寓。明清之际，实力雄厚的山西商人遍及各地，并在当地建有会馆。此会馆始建于清康熙二十二年（1683），因与陕西同业共建，故称"山陕会馆"。出于对诞生在山陕黄土高原上的关羽由衷崇仰，并期望得到关圣大帝的佑护，不论是山西商人独资所建，还是与外地商人合资共建，都要在会馆内建有关帝庙，有时索性就将会馆称为关帝庙。山陕会馆就被当地人叫成"西关帝庙"。"名"，名声。《荀子·王霸》："名声若日月，功绩如天地。"战国楚屈原《九章·涉江》："与天地兮同寿，与日月兮齐光。"联意为：关羽的英名像日月那样明亮；其志向又以《春秋》作为准则。会馆内还有在此联之前加字而成的十三言联，即："曰侯曰王曰帝曰圣人，名光日月；安刘安汉安蜀安天下，志在春秋。"安徽祁门关帝庙也用此十三言联。

忠心贯日
义勇腾云

——台湾省台南关帝庙联　　佚　名

台南关帝庙建于清康熙八年（1669），为全岛的"开基武庙"。有成语作"忠心贯日"，《东周列国志》第十七回："卿忠心贯日，孤不罪也。"形容忠诚至极。宋王谠《唐语林·夙慧》："忠贞贯日，义勇横秋。"所云"义勇"，指仁义勇武。鲁迅《中国小说史略》："唯于关羽，特多好语，义勇之概，时时如见矣。"联中又以"腾云"对"贯日"，喻指直冲云霄。所嵌"忠义"二字属鹤顶格，与关氏宗祠专用联"忠昭日月；义薄云天"同格。用燕颔格者有甘肃古浪关帝庙联："精忠昭赤日；大义贯青天。"用鸢肩格者有湖北五峰关帝庙联："一点忠心贯日月；满腔义气镇乾坤。"用蜂腰格者有江苏南京三义殿联："常变矢忠唯一德，艰难赴义胜同胞。"用雁足格倒嵌者有台湾台南关帝庙联："结桃园兄贤弟义；扶汉室君圣臣忠。"

履仁顺义
绝伦逸群

——关氏宗祠专用联　　佚　名

宗祠即家庙。同族人祭祀祖先的祠堂。宗祠联多为表彰先贤、颂赞功德之作。"履仁"，躬行仁道。唐韩愈《除崔群户部侍郎制》："体道履仁，外和内敏。""顺义"，顺从正义。《国语·周语中》："夫战，尽敌为上，守和同顺义为上。""绝伦逸群"，出众超群。《三国志·蜀书·关羽传》："孟起（马超字）兼资文武，雄烈过人，一世之杰，鲸彭之徒，当与翼德并驱争先，犹未及髯（关羽）之绝伦逸群也。"此联正是借《三国志》所记诸葛亮誉赞关公之语，对关羽的"履仁顺义"予以颂赞，称其出众超群，无与伦比。"绝伦逸群"还被制成匾额，悬挂在一些地方的关帝庙中。另外，也有的联语将"履"字换成"溥"字。"溥仁"，犹言广泛布施仁德。

［ 五言联 ］

英灵天地老
俎豆荔枝香

——浙江绍兴大乘庵关帝祠联　　徐　渭

　　徐渭，初字文清，后改文长，号天池山人、青藤道士，明浙江山阴（今绍兴）人。屡应乡试不第，天才超逸，以诗文书画谋生，享有盛名。"英灵"，犹"英魂"，多用于对死者的敬称。"俎豆"，古代祭祀、宴飨时盛食物用的两种礼器，后用以指祭祀。"荔枝香"，词曲牌名。清梁章钜《归田琐记》："一曲荔枝香，听玉笛吹来，遍传南海；双声杨柳曲，问金樽把处，忆否西湖？"联语称关帝的"英灵"永在，与"天地"共存，不仅能享用祭品香火，还可聆听祭祀之时所献的颂词誉曲。"老"字寓岁月之久，"香"字喻影响之广。河南洛阳关林也有联云："千秋义气蒸尝远，万古英风俎豆新。"其中，"蒸尝"本指秋冬二祭，后泛指祭祀。

心如天如日
敕为帝为王

——山西临猗关帝庙联　　乔应甲

　　乔应甲，字汝俊，号儆我，明山西猗氏（今临猗）人。万历二十年（1592）进士，历官浙江道御史、南京都察院都御史掌院。"天日"，天空和太阳。《三国志·吴书·胡综传》："款心赤实，天日是鉴。"亦用以喻帝王。《三国演义》第七十七回有诗赞关公曰："天日心如镜，春秋义薄云。"此联"如天如日"，即喻"心"像"天"一样高洁，似"日"一般明亮。"敕"，皇帝的诏书。指历代皇帝对关羽不断敕封。联以两"为"对两"如"，既有比喻，又有写实，相辅相成，句短情真。作者另有联云："扶汉兴刘，大节昭昭光日月；吞吴拒魏，英风烈烈壮山河。"又云："一生大义明春秋，扶汉鼎，嘘炎精，白日青天，寒照奸雄肝胆；千古英灵在华夏，捍民灾，翼国运，孤忠正气，永维人世纲常。"

群山拥神宅
抔土涵太虚

——湖北当阳关陵墓亭联　佚　名

关陵是三国关羽的陵墓。关羽被杀后，吴主孙权将其首级运至洛阳送给曹操，同时以诸侯礼葬其尸骸于此。初时仅为土冢，宋淳熙十年（1183）始建祭亭，明成化三年（1467）兴建庙宇，嘉靖十五年（1536）整修陵庙，之后随着对关羽追封愈加隆崇，此处更是大兴土木，不断扩建，遂成楼阁参差、殿堂森严的一处胜地，并按照皇帝墓曰"陵"之说法改称关陵。"抔土"，一捧土，极言其少，亦借指坟墓。明屠隆《昙花记·郊游点化》："恨无情抔土，断送几英豪。今古价，有谁逃。""涵"，包含，包容。"太虚"，空寂之幻境，皇天之神灵。清陈梦雷《去者日以疏》诗："冥心归太虚，天地与同寿。"此联为墓亭而题，实则借喻寄意，称"抔土"似"群山"般巍然屹立，言"神宅"如"太虚"般神秘永恒。

兄弟如手足
生死见肝胆

——湖北江陵三义殿联　佚　名

《三国演义》第一回写道："刘备、关羽、张飞，虽然异姓，既结为兄弟，则同心协力，救困扶危；上报国家，下安黎庶；不求同年同月同日生，但愿同年同月同日死。"为此，各地除建关帝庙外，还多有三义殿。此联正是用"手足""肝胆"之喻，赞三结义之兄弟情深，生死同心。同书第五回又写张飞因酒醉失徐州后，欲拔剑自刎，刘备向前抱住，夺剑掷地曰："古人云'兄弟如手足，妻子如衣服'，衣服破，尚可缝；手足断，安可续？"同书第二十六回关羽在致刘备的回书中写道："羽但怀异心，神人共戮。披肝沥胆，笔楮难穷。"可视为此联的佐证。另有这样的四言关帝庙联："有三昆弟；无二群臣。"湖北新州关帝庙也有联云："张为弟，刘为兄，弟兄们同胆同肝，异姓联成亲骨肉；魏之仇，吴之恨，仇恨里有仁有义，单刀劈就汉江山。"

江声犹带蜀
山色欲吞吴

　　——江苏镇江焦山关庙联　　佚　名

　　受小说《三国演义》的影响，在民间有着浓重的尊刘贬曹倾向。依此观点，作为中间力量的东吴，所作所为若有益于蜀汉自当受到肯定，反之则必遭斥责。此联正是基于这样的感情，对孙权用吕蒙之计袭破荆州、杀害关羽父子的举措，视为不可宽恕的弥天大罪。为此，联语把长江的"江声"和焦山的"山色"，都赋予人格化，以"犹带蜀"和"欲吞吴"的形象描绘，表达了强烈的爱憎：长江的浪涛之声至今还牵挂着蜀汉；焦山的四周山色恨不得把孙吴吞没。即对蜀汉的失利深表同情，而对孙吴的获胜予以蔑视。联语虽只有极少的10个字，却有声有色地表现了"江"的壮阔和"山"的宏伟，触景生情，读联感怀，更加生发出对庙主关羽的思念之情。此间另有一副九言联云："岷水溯雄图，神依西蜀；焦峰冠灵宇，目俯东吴。"

汉为文武将
清封福禄神

　　——江苏徐州山西会馆关圣殿联　　佚　名

　　徐州自古有"五省通衢"之称，亦为旧时全国重要商业城镇之一。山西会馆随晋商足迹遍布全国各大商埠。徐州的山西会馆位于市区云龙山麓，始建于清代。此联文字极少，又浅显易懂，但却较为特殊，与众不同。那就是不仅对以仁义忠勇著称的关羽尊为"文武将"，还把他推举为具有无边法力的"福禄神"。"福禄"，指幸福与爵禄。"福禄双全"为世人所由衷期望的。事实正如此，自清德宗光绪五年（1879），关羽的封号增至"忠义神武灵佑仁勇威显护国保民精诚绥靖翊赞宣德关圣大帝"26字后，遂成了集众神于一身的"万能之神"，各行各业的人们为获"灵佑"，皆对关公顶礼膜拜，虔诚供奉。读此联便可对当时的这一现象有所了解。

文章传万世

武略定千年

——浙江杭州关帝庙联　　佚　名

三国魏曹丕《典论·论文》："盖文章，经国之大业，不朽之盛事。"联中的"文章"指孔子所著《春秋》。关羽以喜读《春秋》而名扬后世。许多关庙都有其捧读《春秋》的塑像，称之为"春秋楼"。清年遐令《重修当阳汉寿亭侯关夫子庙碑记》："自孟子而下读《春秋》者不乏人，而能于《春秋》大义见诸行事之实者，唯（关）侯一人而已。""武略"，军事谋略。《三国演义》第二十二回写曹操见过陈琳所写檄文后，笑曰："有文事者，必须以武略济之。"所言极是。此联称誉关帝的文韬武略，即不仅爱读会用"文章"，还能"以武略济之"，堪称有勇有谋，文武双全。"传万世"者，其读《春秋》而立壮志："定千年"者，其习"武略"而建丰功。"传""定"二字，言之凿凿，情之深深。

五言联

威震三分国

忠为百世师

——甘肃兰州荣光寺关帝殿联　　佚　名

"威"，威武，威严。显示出使人畏惧慑服的力量。《三国演义》第二十一回："玄德乃从容俯首拾筋曰：'一震之威，乃至于此。'"以威力或声势使之震动即称"威震"。同书第七十四回："（曹）操大喜曰：'关某威震华夏，未遇对手；今遇令明（庞德字），真劲敌也。'"上联赞关羽武功盖世，威震三国。"忠"，忠贞，忠诚。同书第二十六回关羽在回书刘备时写道："窃闻义不负心，忠不顾死。"表明其精忠赤诚。"百世师"，语出《孟子·尽心下》："圣人，百世之师也。"谓人的品德学问永远是后代的表率。下联即用此义，誉赞关羽之"忠"，永为后世的楷模。

荣居康乐境
宁享太平年

——澳门特别行政区三街会馆关帝庙联　　佚　名

　　澳门特别行政区的三街会馆位于昔日最为繁华的市区荣宁坊，取名"荣宁"，寓意吉祥，幸福安宁，由衷渴望。故为建在这里的关帝庙题联，便选择了以鹤顶格嵌入"荣宁"二字的形式。"康乐"，安康快乐。梁启超《论进步》："其群治之光华美满也如彼，其人民之和亲康乐也如彼。""太平"，《吕氏春秋·大乐》："天下太平，万物安宁。"谓时世安宁和平。联语文字虽短，却内涵丰富，释解有趣，引人入胜："平"和"享康"，大众理想；"乐"在其中，喜气洋洋。联语虽未直接颂赞关帝的英名伟业和道德品节，但通过"居"之"康乐"且"荣"，"享"有"太平"而"宁"的凝练概括，正体现了建关帝庙祈福求祥的意愿，间接地表现了对关公的钦仰与崇拜。

道德参天地
文章冠古今

——中国台湾苗栗关帝庙联　　佚　名

　　中国台湾的关公崇拜，始于明末清初民族英雄郑成功收复宝岛之后，至今已有300多年的历史。"道德"，社会意识形态之一。指道德观念，道德品质。《管子·戒》："道德当身，故不以为惑。"唐韩愈《原道》："凡吾所谓道德云者，合仁与义言之也，天下之公言也。"关公的"道德"正是"合仁与义"。上联的"参"字洒脱，用以赞关帝"道德"高尚，可与"天地"并存。"文章"，泛指著作。南朝梁刘勰《文心雕龙·指瑕》："文章岁久而弥光。"唐杜甫《偶题》诗："文章千古事，得失寸心知。"下联的"冠"字雄浑，用以称关公"文章"（即诵读遵循《春秋》之所为）盖世，能够超越"古今"。

皇恩同雨露
神道比乾坤

——中国台湾苗栗关帝庙联　　佚　名

在台湾，关公除享有大陆的全部尊号外，还有"恩主公""恩主爷"的特别称呼。此联即颂"恩主"之"恩"。"皇恩"，东汉张衡《西京赋》："皇恩溥，洪德施。"谓皇帝的恩德。"雨露"，雨和露，亦偏指雨水。明刘基《御柳》诗："皇恩天地同生育，雨露无私而自知。"用以比喻恩泽。"神道"，神祇，神灵。宋王谠《唐语林·补遗一》："比干，纣之忠臣也。倘神道有知，明我以忠见杀。"此处专指庙内供奉的关帝。"乾坤"，《易·说卦》："乾为天……坤为地。"用以指天地。联语先指因"皇恩"浩荡，"雨露"润泽，唯此才有财力建庙，也才有心情拜祭关圣。接着又写关帝的神灵与天地同在，想必其定当显圣而护国佑民。文字虽少，互为关照，情文并茂，自悟其妙。

忠义照千古
威灵显五洲

——美国纽约关帝庙联　　佚　名

纽约关帝庙建于1994年7月。"忠义"，忠贞义烈。《三国演义》第二十五回曹操曰："素慕云长忠义，今日幸得相见，足慰平生之望。""威灵"，显赫的声威。宋叶適《上殿札子》："赖陛下威灵远畅，始得以匹敌往来耳。""五洲"，旧分世界为五大洲，常用"五大洲"代称世界，亦省为"五洲"。清孙诒让《周礼政要·保商》："西商挟其财力之富，雄视五洲。"毛泽东《满江红·和郭沫若同志》词："四海翻腾云水怒，五洲震荡风雷激。""显"，显扬，显耀。作为题写在异国他乡的关帝庙联，用"五洲"与"千古"相对，充分表现了关羽精神传播之悠久，影响之深远。日本神户关帝庙也有五言联云："精忠扶汉业；德泽荫侨民。"

[六言联]

汉室难容吴魏
书堂好展春秋

———湖北赤壁关帝庙联　　佚　名

　　三国吴置蒲圻县，境内"赤壁"为当年"赤壁大战"之处。1998年改蒲圻为赤壁市。清赵翼《赤壁》诗："千秋人物三分国，一片山河百战场。""汉室"，指刘氏所建汉朝。三国蜀诸葛亮《前出师表》："汉室之隆，可计日而待也。"上联写关羽辅佐之蜀汉当为"汉室"正统，"难容"二字，表明了不愿与"吴魏"鼎足而立的志向。"书堂"，书房。宋陆游《戏咏闲适》："暮秋风雨暗江津，不下书堂已过旬。"下联写关羽在"书堂"拜读《春秋》，"好展"二字，证明了他深得要旨，学以致用。正是悟得《春秋》大义，才使之"见诸行事之实"，尽展抱负，成为"允文允武"之英雄豪杰。

正气常留宇宙
丹心直贯古今

———澳大利亚墨尔本四邑会馆关帝庙联　　佚　名

　　"四邑"，指广东台山、开平、恩平、新会四县。由于地域相连，语言相通，习俗相近，又都崇奉关公，所以于清咸丰六年（1856）共建"四邑会馆"时，特意设关帝庙以便共同敬奉和祭祀。在一些关帝庙的联语中，常以"天地"与"古今"相对。此联特意用了"宇宙"二字，更见匠心。"宇宙"原本就有"天地"义，如《淮南子·原道训》："横四维而含阴阳，纮宇宙而章三光。"高诱注："四方上下曰宇，古往今来曰宙，以喻天地。"可现今人们对"宇宙"的理解，则是指包括地球及其他一切天体的无限空间。故在为建在澳大利亚的关帝庙题联时，选用"宇宙"二字，更加表明关公文化的影响深远。

劲节常摩星斗
精忠直薄云天

  ——河南洛阳关林石坊门联 佚 名

  明万历年间，神宗亲赐关林坊名"义烈"。自此"儿童喜护门前树，士女争趋庙内龛"（明房楠《谒关冢》诗）。"劲节"，谓坚贞的节操。南朝梁范云《咏寒松》："凌风知劲节，负雪见贞心。""摩"，接触。"星斗"，泛指天上的星星，亦用以喻超群的才华。"精忠"，称纯洁而忠贞。晋葛洪《抱朴子·博喻》："是以比干匪躬，而剖心于精忠。""云天"，高空。《庄子·大宗师》："黄帝得之，以登云天。"上下联"摩"与"薄"同义，皆指迫近。同时又以为人所熟知之空中"星斗"和"云天"为喻，颂扬关羽忠义仁勇的可贵精神，称其如"星斗"般明亮，似"云天"般高洁，令人瞩目，令人钦仰。

诚者无贰无杂
气也至大至刚

  ——河南洛阳关林石坊门联 佚 名

  "诚"，真诚，忠诚。《易·乾》："闲邪存其诚。"孔颖达疏："言防闲邪恶，当自存其诚实也。""诚者"，诚信忠贞之人。《管子·枢言》："诚信者，天下之结也。"汉刘歆《西京杂记》卷五："至诚则金石为开。"皆言"诚"之可贵。"无贰"，谓没有异心。"无杂"，谓没有杂念。《三国演义》第二十六回中，关羽曾毅然发誓称："羽但怀异心，神人共戮。"上联即以"无贰无杂"盛赞关羽之精忠至"诚"，指明其没有任何的异心和杂念，竭尽全力辅佐先主，匡扶汉室。明范廷弼《谒关帝君墓祠》诗："忠坟落日凝残照，正气横虚低暮岑。"下联取《孟子·公孙丑上》"敢问何谓浩然之气？曰：难言也。其为气也，至大至刚，以直养而无害，则塞于天地之间"语，誉赞关羽之"气"浩然，可钦可敬。

易曰刚健中正
书云文武神圣

——河南洛阳关林石坊门联　　佚　名

"易"，即《易》，亦称《周易》。"刚健中正"，出自《易·乾》："大哉乾乎！刚健中正，纯粹精也。"孔颖达疏："谓纯阳刚健，其性刚强，其行劲健。"指坚强有力，忠直纯正。"书"，即《尚书》，亦称《书经》，与《周易》同为儒家经典。"文武神圣"，出自《书·大禹谟》："乃圣乃神，乃武乃文。"称文武兼备，有如神圣。选用儒家重要典籍之语合为一联，借以对崇尚《春秋》的关羽做出评述和誉赞，可谓一脉相承，适意会心，极具权威性，更有说服力。鹤膝格所嵌"中神"二字，可理解为此中有神，理当祭拜。凫胫格则嵌"正圣"二字，意思也很明确：关公者，"正乃圣也"。

悠悠乾坤共老
昭昭日月争光

——江苏昆山汉寿亭侯庙联　　佚　名

《三国志·蜀书·关羽传》："（关）羽望见（颜）良麾盖，策马刺良于万众之中，斩其首还……曹公即表封羽为汉寿亭侯。"《后汉书·百官志五》："列侯……功大者食县，小者食乡、亭。"可见"亭侯"仅是一个食禄于亭的列侯，也就是说是一个级别极小的爵位，不过这却是关羽最早的正式封号。此间能用"汉寿亭侯"作为庙名，表明对关羽的崇仰并非开始于其称帝之后。《楚辞·九辩》："去白日之昭昭兮，袭长夜之悠悠。"其中"悠悠"指历史久长。"昭昭"指色泽明亮，"乾"为天，"坤"为地，"乾坤"即指天地。汉班固《典引》："经纬乾坤，出入三光。"换言之，就是说关羽的英名能像天地般长存，又似日月般明亮。

[七言联]

五夜何人能秉烛
九州无处不焚香

    ——北京地安门关帝庙联   朱翊钧

    朱翊钧即明神宗，公元1572~1620年在位，年号万历。"五"谐"午"，"五夜"，即午夜，指半夜。"秉烛"，谓持烛以照明。上联写关羽"秉烛"夜读《春秋》。《春秋》为儒家经典，亦名《麟经》。关羽以"道阐麟经，力扶汉鼎"而为人颂赞。古代中国分为九州。后以"九州"泛指全国。下联实写"九州"到处建有关庙，民间各行各业、妇孺长幼皆赴庙"焚香"祭祀。正是在明万历年间，关羽才被加封为"三界伏魔大帝神威远镇天尊关圣大帝"的，关庙"香火之盛，将与天地同不朽"（清赵翼《陔余丛考》）。在封建社会里，统治者们都喜欢用集"忠孝节义"于一身的关羽来"教化"臣民，这就是关帝庙之所以遍布天下的原因所在，也是万历皇帝朱翊钧题写此联的缘故。湖北当阳关陵亦有此联，则署为宋端宗赵昰撰，将"五夜"径直写成"午夜"。相关图书中未见记载，今依《中华对联大典》仍作明神宗题。

义道配成仁者勇
险夷不避大而刚

    ——北京广西会馆关公像联   佚   名

    "义道"，正义和道德。"配成"，配合而成。《孟子·公孙丑上》："其为气也，配义与道；无是，馁也。""仁者勇"，即"仁勇者"，有仁德的勇敢者。宋苏轼《祭堂兄子正文》："仁者之勇，雷霆不移。""险夷"，崎岖与平坦，喻艰难与顺利。周恩来总理《送蓬仙兄返里有感》诗："险夷不变孟尝胆，道义争担敢息肩？""大而刚"，即《孟子·公孙丑上》所说"其为气也，至大至刚"，形容人的浩然之气广大坚强。联语集中颂赞关羽为尊"义道"而"险夷不避"的浩然之气与仁勇之德，择词精当，贴切传神。此间另有集《孟子》句联云："善养吾浩然之气；不失其赤子之心。"

七言联

17

正气钟灵开正觉
神明普佑显神功

——北京中南海关帝殿联　爱新觉罗·弘历

　　爱新觉罗·弘历，即清朝第四代皇帝高宗，年号乾隆。公元1735~1796年在位，期间统一疆土，使多民族的国家得到巩固和发展。平生爱好诗文书画，向以"风流皇帝"名世。"正气"，充塞天地之间的至大至刚之气。体现于人则为浩然的气概，刚正的气节。"钟灵"，谓灵秀之气汇聚。"正觉"，纯正的修行悟道途径。"神明"，天地间一切神灵的总称。此处专指关羽。"神功"，神灵的功力。联语称颂"神明"关羽的"正气"，可"开正觉"，能"显神功"，两"正"对两"神"，实赞关帝"正"为"神"也。将关帝庙建在皇宫之内，可见当时京城的关庙之盛，也足以证明历代皇帝对关帝非常重视。乾隆就曾为关帝庙御题"忠义伏魔"匾额，并特颁祭祀所用之祝文。

九伐威名襄夏政
千秋正统凛春王

——北京兵部署关帝庙联　　佚　名

　　"九伐"，古代指对九种罪恶的讨伐，后泛指征伐。"威名"，威望，名声。宋黄庭坚《送范德孺知庆州》诗："乃翁知国如知兵，塞垣草木识威名。""襄"，辅佐相助。"夏政"，夏朝国政。夏后氏是我国历史上第一个朝代。相传禹之子启经九伐遂继王位。上联借以指关羽为辅佐蜀汉而身经百战，屡建奇功，"威名"大振。"正统"，封建社会某一王朝统一全国后，对其相承系统的自称。"春王"，按《春秋》体例，鲁十二公之元年均应书"春王正月公即位"，有些地方因故不书"正月"二字，后遂以"春王"指代新春正月。这里则以"春王正月"后相接的"公即位"作解，用以称"即位"之"公"，联中即指关公，并以"春"与"夏"工对。下联意思是说，作为"千秋正统"的事业，凛然不可侵犯的正是关羽的忠义精神。河南周口关帝庙也有此联，文字略有不同，为："九伐威名震夏牧；千秋正气凛春王。"

德泽春秋滋圣帝
功高万世赞新天

——山西运城常平关帝祖祠联　　　佚　名

　　常平是关羽的故里。相传关帝祖祠最早就是关公的故宅。当地至今还保留有清乾隆年间所刻"关圣故宅"石碑一通。乡人因感慕其德，便在此建祠奉祀。《韩非子·解老》："有道之君，外无怨仇于邻敌，而内有德泽于人民。"《尚书大传》卷二："清庙升歌者，歌先人之功烈德泽也。"上联称颂"圣帝"关公"惠荫群伦"的"德泽"，并指明这皆源于《春秋》的滋润濡染。清张鹏翮《关帝像赞》称关公"《春秋》之旨，独得其宗"。下联盛赞关公"汉室砥柱"的丰功伟业，可谓至高无上，定将"万世"颂扬。其"德"其"功"，令人钦仰，也激人奋进，盛世"新天"，告慰忠魂。

情重桃园铭结义
心酬汉室淡封侯

——山西运城常平关帝祖祠联　　　俞德泉

　　俞德泉，四川叙永人。我国首位对联学硕士研究生导师。现任中国楹联学会副会长、湖南省楹联家协会主席等职。"铭"，铭记，永志不忘。上联写关羽同刘备、张飞"桃园结盟，誓以同死"之事。清毛宗岗修订评刻《三国演义》时，就"桃园结义"的誓词评说道：有"上报国家"的忠义，"下安黎庶"的仁义，"救困扶危"的侠义，兄弟间"不求同年同月同日生，但愿同年同月同日死"的情义。鉴于此，毛宗岗满腔热忱地将关羽塑造成"义绝"的感人形象。"酬"，酬谢，报答。"淡"，淡然；冷淡。下联赞关羽辅佐刘备匡扶汉室正统的赤胆忠心。正因此，关羽对曹操表奏朝廷封其汉寿亭侯淡然处之，这才有了"挂印封金""千里走单骑"的动人故事。此联主旨鲜明，简洁工稳，义重情真，别有神韵。

义薄云天垂万古
忠昭日月著千秋

——贵州贵定阳宝山关帝宫联　　石达开

石达开，清广西贵县人。咸丰年间参加太平天国金田起义，为著名将领，后封为翼王。太平军发生内讧后，率军转入黔滇川等地。《隋书·经籍志》有"精义薄乎云天"之喻，《史记·屈原贾生列传》又有"推此志，虽与日月争光可也"之喻。联语正是借为人所熟知的比喻，突出颂扬关帝的仁"义"和"忠"勇。写来之所以浅近通俗，目的在于使偏远地区文化落后的百姓容易理解，也使自己所带义军的将士受到激励。此联的出现，充分说明了关公不仅为历代封建统治者所推崇，同样受到欲推翻封建统治的农民起义领袖们的敬仰。梁启超《论小说与群治之关系》称："今我国民绿林豪杰，遍地皆是，日日有桃园之拜，处处为梁山之盟。"太平天国的《天情道理书》就明确提出以关羽为榜样："扫灭世间妖百万，英雄胜比汉关张。"正因此，石达开才在驻军贵定期间，不仅拜谒了关帝宫，还特意撰书此联。后被镌刻山门之上，至今可见。

志在春秋扶汉室
光昭日月庇人间

——马来西亚马六甲关帝殿联　　佚　名

马来西亚为华人的重要侨居国，随着华人在此繁衍生息，中国的传统文化也在此生根开花。清康熙十二年（1673），旅居马六甲的华人甲必丹（即领袖）郑芳扬倡导建"青云亭"，成为星马两地最古老的庙宇。庙亭共有三大殿，正殿供观世音菩萨，右殿供妈祖天后，左殿供关帝圣君。此联即为左殿关帝殿而题。在众多的关帝庙中，都可见到"志在春秋""汉室砥柱""光昭日月""福庇丰盈"等匾额，作者正是将这些凝练简洁之语，经筛选组合而成七言联。"光昭"之"光"，指灵光，即帝王或圣贤的德泽。"庇"，庇荫，庇佑。联语在盛赞关羽立《春秋》之壮志，护蜀汉之正统的同时，又表明了祈盼辉如日月的关帝能够惠泽流畅、福佑人间的美好愿望。

伦肆遥指英帝苑

敦谊克绍汉天威

　　——英国伦敦华埠牌坊联　　佚　名

　　牌坊在中国传统文化中具有独特的地位，所以在世界各地凡有华人或华人后裔聚居的地方，常常可以看到牌坊，被视为中华文明的形象化标志，高高地矗立在异国他乡的土地上。《论语·子张》："百工居肆以成其事，君子学以致其道。"所说之"肆"指作坊店铺。"伦肆"，既可释为伦敦的商埠；又可视为有序的集市。"英"，指英国。"帝苑"，既指帝国苑囿，亦可指建在此间的关帝庙宇。"敦谊"，敦厚友善之情谊。"克绍"，能够继承。"汉"，古指华夏族、汉族及其活动范围。宋马永卿《嬾真子》卷一："今夷狄谓中国为汉。"此处代指中国。"汉"与"天威"相连，又隐指关羽当年匡扶汉室正统时的神威。此联以鹤顶格嵌"伦敦"地名，又用鹤膝格嵌"英汉"二字，扣合自然，巧寓抒怀，可谓独出心机，自有妙趣。

志在春秋功在汉

忠同日月义同天

　　——香港特别行政区长洲关公忠义亭联　　佚　名

　　宋苏轼《晁错论》："立大事者，不唯有超世之才，亦必有坚忍不拔之志。"上联誉赞关公之"志"。称其"志"实循《春秋》之道，为匡扶汉室正统而建功立业，"志在汉功也在汉"，诚如解州关帝庙端门背面正中题刻，为"扶汉人物"也。明焦竑读《关公复曹操书》后曰："帝之忠，皎然与日月争光。"清毛宗岗修订评刻《三国演义》时，也称关羽"做事如青天白日，待人如霁月光风"。下联颂扬关公之"忠"。并借此将亭名"忠义"二字嵌入，同时又以两"同"对两"在"，弘扬关羽之"志"，推崇关帝之"功"，誉赞关公之"忠"，颂扬关圣之"义"，与"忠义亭"相得益彰，相映成趣。不少关帝庙中也有此联，因为不考虑借嵌"忠义"而切亭名，故下联首字为"心"，读来心悦诚服也。

正大光明同日月
端严雄秀镇乾坤
——山西河津樊村关帝庙联　　任文翰

　　任文翰，清同治十二年（1886）进士。其余不详。"正大光明"，典出《易·大壮·辞》："大者，正也。正大而天地之情可见也矣。"《易·履·辞》："刚中正，履帝位而不疚，光明也。"指言行正派而襟怀坦诚。宋朱熹《答周益公书》："至若范公之心，则其正大光明。""端严"，端庄严谨。明宋濂《柳先生行状》："燕居默坐，端严若神。""雄秀"，雄威挺秀。清陈廷焯《白雨斋词话》卷五："似此皆精警雄秀。""乾坤"，用以指天地。联语以"同""镇"二字将前后联结，又用"日月"之光辉、"乾坤"之永存，誉赞关公的优秀品格与可贵精神，简洁明快，格调清新，内涵深刻，韵味厚醇。

浩气千秋昭日月
英灵万古震纲常
——河南社旗山陕会馆旗杆联　　佚　名

　　1965年，以南阳原赊旗镇（现名社旗镇）为中心，合并周边毗邻地区新设社旗县。社旗在清朝前期已发展成为"北走汴洛，南船北马，总集百货"的豫南重镇。建于清乾隆二十一年（1756）的山陕会馆，是该县唯一的全国重点文物保护单位。此联见会馆门前左右两侧的铁制旗杆，巍然屹立，格外醒目。明杨继盛《就义》诗："浩气还太虚，丹心照千古。"意思是为正义事业献身的人，他留给世间的是永不消失的浩然之气。上联正是以此颂赞关公的浩然正气可与日月争光，千秋永放异彩。清孙枝蔚《谒金龙四大王庙》诗："凤泗真人坐战船，英灵助战吕梁边。"称神灵的英魂依然会激励鼓舞后来者去勇敢地战斗。下联也用此意，颂扬关公的英灵守护着纲常正统，万古震撼人心。

浩气已吞吴并魏

庥光常荫晋与秦

——河南社旗山陕会馆照壁联　　佚　名

社旗山陕会馆兴建时，"运巨材于楚北，访名匠于天下"，历经137年才全部建成，雄伟壮观，极有气势。"照壁"，旧时筑于寺庙、广宅前的墙屏。与正门相对，作遮蔽、装饰之用，多饰以图案、文字。此间照壁仿北京九龙壁而建，金碧辉煌，光彩夺目。正中横书"义冠古今"四个大字。"浩气"，正大刚直之气。唐牟融《谢惠剑》诗："浩气中心发，雄风两腋生。"上联颂赞关羽生前在征吴伐魏中建有卓越功勋，"吞"字颇有气势。"庥光"，指福祐荫庇之光。"晋"是山西省的简称，"秦"为陕西省的简称。因两省相邻，早在春秋时就互为婚姻，故有"秦晋之好""秦晋之盟"成语。下联称关羽逝后成圣广布惠德，"荫"字饱含深情。作为镌刻在山陕会馆中颂赞关帝之联，甚是工稳，甚为恰切。

经壁辉光媲美富

羹墙瞻仰对英灵

——河南社旗山陕会馆照壁内联　　佚　名

"经壁"，即孔壁。孔子故宅的墙壁。据传古文经出于壁中，故称。此联因题照壁，故用"经壁"之典。"媲"，匹配；比得上。"美富"，语出《论语·子张》："譬之宫墙，赐之墙也及肩，窥见室家之好。夫子之墙数仞，不得其门而入，不见宗庙之美，百官之富。"旧时"官"指房屋，住舍。原本是子贡颂赞老师孔子的话。联中用以代指孔子。"羹墙"，《后汉书·李固传》："昔尧殂之后，舜仰慕三年，坐则见尧于墙，食则睹尧于羹。"后以"羹墙"为追念前辈或仰慕圣贤的意思。"英灵"，犹英魂，对逝者的美称。此联用典古朴，感情充溢，将关羽同古代圣贤相联系，使之形象更加高大，充分表达了山陕众商与关公的地域亲情与敬重深情，同时也由衷表明了以关公为楷模、崇尚信义而经商的决心。

义存汉室丹心耿
志在春秋浩气长

——河南洛阳关林石坊柱联　　张立勋

　　张立勋，清代人，道光元年（1821）诰授中宪大夫，主持关陵牌坊的修建。期间撰书此联。坊额题"刚健中正"四字，语出《易·乾》，誉关公"其性刚强，其行劲健"。联语正是对坊额之义的扩充与延伸。"义"，道义，仁义。"丹心"，赤诚的心。"耿"，光明，照耀。"志"，志向，意志。明王守仁《教条示龙场诸生》："志不立，天下无可成之事。""浩气"，正气，浩然之气。"长"，长久，长存。联意为：关公的忠义旨在匡扶汉室正统，赤胆忠心永放光芒；其立志遵循《春秋》道义而建功立业，浩然之气万古长存。与此相似的关帝庙联还有"万古丹心盟日月；千年义气表春秋"（甘肃古浪）、"心存汉室三分鼎；志在春秋一部书"（台湾新竹）等。

千秋志气光南洛
万古精灵映北邙

——河南洛阳关林石坊柱联　　高　镐

　　高镐，生平不详。此联书于清康熙五十五年（1715）孟冬。"志气"，意志和精神。"南洛"，即洛南。洛阳以位于洛水之阳而得名，关林又在洛阳市南7千米处，故称。明房楠《谒关冢》诗："将军高冢洛城南，伏腊牲豚社鼓醺。""光"，光耀，光大。"精灵"，精灵之气。古人认为是形成万物的本原。"映"，映照，衬托。"北邙"，山名，即邙山。因在洛阳之北，故名。唐王建《北邙行》诗："北邙山上少闲土，尽是洛阳人旧墓。"俗语也有"生在苏杭，死葬北邙"之说。此联紧紧围绕关林所在之地洛阳来写，用语直白，却余韵如缕，读来令人心悠神远。此间另有七言联云："忠义双垂安社稷；声威并著破奸瞒。"

盖世英雄皈圣域

终天仇恨绕神丘

    ——河南洛阳关林石坊柱联   汪丙中

汪丙中，明末清初河南新安人，其余不详。此联题于明崇祯六年（1633）正月。"盖世"，压倒一世，没有人能与之相比。《史记·项羽本纪》："力拔山兮气盖世。""皈"，佛家语，同"归"。"圣域"，犹言圣洁的地域。联指洛阳。"终天"，终身。一般用于死丧永别等不幸之事。如"抱恨终天"。联中"仇恨"，针对杀害关羽的孙吴而言。"神丘"，本指祭社神之坛，亦指神山。此处指关公墓冢。诵读关林大殿前石碑上所刻明范廷弼《谒关帝君墓祠》诗，有助加深对此联的理解。诗句为："雒阳城外汉侯林，桧老松风带汉阴。三鼎未酬一统志，中原不死万年心。忠坟落日凝残照，正气横虚低暮岑。系马祠前不忍去，唏嘘吊古几长吟。"

三分疆域此抔土

万古纲常第一人

    ——河南洛阳关林石坊柱联   陆襄钺

陆襄钺，字吾山，清山西孝义人。咸丰八年（1858）副榜，官至浙江督粮道。光绪六年（1880）任河南知府期间，为关林撰书此联。"三分"，谓一分为三，指魏蜀吴三分天下，鼎足而立。《三国演义》仅第三十四回，就两次提及"三分"，一曰："髀肉复生犹感叹，怎教寰宇不三分？"二曰："三分鼎足浑如梦，踪迹空留在世间。""疆域"，国土，国境，"抔土"，一捧之土，借指坟墓。上联围绕关林是埋葬关羽首级之地而写，称人生前不论多么风光，死后亦只占"抔土"之地。重要的是有如下联所说，关羽是"万古纲常第一人"。即忠于《春秋》礼仪，忠于汉室正统，正因此才被尊为纲常楷模，忠义典型。"抔土"也为之荣光显耀，受人尊崇。联语文字质朴，感情真挚，评价得当，足以服人。

神游上苑乘仙鹤
骨在天中隐睡龙

　　——河南洛阳关林关冢联　　吴　微

　　吴微，清代文人，生平不详。此联撰题敬献于康熙四十六年（1707）夏。是年为关冢外的砖砌围墙修筑石墓门，墓门之额为"钟灵处"三字。"钟灵"，谓灵异之气汇聚。此处之"灵"又有"英灵"之意。冢前石坊上有"中央宛在"的题刻。"宛"，好像，仿佛。"神"，指关公的魂魄神灵。"上苑"，皇家的园林。东汉光武帝时建"上林苑"，故址在今洛阳市东。"乘仙鹤"，旧时谓仙人驾鹤归天。"骨"，指关羽的首级遗骨。"天中"，天的中央。此处称关林所在之处与"天中"相对应。"隐"，藏而不露。"睡龙"，指潜伏水底的蛟龙。"隐睡龙"即指关公在这里有如睡熟般的安息。此联以"鹤""龙"喻指关羽，化悲为敬，生动传神，读之可见其风骨，能觉其神韵。

英雄几见称夫子
豪杰如斯乃圣人

　　——湖北孝感关帝庙联　　夏力恕

　　夏力恕，字观川，清湖北孝感人，康熙六十年（1721）进士，历任顺天乡试同考官、山西乡试正考官。"英雄"，才能勇武过人的人。《三国演义》第二十一回："夫英雄者，胸怀大志，腹有良谋，有包藏宇宙之机，吞吐天地之志也。""几见"，何曾见；少见。"如斯"，如此。"豪杰"，才能出众、豪迈杰出之人。同书第一回的回目即为："宴桃园豪杰三结义，斩黄巾英雄首立功"。"圣人"，旧时指品格最高尚、智慧最高超的人物。此联以"夫子"对应"英雄"，以"圣人"对应"豪杰"，所有称谓皆指关羽，可谓盛赞有加，意蕴充盈，极有情致，言为心声。河南洛阳关林也有联云："英雄有几称夫子；忠义唯公号帝君。"

吴宫花草埋幽径

魏国山河半夕阳

      ——河南周口关帝庙联   佚　名

　　周口关帝庙由陕西商人于清顺治、康熙年间兴建，为豫东地区保留较好的古建筑群。这是一副广泛用在各地关帝庙中的集句联。上联集自唐李白《登金陵凤凰台》诗："吴宫花草埋幽径，晋代衣冠成古丘。"意思是说建都于金陵（今江苏南京）的三国东吴及后来的东晋，昔日繁华的宫廷已经荒芜，一代人物也早已进入坟墓。下联集自唐李益《鹳雀楼》诗："汉家箫鼓随流水，魏国山河半夕阳。"诗中"魏国"本指战国七强之一，联语借指三国曹魏，以"半夕阳"喻指有如落日般很快消失。总之，这副集句联以曾经一时烜赫的"吴宫""魏国"最终皆衰颓失落，进一步突显关羽"神明如在，百代崇祀"的不朽与荣耀。颂赞关公却不提本人一字，全从蜀汉之敌国"吴""魏"落笔，此谓之反衬法。可谓集引自然，内涵丰富，"不著一字，尽得风流"。

江袤余烟思汉鼎

花开三月想桃园

      ——湖北当阳关陵正殿联   佚　名

　　清沈曰霖《晋人麈·诗话·关侯祠联》："独乩笔一联云：凤袤余烟悲汉鼎；花开三月忆桃园。"所说"乩笔"，指扶乩中假托神灵书写的字迹。"扶乩"实为旧时占卜的一种巫术，因关公被民间尤为崇奉，所以便被所谓的"乩仙"请来降临"乩坛"。作者对原联稍作改易，将祭祀所见"余烟"缭绕，喻为思念"汉鼎"（蜀汉社稷）的忠义浩气。同时由"花开三月"触景生情，想到关羽当年与刘备、张飞的"桃园"结义。清仁宗嘉庆为正殿御书匾额"灵威攸宅"，称这里是关圣大帝威灵所居之地。联语写关羽在此所"思"所"想"，更见其"忠"其"义"。可谓追思感怀，由衷凭吊，既富雅趣，又饶情味。

竹醉千竿传劲节

花开三月想桃园

——福建漳州东山关帝庙联　　佚　名

东山关帝庙始建于明洪武二十年（1387），之后屡有修葺扩建。庙依山而筑，规模壮观。数百年历经台风、地震，迄无损坏，为全国重点文物保护单位。在不少与三国蜀汉人物有关的纪念建筑中，都有《汉夫子风雨竹》诗画石碣，妙在借风雨之时竹叶交叉、疏密有致的变化，组成一首五言小诗："莫嫌孤叶淡，经久不凋零。不谢东君意，丹青独留名。"通常为两碣，头两句见《风竹》碣，后两句见《雨竹》碣。相传诗画是关羽所绘，故称之为《汉夫子风雨竹》，旨在表明其对刘备及汉室的忠贞。亦有将两碣合二为一的，所绘之图略有不同，诗句也稍有变动。此联妙在由"竹"之有坚实之节，引出"劲节"一词，以赞关圣忠贞不移之节操。"醉"字有沉浸、自豪意。又由"花"提及刘关张结义之"桃园"。此联语不求丽，意则深长，令人于不尽的回味中产生美好的联想。与"桃园"有关的联语又见台湾省台南关帝庙："结桃园兄贤弟义；扶汉室君圣臣忠。"甘肃庆阳关帝庙联亦云："马到五关思兄弟；花开三月想桃园。"

但与乾坤存正气
不将成败论英雄

  ——湖北当阳关陵牌坊联   王　岱

  王岱，清江苏常熟人，廪贡生，耽于诗，尤擅画梅。"成败"，成功与失败。《战国策·秦策三》："良医知病人之生死，圣主明于成败之事。""成败论英雄"即"成败论人"，《朱子语类》卷八三："左氏有一个大病，是他好以成败论人。"即以成功或失败作为评论人物的标准。联语作者一反这样的观点，明确主张"不将成败论英雄"。在对关羽未能实现匡复汉室大业的结果表示惋惜的同时，又为他那"但与乾坤存"的浩然"正气"感到欣慰。《三国演义》第十三回有诗云："兵家胜败真常事，卷甲重来未可知。"同书第二十四回又有诗云："忠贞千古在，成败复谁论。"清万邦荣《偶感》诗："成败何足论？英雄自有真。"读这些，会有助于理解作者撰书此联的用心。湖北当阳麦城遗址亦有联云："志扶汉室，威震华夏，忠义凛然参天地；白衣偷渡，兵溃麦城，成败岂足论英雄。"

夕阳丘首三分土
古道江头一片碑

  ——湖北当阳关陵神道碑亭联   郑克昌

  郑克昌，生平不详。民间称关陵是"五阳之地"，即关羽"身困当阳，脚蹬汉阳，手垂沔阳，头枕洛阳，脸朝太阳"。这个流传甚广的传说，为关陵增添了神奇的色彩。"夕阳"，傍晚的太阳，喻晚景。"丘首"，犹首丘。相传狐狸死时必正首向故丘，后因以喻怀恋故乡。清唐孙华《涿州怀古》诗："三分巴蜀功成后，魂魄犹应恋故都。"上联写因"三分"天下而使关羽葬于异地，借"丘首"之典表达其思念家乡、魂归故里的愿望。"古道"，古老的道路。此处实指荆襄古道，借指关羽追随刘备匡扶汉室的正道。"江头"，江边，江岸。下联写关羽令人感慨的归宿。"一片碑"既指此处实有的神道碑，也寓指为关羽树碑立传，铭记在心。

当年正气扶元气
万世人心仰赤心
——湖北当阳关陵牌坊联　　翠　峰

翠峰，生平不详。当阳关陵还有一个特别现象，即关陵后面的树木都没有树梢。当地人解释说，这些树木颇具传奇色彩。"正气"，指浩然气概，刚正气节。宋文天祥《正气歌》："天地有正气，杂然赋流形，下则为河岳，上则为日星，于人曰浩然，沛乎塞苍冥。""元气"，指国家或社会团体得以生存发展的物质力量和精神力量。清王韬《论时务书》："治国之道，先在养其元气。"此联以两"气"对两"心"，盛赞关羽的"正气"与"赤心"，不论在当时还是后世，都有着巨大的作用和影响。此联读之气爽心清，心旷气昂，可谓扣人心弦，别有气韵。

千秋义勇无双士
万代衣冠第一人
——湖北当阳关陵后殿联　　佚　名

唐郎士元《壮缪侯庙别友人》诗："将军秉天姿，义勇冠今昔。走马百战场，一剑万人敌。"所说"万人敌"，语出《三国志·魏书·程昱传》："关羽、张飞皆万人敌也。"指勇力可敌万人。诗用以寓含"无双""第一"之意。后殿有清文宗咸丰御书匾额"万世人极"，意为千秋万代人们效法的最高榜样。此联正是对匾额四字的阐释，借"无双""第一"等日常用语褒赞关公，突出其"义勇"之可贵，风采之高洁。类似的联语还有："果然第一英雄，忠在君臣，义在兄弟，使不忠不义人，对此应觉愧煞；真个无双豪杰，德兼文武，行兼春秋，唯有德有行者，拜焉愈显灵通。"山西运城籍的当代对联艺术家杨振生为解州关帝庙题联云："生在此，长在此，魂归在此，此间庙貌无双地；大于天，高于天，气壮于天，天下武人第一尊。"

马骑赤兔走千里
刀偃青龙出五关

　　——湖北当阳关陵马殿联　　佚　名

　　"赤兔"，骏马名。《三国演义》第四回有《咏赤兔马》诗："奔腾千里荡尘埃，渡水登山紫雾开。掣断丝缰摇玉辔，火龙飞下九天来。"初为吕布坐骑，后归关羽。关羽即殁，赤兔马数日不食草料而死。明万历年间封赤兔马为"追风伯"。解州关帝庙有"追风伯祠"。"刀偃青龙"，刀类兵器名。因形如偃月，并雕有青龙，故称。同书第一回写："云长造青龙偃月刀，又名冷艳锯，重八十二斤。"此联出自同书第二十七回咏赞关羽诗之颔联，原诗上句"走"作"行"。"马骑赤兔""刀偃青龙"均为倒装，实为"骑赤兔马""偃青龙刀"，以关羽的坐骑及兵器代指本人，誉赞其"千里走单骑""过五关斩六将"的英雄壮举。与此联相似的还有山西解州关帝庙联："青龙偃月刀无敌；赤兔追风马有情。"湖北秭归关帝庙联："赤兔踏翻曹社稷；青龙扶起汉江山。"河北平山天桂山关帝庙联："赤兔马千秋雄壮；青龙刀万古不磨。"山东潍坊关帝庙联："匹马嘶回千里月；单刀笑指一江风。"贵州遵义关帝庙联："殿笔堂撑千岁柏；神归天倚万人刀。"甘肃榆中关帝庙联："青龙偃尽千秋月；赤兔追踪万里风。"河南偃师关帝庙联："帝业归来，青龙刀偃缑山月；神公如在，赤兔马嘶崿岭风。"令人难忘的是，1938年春节，山西临县的群众在关帝庙贴了这样一联："跨赤兔马冲锋歼日寇；提青龙刀陷阵斩倭贼"。充分表达了奋起抗战、卫国保家的决心，同时也证明了对联在斗争中有其重要的宣传性和特殊的战斗性。

玉阶本无菩提树
泉水清濯稔恶心
　　——湖北当阳玉泉山玉泉寺联　　佚　名

　　玉泉山一名堆蓝山，又名覆船山，山势超然突兀，气势磅礴，素有"三楚名山"之誉。《三国演义》第七十七回写关公去世之后，阴魂不散，后经普静长老点化，英魂顿悟，稽首皈依，后往往在玉泉山显圣护民。乡人感其德，就于东麓建玉泉寺，"石壁开精舍，金光照法筵"，四时致祭。《佛祖统记·智者传》就记载有智颛建玉泉寺时见关羽幻像的传说，后将关羽列为该寺的护法伽蓝，也即护法神。"菩提树"，常绿乔木，原产印度，大约与佛教同时传入我国。佛教用"菩提"指豁然彻悟的境界。"清濯"，洗涤；祛除。"稔恶"，丑恶；罪恶深重。此联以鹤顶格嵌"玉泉"二字，表明所建寺庙之缘由，并用清泉可濯"稔恶心"暗寓"关公显圣"之影响，极具传奇色彩。

瓶中杨柳桃园景
案上春秋菩提经
　　——甘肃陇西关帝庙联　　佚　名

　　"瓶"，指净瓶，亦称净水瓶。《释氏要览》卷中："净瓶，梵语军迟，此云瓶，常贮水，随身用以净手。"唐李华《东都圣善寺无畏三藏碑》："观音大圣在日轮中，手执净瓶，注水于地中。""杨柳"，指杨柳观音（三十三观音之一）手中所持杨柳枝，所沾净瓶之水喻称是能使万物复苏的甘露。因庙内同祀观音菩萨，故上联先写菩萨手中所执之物，由"杨柳"春风自然引出令人陶醉的"桃园景致"，寓指关羽与刘备、张飞的"桃园结义"。他们立志"上报国家，下安黎庶"的所作所为，与观音的"救苦救难，普济众生"是一致的。下联又将"案上"关公爱读的《春秋》与佛教的《菩提经》相提并论，表明在弘扬正义、驱逐邪恶方面，二者拥有相同点。联语结合巧妙，浑成自然，意象生动，神思驰骋，读来引人入胜。民间又有题关帝、观音合祠联曰："至勇至刚，能文能武，无上将军；大慈大悲，救苦救难，观音菩萨"。

孤忠耿耿光三界

峻节巍巍峙一峰

    ——甘肃甘谷大像山关帝庙联   佚　名

    甘谷县在甘肃省天水市西部、渭河流域，境内有大像山，因此间大佛塑像于十余里外亦可望见而名。清任其昌《游大像山》诗云："三里楼台五里亭，携朋登览旧时经。岩头云涌朝金像，龙背人来入画屏。"此联结合大像山高耸且有佛像而写。"孤忠"，不求人体察的忠贞节操，亦指忠贞自持之人。"耿耿"，明亮，显著。"光"，照耀，使之光彩夺目。"三界"，佛教指众生轮回的欲界、色界和无色界，此指天地人三界。"峻节"，高尚的节操。"巍巍"，崇高伟大。"峙"，耸立。"一峰"，指大像山。联语正是借此间佛像的灵光普照，誉赞关公的忠义精神永放光芒；又用山峰的巍峨耸峙，比喻关公的品德节操至美高尚。燕颔格嵌"忠节"二字，更见其忠节彰显，茂德维嘉。可谓主旨明确，诸字关联，妙喻生辉，尽传神韵。

心之光明犹火也

神之变化其龙乎

    ——江苏某地关帝庙   彭元瑞

    彭元瑞，字掌仍，号云楣，清江西南昌人。乾隆二十二年（1757）进士，官至工部尚书、协办大学士。卒谥文勤。此联见清梁章钜《楹联丛话》卷三："视学江苏……为一刹题句，其正殿奉关帝，左右奉火神、龙神。"《左传·昭公二十九年》："火正曰祝融。"火正，司火官。神话以祝融为火神。《三国演义》第四十回写诸葛亮火烧新野时，就有诗云："风伯怒临新野县，祝融飞下焰摩天。""龙神"，即龙王，神话传说中专管兴云布雨之事。如北京颐和园昆明湖中供龙王的庙就称"广润灵雨祠"。关帝左右奉火、龙二神，以示将听关帝指令，广施惠泽，造福百姓。联语借火神"火"之耀眼"光明"，赞誉关羽忠义之"心"明亮；又用龙神"龙"之飞腾"变化"，叙述关羽被尊封为"神"之灵异。可谓就地取材，借此言彼，相互烘托，妙不可言。

涂山西望心思蜀
淮水东流恨入吴

——安徽怀远涂山关帝庙联　　佚　名

涂山相传是大禹会诸侯计议治水之处，山也因大禹妻涂山氏在此望夫化石而名。明杨瞻《登涂山》诗："万方洪水归沧海，永赖当年疏凿功。"受五言联"江声犹带蜀；山色欲吞吴"的影响，此作亦借山水抒怀，写"涂山"因建有关帝庙而增添了"心思蜀"之意，流经此处的"淮水"也加剧了"恨入吴"之情。山水如此有情有义，显然是受到了关羽忠勇德义的感化。联语用此典型的拟人手法，衬托出庙主关公的生动形象，充分表达了作者鲜明的爱憎。四川巫山关帝庙联："山势西来犹护蜀；江声东下欲吞吴。"甘肃兰州金山寺三圣庙联："山势西回犹顾汉；涛声东下欲吞吴。"所用艺术手法与此联相同。

三人三姓三结义
一君一臣一圣人

——江苏镇江三义阁联　　佚　名

《三国演义》开篇第一回即写刘备、关羽和张飞"宴桃园豪杰三结义"。同书第二十六回写关羽回答张辽所提"兄与玄德交，比弟与兄交何如"问题时说："我与兄，朋友之交也。我与玄德，是朋友而兄弟，兄弟而又君臣也。"之后第七十七回又有诗赞关羽："人杰唯追古解良，士民争拜关云长。桃园一日兄和弟，俎豆千秋帝与王。"此联将刘关张"三结义"的关系特点予以凝练概括，巧用数字，饱含情思。河北涿州是刘备、关羽、张飞"桃园结义"的地方，此间的三义宫有这样的宣传语："三国演义从这里开篇；桃园义气到此处寻根"。所言极是，颇具吸引力。福建泉州三义庙有联云："三义宏图谋一统；千秋浩气感万民。"台湾台南关帝庙有联云："结桃园兄贤弟义；扶汉室君圣臣忠。"江苏南京三圣殿亦有联云："是君是臣，大业三分撑汉室；宜兄宜弟，高风千古仰桃园。"

文武一龛如在上

弟兄同节此登高

    ——河北正定文昌关帝合祀庙联   吴省钦

    吴省钦,字充之,号白华,清江苏南汇(今属上海)人。乾隆二十八年(1763)进士,官至左都御史。他视学正定时奉召回京,而接替者恰为其弟吴省兰,时值农历九月初九重阳佳节,受唐王维《九月九日忆山东兄弟》诗"独在异乡为异客,每逢佳节倍思亲。遥知兄弟登高处,遍插茱萸少一人"的影响,故有此作。"在上",《书·吕刑》:"穆穆在上,明明在下。"孔颖达疏:"言尧恭行敬敬之道在于上位。"后因以"在上"尊称帝王圣人。"文昌",旧传主文运之星宿,亦称文曲星。文昌庙内多祭孔子。联中"文武一龛"即指文武圣人孔子、关羽合龛共祀。下联的"同节"既指重阳节,又指同样的礼节。"登高"也为双义,一指重阳日登临高处之节俗,一指钦仰德高在上的二圣。

万古勋名垂竹帛

千秋忠义壮河山

    ——甘肃临潭新城关帝庙联   佚 名

    "勋名",《后汉书·张奂传》:"及为将帅,果有勋名。"指功名。"竹帛",竹简和白绢。古代初无纸,用竹帛书写文字。引申指书籍、史乘。宋陆游《秋日村舍》诗:"忠诚所感金石开,勉建功名垂竹帛。"《三国演义》第三十六回写徐庶临别又顾谓诸将曰:"愿诸公善事使君,以图名垂竹帛,功标青史。""忠义",忠贞义烈。《三国志·魏书·杨阜传》裴松之注引皇甫谧《列女传》:"人谁不死?死国,忠义之大者!"联语颂扬关羽的丰功伟绩名载史册,万古流传;忠勇仁义壮美山河,千秋咏赞。甘肃张掖关帝庙亦有联云:"万古丹心盟日月;千秋义气表春秋。"

三分割据纡筹策
万国衣冠拜冕旒

　　　——关帝庙通用集句联　　佚　名

　　此为集句联，多见于各地关帝庙。上联出自唐杜甫《咏怀古迹五首之五》："三分割据纡筹策，万古云霄一羽毛。""纡"，屈也。原本是写诸葛亮屈处偏隅，运筹帷幄，遂成三国鼎立之势。此处借以表明关羽忠贞义勇，亦为"三分割据"建有赫赫功绩。下联出自唐王维《和贾至舍人早朝大明宫之作》："九天阊阖开宫殿，万国衣冠拜冕旒。"所言"衣冠"本指士大夫的穿戴，联中代指各地的关公崇拜者。"冕旒"本是天子的冠饰，联中作为被封成帝王的关羽的代称。集引自然，雅切生动。又有在此联后加字而成的新联："万国衣冠拜冕旒，生民来未有夫子也；三分割据纡筹策，知我者其唯春秋乎？"

心上人大哥三弟
眼中钉北魏东吴

　　　——山东济宁关帝庙联　　佚　名

　　"眼中钉"，语出唐冯贽《云仙杂记·拔丁钱》："赵在礼在宋州，所为不法，百姓苦之。一日制下，移镇永兴，百姓相贺曰：'眼中拔却钉矣，可不快哉！'"比喻最痛恶的人或事物。上联写关羽桃园三结义，与志同道合的"大哥三弟"刘备、张飞同心同德。下联叙关羽忠肝义胆，疾恶如仇，与"北魏东吴"不共戴天。联语朴实，不加雕琢，却真切自然，好懂易记。"目"即为"眼"。甘肃民乐永固关帝庙有联云："心上有天悬日月；目中无地着孙曹。"清李承衔《自怡轩楹联剩话》中载有某屠户所敬一联云："一片心大哥三弟；两件事曹操孙权。"评述说："语太不经，而生气勃勃，颇足解秽。"

[八言联]

大丈夫磨刀垂宇宙

士君子谋道贯古今

  ——湖北利川磨刀溪关帝庙联 佚 名

  磨刀溪在利川谋道镇，相传因关公在此磨刀而得名，后在磨刀石近处建关帝庙。"大丈夫"，指有志气或有作为的男子。《三国演义》第四回有诗云："朝堂杀贼名犹在，万古堪称大丈夫。"同书第五十回有"大丈夫以信义为重"之语。之后第六十三回写关羽接过镇守荆州的印绶，又说："大丈夫既领重任，除死方休。""垂"，留待，流传。"宇宙"，世界。"士君子"，旧时指有学问而品德高尚的人。宋欧阳修《廉耻说》："廉耻，士君子之大节。""谋道"，探求事理和道义等，谓认真用心于学。此联妙在巧用"磨刀溪"和"谋道镇"地名，描绘关公"磨刀"杀贼寇、"谋道"读《春秋》的英雄形象，诚为"大丈夫"神威显赫，名震中外；"士君子"佳誉永存，声贯古今。清末四川总督赵尔丰到此，撰书一副五言联云："既磨刀尚武；应谋道修文。"

临大节而不可夺也

非圣人而能若是乎

  ——某地关帝庙联 佚 名

  《论语·泰伯》："临大节而不可夺也。"何晏集解："大节，安国家，定社稷。"所言"不可夺"者，其"志"也。唐李白《上安州裴长史书》："大丈夫必有四方之志。"上联正是用肯定语写雄心壮志，赞关羽面临关系存亡安危的大事时，殚精竭虑而坚贞不移。"若是"，如此，这样。《史记·老子韩非列传》："吾所以告子，著是而已。"下联以设问句写丰功伟业，称关羽之所以能够如此，自是"圣人"而无疑。甘肃榆中兴隆山关帝庙也有联云："志在春秋，明大义，振纲常，全节尽名，精忠不愧武夫子；心明法语，悟真空，凝神气，护国佑民，灵应足当大圣人。"

乃所愿则学孔子也
知我者其唯春秋乎

——黑龙江虎林关帝庙联　　佚　名

清雍正年间（1723~1735），四处来虎林采人参者甚多，其中一些人致富后，集资修建了这座关帝庙。由于它是我国东北部中俄边境上的唯一古建筑，所以有"东方第一庙"之誉。上联出自《孟子·公孙丑上》："皆古圣人也，吾未能有行焉；乃所愿，则学孔子也。"原意是说：我虽然未能做到像古圣人那样，不过我的愿望则是学习孔子。下联出自《孟子·滕文公下》："《春秋》，天子之事也。是故孔子曰：'知我者其唯《春秋》乎？罪我者其唯《春秋》乎？'"原意是说：撰著《春秋》这样重要的史书，原本是天子的事情，如今由我孔子来完成，那么不论想要了解或准备责怪我，所凭的恐怕就是这部《春秋》了。此联围绕庙内关羽读《春秋》塑像而写，集句精当，运用自如，将"亚圣"孟子的论述，变成"武圣"关羽的所说，兼及对"文圣"孔子的颂扬，充分表明了关羽的忠义儒雅，别有意趣，耐人寻味，对关羽愈发充满钦敬之情。

儒雅神威真天人也
智仁义勇非丈夫乎

——甘肃宕昌哈达铺三义庙联　　佚　名

"儒雅"，谓风度文雅飘逸。"神威"，神奇的威力。《三国演义》第七十七回有诗赞关羽云："汉末才无敌，云长独出群。神威能奋武，儒雅更知文。"明文征明《题圣像》诗："有文无武不威如，有武无文不丈夫。谁似将军文而武，战袍不脱夜观书。""天人"，指仙人，神人。"智仁"，《论语·子罕》："子曰：知者不惑，仁者不忧，勇者不惧。""知"同"智"。"义勇"，为正义而付之的勇敢行为。《礼记·中庸》："知仁勇三者，天下之达德也。"联语从诸多方面，并用肯定或反问的手法，对关羽"真天人"、大"丈夫"的形象予以颂扬。

与武侯两表寿千古

继孔门四书增一经

  ——江苏苏州关帝庙联 何又雄

  何又雄，字淡如，清广东南海（今广州）人。同治元年（1862）举人，官广东高要教谕，后在省港教书为生。为人幽默风趣，号称"岭南八怪"之一。关羽以勇武著称，虽喜读《春秋》，但并无著述。为了弥补这一遗憾，在将关羽推上神坛的同时，假托其名的《关帝经书》也就应"运"而生了。常见的有《关帝觉世真经》《关帝永命真经》《关帝明圣经》等。此联就是作者见庙内供有《关帝觉世真经》而特意题写的。称关帝的"经书"原自"明圣"，实能"觉世"，必将"永命"，可以同诸葛亮的《前出师表》《后出师表》一样千古流传，同时还可视为"孔门"儒学典籍《论语》《孟子》《大学》《中庸》"四书"之后新增加的一部。此联可见作者擅长诙谐联作的特点，所评所议不足为凭。不过使我们获知确有《关帝经书》行世的特殊文化现象。

至大至刚，塞乎天地

讨乱讨贼，志在春秋

  ——某地关帝庙联 董其昌

  董其昌，字玄宰，号思白，明松江府华亭（今属上海）人，万历十七年（1589）进士，官至南京礼部尚书。工书法，擅山水画，为一代大家。关公的形象气宇轩昂，关公的仁义气贯长虹，关公的勇武气冲霄汉，关公的故事气壮山河。上联围绕关公之"气"而写，"气"乃"浩然之气"。用《孟子·公孙丑上》中语："其为气也，至大至刚，以直养而无害，则塞于天地之间。"民间流传有关羽三代"皆习《春秋》"的故事，并有"读好书，说好话，行好事，做好人"的治家格言，其中所说"好书"即为《春秋》。下联着重关公之"志"而写，"志"乃"凌云壮志"。颂扬关羽遵循《春秋》义理，讨伐叛乱及贼寇，建立了不朽的功业。联语凝练蕴藉，韵味悠长。

乃神乃圣，振古铄今
至大至刚，参天两地
——河南社旗关帝庙联　　佚　名

　　"振古铄今"，犹"震古铄今"，指震动古人，显耀当世。形容事业或功绩伟大。梁启超《张博望班定远合传》第一节："顾能以人事与天然争，以造震古铄今之大业。""参天两地"，"参"通"三"。"参天两地"为《易》卦立数之义。《易·说卦》："参天两地而倚数。"孔颖达疏："倚，立也。……取奇数于天，取偶数于地。"清俞樾《诸子平议》："阳之数以三而奇，阴之数以二而偶，所谓参天两地也。"后引申为人之品德可与天地相比。此联也以通常惯用的"古今""天地"之语，颂赞关公的英名和功业，正气与德泽，不过略加变易，古语妙用，温故知新，颇多回味。河南洛阳关林也有联云："贯日忠心，昭彰天地；薄云义气，振铄古今。"

气塞天地，能配天地
志在春秋，长享春秋
——河南许昌关帝庙春秋楼联　　佚　名

　　关羽被曹操拜为偏将军后，得以厚礼相待，其中就有赐府院一座。关羽将其分为两院，皇嫂住内院，自己住外院。后世因关羽之高风亮节，将此建筑格局称为"两院英风"。《三国演义》第二十五回有诗云："威倾三国著英豪，一宅分居义气高。奸相枉将虚礼待，岂知关羽不降曹。"春秋楼即关羽当初秉烛读《春秋》的地方，故楼名冠以"春秋"二字。"配"，匹敌，媲美。《管子·形势》："能予而无取者，天地之配也。""享"，享有，受用。此联明显是在四言联基础上写成的，同样是颂扬关羽的浩然正气和《春秋》大志，却妙在了"天地""春秋"相继两现，由"塞"而得以"能配"，因"在"则可以"长享"，前后呼应，相辅相成，切景抒怀，寓意更丰。

道贯古今，德参造化
惠昭日月，义薄云天

    ——中国台湾南投日月潭文武庙联　　佚　名

    日月潭又名水沙连，是全岛最大的天然湖。湖中有小岛珠仔屿，岛北为日潭，岛南为月潭，各以其形似而得名。为享有盛誉的风景名胜区，山腰湖畔兴建寺庙楼宇甚多，文武庙就是其中之一。《论语·为政》："道之以德，齐之以礼。"《韩诗外传》："道存则国存，道亡则国亡。"《左传·襄公二十四年》："德，国家之基也。"这些都说明了"道"与"德"的重要性。上联颂赞孔子、关羽的"道德"不仅直"贯古今"永在人间，还"参造化"更见创造化育之灵异。三国魏曹植《矫志》诗："泽如凯风，惠如时雨。"唐李白《自溧水道哭王炎》诗："名飞日月上，义与风云翔。"下联褒扬文武二圣的惠泽明如"日月"，永放光芒；义节高入"云天"，令人崇仰。"惠昭日月"四字，更与"日月潭"胜景相切，别有情趣。

忠义参天，出于至性
宫墙数仞，仰之弥高

    ——甘肃天水山陕会馆关帝像联　　佚　名

    "参天"，高出云天。"至性"，纯贞的性情。"宫墙数仞"，出自《论语·子张》："譬之宫墙，……夫子之墙数仞，不得其门而入，不见宗庙之美，百官之富。"后因称师门为"宫墙"。"仞"，古代长度或高度。一仞为七尺（或说八尺）。"仰之弥高"，出自《论语·子罕》："仰之弥高，钻之弥坚。"这是颜渊对孔子学说的赞叹之语。联意为："忠义"之所以高过云天，那是出自英雄纯贞的本性；会馆的"宫墙"已有"数仞"，只因馆内供奉有"乃圣乃神"的关帝，所以瞻仰时会觉得更加巍峨高耸。秦晋商人将会馆与关公紧密联系在一起，目的就是"敬关羽，崇忠义，叙乡谊，通商机，谋赢利"。联语充分表达了"山陕"两地经商者对"崇信重义"关公的由衷崇拜，旨在共同遵循"信义为上，利从义来"的行为准则。

乃圣乃神，位隆北坎

允文允武，德耀南离

　　——广东广州三帝庙联　　鲍　俊

　　鲍俊，字宗垣，号逸卿，清广东香山（今中山）人。道光三年（1823）进士，官刑部山西司主事。晚年主丰湖书院。三帝庙因同祀文昌、北帝、关圣而名。"文昌"即文昌帝君，是古代神话中主宰功名、禄位的神，后为道教所承袭。旧时多为读书人所崇祀。"北帝"为主北方之神。《后汉书·王梁传》："王梁主卫作玄武。"李贤注："玄武，北方之神，龟蛇合体。"按玄武即道家所奉之真武帝。"坎"为《易》卦名，代表水，为北方之卦。"离"亦为卦名，代表火，为南方之卦。与三帝庙建在南方之广州相切。联语文字虽简，却将原本颂赞关帝的"乃圣乃神""允文允武"八个字，成为三帝共享的盛誉之词，不过由此兼及三帝之"位"与"德"，并以"隆""耀"二字予以褒赞，极富韵味，颇有情趣。此间另有以鹤顶格嵌"关圣"二字的七言联云："关帝威仪维汉鼎；圣君德泽护台疆。"

如孟之刚，气配义道

继孔而圣，志在春秋。

　　——浙江杭州西湖关帝庙联　　许　梽

　　许梽，字梦西，号太眉，清江苏阳湖（今武进）人。咸丰初举孝廉方正，不赴。主讲道南书院。上联"如孟之刚"之"孟"，指誉为"亚圣"的孟子。"刚"指《孟子·公孙丑上》中所说"其为气也，至大至刚"。"气配义道"，亦出自《孟子·公孙丑上》："其为气也，配义与道；无是，馁也。"指"气"的形成必须与"义"和"道"相融合，否则就不会有气势。而关公正具有如孟子所说的"至大至刚"的浩然之气。下联"继孔而圣"之"孔"，指尊为"文圣"的孔子。指明关羽是继孔子之后的又一"圣"人。同时强调关羽的雄心壮"志"，皆因熟读孔子所著《春秋》而立。此联文字庄重，关联巧妙，概括精要，不落俗套。

大义参天，秉烛达旦
精忠报国，怒发冲冠

    ——湖北仙桃关岳庙联   佚　名

    明代世人尊奉岳飞之民族气节而建庙祀之，后清廷唯恐由此激化种族矛盾，遂竭力褒扬关公而建武庙。辛亥革命后去此偏颇，明令以关羽、岳飞同祀武庙，称关岳庙。上联写关羽。《三国演义》第二十五回有"关公乃秉烛立于户外，自夜达旦"的描述，实为颂赞关公不乱君臣之礼的"大义参天"。后多以"秉烛达旦"指关羽夜读《春秋》，并将关羽的"大义"皆归功于"志在春秋矢不移"（见《关帝志》卷三）。下联写岳飞。相传岳母在岳飞背上所刺四字为"尽忠报国"，义同"精忠报国"。《宋史·岳飞传》："帝手书'精忠岳飞'字，制旗以赐之。"岳飞所写《满江红》词有"怒发冲冠，凭栏处，潇潇雨歇"句，用太史公司马迁写蔺相如"怒发上冲冠"的奇语，表明对入据中原金兵的警惕，以及对自坏长城佞臣的愤慨。"怒发冲冠"正是"精忠报国"高尚品德的情感表达。上下联前后句皆互为因果，相辅相成，读来启人思考，余味不尽。

翊汉明忠，山犹西向

吞吴饮恨，水自东流

——湖南邵阳双清公园关圣殿联　　佚　名

　　邵阳有资、邵二水相汇，宋代始建双清亭，公园也因此得名。此间还有亦建于宋代的康济庙，"康济"二字为宋徽宗赵佶的御笔。到清代后，朝廷愈发推崇关公，遂于康熙年间将康济庙改成关圣殿。"翊"，辅佐，护卫。"翊汉"即指关羽匡扶汉室正统。"明忠"，表明精诚忠贞。上联用"山"为喻，突出关公忠勇威武，坚贞刚毅，"西向"望蜀汉，誉赞其心忠。"吞吴"，吞并孙吴。"饮恨"，抱恨含冤。意指关公未曾灭掉孙吴，反倒被其杀害，自是心有不甘，功败垂成。下联以"水"为喻，表明关公"吞吴"心切，"饮恨"难释，"东流"永不停，颂扬其志恒。联语虽短，内涵丰富，比喻形象，生动感人。

三晋英灵，笃生夫子

四时报赛，先酹乡人

——上海关帝庙联　　恽毓龄

　　恽毓龄，清咸丰年间江苏常州人，其余不详。"三晋"，战国时赵、韩、魏三国的合称。赵氏、韩氏、魏氏原为晋国大夫，战国初分晋各立为国，故称。后以"三晋"为山西的别称。"笃生"，三国魏曹植《皇子生颂》："喜月令辰，笃生圣嗣。"谓生而得天独厚。明清"官摄其祭"的祝文中，就有"发祥应运，圣嗣笃生""德能昌后，笃生神武之英"等语。"报赛"，古时农事完毕后举行谢神的祭祀。唐王建《赛神曲》："但愿牛羊满家宅，十月报赛南山神。"后泛指谢神。联语强调关羽的祖籍"三晋"，对其视若"英灵"、誉为"夫子"感到当之无愧，引以为荣。同时借"报赛"之习俗，表明"乡人"对"夫子"的尊崇，字朴情真，句简意浓。

帝德龙章，长开泰运
天生神武，羽展鸿图
　　　——泰国关帝庙联　　佚　名

　　"帝德"，本指天子的品德。《吕氏春秋·古乐》："帝舜乃令质修《九招》《六列》《六英》，以明帝德。"此指被封为"帝"的关羽的品德。"龙章"，不凡的风采。唐骆宾王《上兖州崔长史启》："伟龙章之秀质。""泰运"，大运，好运。此联以"泰运""鸿图"表达人们拜祭关帝而期盼达到的目的，也充分说明关羽在海外的巨大影响。妙在联中出现关羽之"羽"字，"云长"之"长"字，泰国之"泰"字，借题发挥，着实有趣。泰国北柳龙福寺文武圣殿有联云："天下文明开觉路；人间忠义护禅宫。"泰国北榄刘关张赵四姓"龙岗亲义会"联云："念先人义结古城，全心全意匡汉室；欣我辈会聚北榄，群策群力展鸿猷。"

义炳乾坤，宏开影像
兴来豪杰，大振良图
　　　——澳大利亚本迪戈关帝庙联　　佚　名

　　清圣祖康熙有为关帝庙御题匾额，即"义炳乾坤"四字。"炳"，光明，显著。汉扬雄《法言·君子》："或问圣人之言，炳若丹青。""影像"，肖像，画像。清富察敦崇《燕京岁时记·除夕》："世胄之家，致祭宗祠，悬挂影像。""兴来"，犹言恭请而来。此指建庙崇祀关羽。"豪杰"，豪迈杰出的人。此指"宴桃园豪杰三结义"之一的关羽。"良图"，妥善的谋划，远大的谋略。清姚鼐《过天门山》诗："所以豪杰士，竹帛奋良图。"联意为：关羽忠义节操感天动地，人们到处为他塑像拜祭；关公豪杰盖世令人敬仰，必将鼓舞民众精神大振，宏图大展。

[九言联]

行之以忠，未有夫子也
学而不厌，其唯春秋乎

　　——河北保定关帝庙联　　佚　名

　　《论语·里仁》："夫子之道，忠恕而已矣。"朱熹集注："尽己之谓忠，推己之谓恕。"可见"忠"就是忠诚。也就是说，为人做事要尽心竭力，克尽厥职。上联的"行之以忠"，即为此意。同时又用"未有夫子也"的肯定语，称颂在尽"忠"方面，没有人能超过关"夫子"。"学而不厌"，语出《论语·述而》："学而不厌，诲人不倦。"指对于学习永远不可以满足。下联又用"其唯春秋乎"的感叹语，指明关羽在读《春秋》一书时正是如此。清张鹏翮《关帝像赞》云："义存汉室，致主以忠。《春秋》之旨，独得其宗。"读之更有助于理解联意。此间还有一联云："自修齐，至平治，不啻四书内十章大学；寓褒贬，别善恶，恍若五经中一部春秋。"

义勇腾云，一朝兄和弟
忠心贯日，千秋帝与王

　　——中国台湾台南关帝庙联　　佚　名

　　"腾云"，传说中指驾云飞行。此处比喻崇高。"一朝"，一时，一旦。此指关羽和刘备、张飞"桃园结义"之时。"兄和弟"，指结义后亲如骨肉兄弟。"千秋"，既为人死的婉言，又形容岁月长久。"帝与王"，指关羽去世之后历经多年获有诸多封号。清赵翼《二十二史札记》称："蜀汉一朝君臣相与之际，实旷三代后所无有也。"联以"腾云"与"贯日"喻赞关羽的"义勇"和"忠心"，尤为允当。充分证明关羽的异姓骨肉深情，涵盖君臣纲常伦理。湖北松滋关帝庙有联云："至大至刚，是集义所生者；宜兄宜弟，与为仁之本欤。"江苏南京三义殿也有联云："是君是臣，大业三分撑汉室；宜兄宜弟，高风千古仰桃园。"

独来独往，为英雄本色

大仁大勇，真圣哲楷模

    ——中国台湾屏东关帝庙联   于右任

    于右任，字伯循，近代陕西三原人，清光绪二十九年（1903）举人。早年参加同盟会，辛亥革命时为陕西靖国军总司令，后任国民政府监察院院长等职。"独来独往"，本指特立独行的人，摆脱万物的挂碍，自由往来于天地间。联中指《三国演义》第二十七回所写"美髯公千里走单骑"和第六十六回所叙"关云长单刀赴会"之"英雄"壮举，也即联语所云"为英雄本色"。书中有诗赞曰："独行斩将应无敌，今古留题翰墨间。""圣哲"，指具有超人道德才智的人。亦以称帝王。"楷模"，典范，榜样。下联提及关羽最具代表性的"大仁大勇"，以"真圣哲楷模"概括并颂扬之，言之有据，言之有理，言之有情。

千秋浩气，忠义参天地

万古文光，春秋赞圣贤

    ——甘肃榆中兴隆山关帝庙联   佚 名

    兴隆山自五代起就为道教活动场所，人称道教兴隆之地，故名。现为西北避暑胜地之一，又因有关帝庙而远近闻名。《三国演义》第七十七回有赞关羽之诗句为"气挟风雷无匹敌"，所说之"气"即"千秋浩气"。"忠义"，忠贞义烈。同书第二十七回也有"忠义慨然冲宇宙"诗句颂关羽。"文光"，绚烂的文采。清黄遵宪《岁暮怀人》诗："赤嵌城高海色黄，乍销兵气变文光。"联语指出关羽之所以受到人崇敬，贵在其"忠义"之"浩气"，善读《春秋》而有"文光"。正因此，方被世人尊为"圣贤"。

一曲阳春，唤醒古今梦

两班面目，演尽忠奸情

——安徽亳州大关帝庙花戏楼联　　佚　名

　　亳州是曹操的故里，花戏楼为大关帝庙的组成部分，建于清康熙十五年
（1676）。冠以"花"字，既指戏楼雕刻彩绘绚丽夺目，又因亳州自古有"花
市"之誉。戏楼的上下场门书有"想当然""莫须有""白雪""阳春"字
样。"阳春"，古代楚国曲名，为高雅音乐的代表。联中借指好的戏剧。"面
目"，面貌，脸面。联中指传统戏剧的脸谱。上下联均以戏剧形象起兴，指出
其既能唤醒人们对古往今来曲直是非的彻悟，又能帮助观众更加清楚地分辨忠
奸廉浊、真假美丑。联系关羽之"忠"和曹操之"奸"，置身此间，自会对戏
剧的教化作用有更多的感慨和更深的体会。另有专为演出《过五关》所题戏台
联，句云："为嫂降曹，自是因权变；尊兄斩将，无非以义行。"江苏无锡惠
山的戏台联也耐人寻味："谁云皮里阳秋，直绘出神仙面目，奸佞心肠，是是
非非，凭半日小轮回，唤醒瞌睡汉；我亦登场傀儡，须扮就名士风流，英雄气
概，磊磊落落，做一个奇角色，留与后人看。"

正气塞两间，神圣文武

丹心昭万古，日月江河

——甘肃民乐洪水城关帝庙联　　佚　名

　　"正气"，指有如《孟子·公孙丑上》所云充塞天地间的至大至刚的浩然
之气。上联称关羽正是凭借其刚毅坚贞的气节，才得以享有"神圣文武"的美
名。"丹心"，赤诚之心。《三国演义》第二十四回有诗云："赤胆可怜捐百
口，丹心自是足千秋。"清嘉庆本《关帝圣迹图志全集》中收有关羽所写《辞
曹操书》："窃以日在天之上，心在人之内。日在天上，普照万方；心在人
内，以表丹诚。丹诚者，信义也。"下联赞关羽丹诚之心如"日月"经天，永
放光芒；似"江河"行地，"万古"颂扬。联语引类设喻，意味隽永，简明扼
要，生动感人。

兵法读春秋，必有文章
官箴严月旦，无作神羞
　　　　——江苏南京署中关帝庙联　　彭元瑞

　　此联见清梁章钜《楹联丛话》卷三，是作者奉旨视学江苏时，为署中关帝庙所题。"兵法"，用兵作战的策略和方法。"文章"，本指文辞或独立成篇的文字。上联写关羽读《春秋》不仅明"道"立"志"，同时还将其视为兵书来读，从而获得运筹帷幄的韬略和胆识。"官箴"，做官的戒规。"月旦"，谓品评人物。典出《后汉书·许劭传》："劭与靖俱有高名，好共核论乡党人物，每月辄更其品题，故汝南俗有月旦评焉。""神羞"，使神蒙羞。《书·武成》："惟尔有神，尚克相予，以济兆民，无作神羞。"下联指明为官应牢记戒规，接受品评，万不可让神仙替你感到羞愧。此处之"神"，即所拜谒之关帝也。也可将"兵法""官箴"分开，以"兵""官"作名词，"法""箴"作动词，作为对署中当"兵"任"官"者的忠告。此联语不求丽，意则深长，启人思考，既有警策，又有激励，读之有益。

我意祈麦秋，泽随地遍
公灵震华夏，日在天中
　　　　——北京西四阜成门关帝庙联　　李光地

　　李光地，字晋卿，号厚庵，清福建安溪人。康熙九年（1670）进士，官至文渊阁大学士。此联见清梁章钜《楹联续话》卷一，称作者"为直隶巡抚，祈雨于关庙，有应，谢以联。"民间原本就有关公是"南海龙王转世"之说，故将封帝称王之后的关公，视为"灵应丕昭，显佑群生"之尊神。故"祈雨"之事，也求关公。"麦秋"，麦熟的季节。通指农历四五月。《礼记·月令》："（孟夏之月）靡草死，麦秋至。"陈澔集说："秋者，百谷成熟之期。此时虽夏，于麦则秋，故云麦秋。"作者为使"麦秋"丰收，特意祈雨，所云"泽随地遍"，既是写实祈盼甘霖普降，又喻关帝显灵施以恩泽。可谓切事成联，饱含誉赞。

翊汉表神功，龙门并峻
扶纲伸浩气，伊水同流
　　　　——河南洛阳关林拜殿联　　爱新觉罗·弘历

　　清乾隆十五年（1750），高宗巡视中州，特为洛阳南郊埋葬关羽首级的关林拜殿撰书此联，另有御赐匾额"声灵于铄"。"翊"，辅佐。"龙门"，在关林南，两山对峙若门而名，以石窟蜚声海内外。上联颂赞关羽辅佐蜀汉的"神功"，称其"神功"将与"龙门并峻"，千秋永存。"扶"，护持。"纲"，纲常，法度。"伊水"，即伊河。由南向北穿龙门而过，龙门由此又称"伊阙"。下联盛誉关羽"扶纲"之"浩气"。"浩气"语出《孟子·公孙丑上》："吾善养吾浩然之气……其为气也，至大至刚。"称关羽之"浩气"当与"伊水同流"，奔腾不息。联语简短精当，借物誉人，极为贴切，相得益彰。此间另有九言联云："先师圣矣，文心凭地载；汉寿神哉，武德与天齐。"

本正大之情，放海而准
礼神明之德，如川斯流
　　　　——山东东营河口关帝庙联　　爱新觉罗·弘历

　　"正大"，端正弘大。《易·大壮·辞》："大者，正也。正大而天地之情可见矣。""放海而准"，即"放之四海而皆准"的略语，出自《礼记·祭义》。指用到任何地方、任何方面都可作为准则。"神明"，天地间一切神灵的总称。《易·系辞下》："阴阳合德，而刚柔有体，以体天地之变，以通神明之德。"联语以此颂扬关羽的"正大之情"，即正直仁义的情怀。巧在此联是为黄河入海口处的关帝庙而题，用"放海而准"着实妙不可言。《礼记·中庸》："小德川流，大德敦化，此天地之所以为大也。"以"川流"形容盛行不衰。联语又结合黄河的川流不息颂扬关羽的"神明之德"，诚为生花妙笔，余韵如缕，读来令人心悠神远，浮想联翩。

数行辞曹书，千载不朽
一枝达旦烛，日月争光

      ——河南社旗山陕会馆大拜殿联   佚 名

    清初毛宗岗在修订评刻《三国演义》时，对关公"挂印封金"的故事，予以极高的评价："独至关公，而心恋旧主，坚如铁石。金银美女之赐，不足以移之；偏将军汉寿亭侯之封，不足以动之……天壤间不受驾驭、不受笼络者，乃有如此之一人。即欲不吁嗟敬仰，安可得乎？"上联用《三国演义》第二十六回故事，写关羽得知大哥刘备的消息后，"即写书一封，辞谢曹操"。下联用同书第二十五回故事，写关羽为护二位皇嫂，"秉烛立于户外，自夜达旦"。连曹操闻之也叹服不已。清甄汝舟《咏春秋楼》诗："秉烛中宵暂避嫌，宅分两院亦从权。依曹不久仍归汉，留得英风在颍川。"故联中所言"千载不朽"者，非"辞曹书"也，乃坚贞之大节；"日月争光"者，也非"达旦烛"，乃忠义之高德。

九言联

威名满华夏，浩气长存
戎服读春秋，英风宛在

      ——海南琼山关帝庙联   佚 名

    唐代置琼山县，以山为名。宋代置琼管安抚都督台，又建琼台。宋李光《琼台》诗："玉台孤耸出尘寰，碧瓦朱甍缥缈间。爽气遥通天际月，沧浪不隔海中山。""琼台福地"即为此间胜景之一，诸多建筑中就有关帝庙。"威名"，威望，名声。《三国演义》第七十四回有诗赞道："关公神算谁能及？华夏威名万古传。""浩气"，浩然正气，正大刚直的精神。"戎服"，戎装，军服。以身穿戎装而读《春秋》，充分表明关羽文武双全，志有所依，道有所循。"英风"，英武的气概，崇高的气节。古代海南为蛮荒偏远之地，多少失意的名臣才俊就被贬谪到此。所以关帝庙的兴建，本身就证明了关羽"威名满华夏"。

高义薄云天，威震华夏

忠肝贯金石，志在春秋

　　——湖北汉口山陕会馆关圣殿联　　佚　名

　　"高义薄云天"，本指诗文所表达的义理、境界极其高妙。《宋书·谢灵运传略》："屈平、宋玉导清源于前，贾谊、相如振芳尘于后，英辞润金石，高义薄云天。"后亦多用来形容为人很讲义气。明李开先《赠少棠张举人》诗"万丈文光摇北斗，一生高义薄云天。"上联突出誉赞关公的仁义，称其皆由此而享有"威震华夏"的盛名。"忠肝"，指忠义之心。《宋史·儒林传八·王应麟》："是卷古谊若龟镜，忠肝如铁石。"即礼部尚书王应麟在文天祥考卷上的批语。"贯金石"，谓金石虽坚，亦可穿透。形容精诚忠勇威力无穷。明李贽《关王告文》："惟神（指关帝）忠义贯金石，勇烈冠古今。"下联着重称颂关公的精忠，称其皆因拜读《春秋》而有此"志"。会馆中《汉关夫子春秋楼碑记》也证实了这点，曰："关夫子欲以存蜀者存汉，志《春秋》之志，此《春秋》之所以有其人也。"

守君臣范围，如布有幅

明春秋大义，似尺当平

　　——某布店关公像联　　佚　名

　　西晋傅玄写有《衣铭》和《被铭》，前者曰："衣以饰外，德以修内。内修外饰，礼有制也。"后者云："被虽温，无忘人之寒。无厚于己，无薄于人。"因"衣""被"皆离不开"布"，故旧时布店有通用联："衣人德自暖，被世岁无寒。"小中见大，言简意赅。这副题布店关公像的联语同样令人称道。"幅"，布帛的宽度。古制一幅为二尺二寸。亦泛指宽度，亦谓使有限度。《左传·襄公二十八年》："夫民生厚而用利，于是乎正德而幅之。"孔颖达疏："言用正德以为边幅，使有度也。""平"，公平。此联妙在结合布店的特点，以"布有幅"喻"守君臣范围"，以"尺当平"喻"明春秋大义"，实在是涉笔成趣，别出心裁。

度一切众生于梦幻后
存千秋大义在天壤间

  ——云南昆明关帝庙联   王惟诚

  王惟诚,字孚远,号太仆,清道光年间人。曾任广西布政使。"度",佛教语。意为引其离俗出生死。"众生",凡指人和一切动物。《红楼梦》第二十五回:"我笑如来佛比人还忙:又要度化众生,又要保佑人家病痛,都叫他速好。""梦幻",梦中幻境。多喻空妄。晋陶潜《饮酒》诗之八:"吾生梦幻间,何事绁尘羁。"佛教本有"众生好度人难度"之语,意指除人以外的动物本性率真,易于救度;而人心巧伪,难以济度。上联则写对关公的祭拜当使"众生"消除一切空妄不实的"梦幻",得以度化点拨而务实求真。这是因为有如下联所言,关公的"千秋大义"在"天壤间"长久留存,自会使"众生"深受启迪,彻底醒悟。借以表明关羽的优秀品格对世人有极强的潜移默化作用。昆明西山关公石窟也有联云:"作孝作忠今古圣神常在;允文允武山川风气全开。"

［ 十言联 ］

西方圣人，犹是东山名士

后日棣萼，何如前代桃园

      ——河南社旗山陕会馆牌坊联　　佚　名

    "西方圣人"，指关羽。以祖籍山西相对山东而言。"东山名士"，即孔子。以祖籍山东相比山西而称。古文通常也称二人为"关西夫子""关东夫子"。明徐渭《蜀汉关侯祠记》："蜀汉前将军关侯之神与吾孔子之道，并行于天下。""棣萼"，典出《诗经·小雅·棠棣》。以棠棣花之艳丽，比喻兄弟关系之亲密。后以"棣华""棣萼"等喻指兄弟。《晋书·孝友传序》："夫天伦之重，共气分形，心睽则叶颎荆枝，性合则华承棣萼。"联意为："西方圣人"关羽，犹如"东山名士"孔子一样闻名遐迩；后世同胞兄弟的情分，很难比得过刘关张当年"桃园"结义的友情。此联"西"与"东""后"与"前"互对，既表明了地域之广，又揭示了时间之久，用字看似平易，对仗更显工稳，颂赞更见真情。

正气尝伸，刚大塞乎天地

圣人复起，忠义本于春秋

      ——四川南溪武庙联　　王培荀

    王培荀，字雪峤，清山东济南人。道光二年（1822）举人，历知荣昌、丰都、新津诸县。"正气"，浩然之气。"尝"，通"常"。"伸"，扩展，扩大。"刚大"，刚直正大。金王若虚《进士彭子升墓志》："言论慷慨，仪度不凡，刚大之气，困而不折。"上联用《孟子·公孙丑上》中论述"浩然之气"时所说"至大至刚，以直养而无害，则塞于天地之间"语，又以"尝伸"二字进一步肯定关羽之"正气"与世长存。下联之"复起"，指出关羽是继孔子之后又一位被尊崇的"圣人"，并阐明其之所以能成为"圣人"，根本原因在于遵循《春秋》之"道"，培育出令人钦佩的"忠义"品德。联语互为照应，读来印象极深。

骂使绝婚，总是委心汉室
斩良诛丑，岂真报效曹瞒
　　　——河南社旗山陕会馆大拜殿联　　佚　名

　　"委心"，犹倾心，竭尽诚心。《史记·淮阴侯列传》："仆委心归计，愿足下勿辞。"《三国演义》第七十三回写孙权派诸葛亮兄诸葛瑾为使，对关羽言："吾主吴侯有一子，甚聪明。闻将军有一女，特来求亲。"关羽勃然大怒曰："吾虎女安肯嫁犬子乎！不看汝弟之面，立斩汝首。"上联即写此事，称赞关羽这样做正是真心匡扶汉室。同书第二十五和二十六回写关羽"约三事"而暂依曹操，并为之连斩袁绍两员大将颜良和文丑。下联便写此事，解释说这样做并非真心报效曹操，而是兑现自己所说："吾终不留此。要必立效以报曹公，然后去耳。"目的还在"若知皇叔（指刘备）所在，虽蹈水火，必往从之"。联语既表现关羽的忠贞，又证明关羽的英勇，读之如闻其声，如见其人。

河北醉归，怒斩曹瞒六将
江南赴宴，笑倾鲁肃三杯
　　　——湖北当阳关陵圣像亭联　　佚　名

　　上联依《三国演义》第二十七回故事而写，关羽过五关时"怒斩"的"曹瞒六将"即孔秀、孟坦、韩福、卞喜、王植、秦琪。书中有诗赞曰："挂印封金辞汉相，寻兄遥望远途还。马骑赤兔行千里，刀偃青龙出五关。忠义慷慨冲宇宙，英雄从此震江山。独行斩将应无敌，今古留题翰墨间。"下联依同书第六十六回故事而写，鲁肃、吕蒙等为讨回荆州，设鸿门宴邀关羽前往，云长"入席饮酒……谈笑自若"，后佯醉要鲁肃"莫提起荆州之事"，将其扯至江边。鲁肃"魂不附体"，东吴诸将"恐肃被伤，遂不敢动"。眼睁睁地"看关公船已乘风而去"。书中也有诗赞曰："藐视吴臣若小儿，单刀赴会敢平欺。当年一段英雄气，犹胜相如在渑池。"联语简洁凝练，绘声绘影，以豪杰风光之事，赞英雄威武形象，读来有如眼前尽展画卷，耳际常留余音。

香袅金炉，一道扶炎正气
花生宝炬，千年达旦余光
　　　　——湖北松滋关帝庙联　　佚　名

　　"金炉"，金属铸的香炉。亦为香炉之美称。南朝梁江淹《别赋》："同琼珮之晨照，共金炉之夕香。""扶炎"，即匡扶汉室。汉自称以火德王，故称炎汉。"宝炬"，蜡烛的美称。《华严经·世主妙严品》："宝地普现妙光云，宝炬焰明如电发。""达旦"，直到天明。联用表明关羽忠贞刚毅的"秉烛达旦"故事。"余光"，充足的光辉。喻指美德、威势所显现或留下的影响。明李东阳《江都县学科贡题名记》："后进之士仰遗风，慕余光，志感行励，必有勃然于此者。"上联说庙中香炉烟雾袅袅，升腾而起的是关羽扶持蜀汉的浩然之气。下联说庙内蜡炬火花频生，永不熄灭的是关羽忠贞仁义的道德之光。

至大至刚，是集义所生者
宜兄宜弟，其为仁之本欤
　　　　——湖北松滋关帝庙联　　佚　名

　　上联语出《孟子·公孙丑上》："其为气也，至大至刚，以直养而无害，则塞于天地之间。其为气也，配义与道。无是，馁也。是集义所生者，非义袭而取之也。"指"至大至刚"的浩然之气是"义"在内心积累才得以产生的。下联"宜兄宜弟"，语出《诗经·小雅·蓼萧》："宜兄宜弟，令德寿岂。"指既宜于兄，也宜于弟，兄弟皆好。用于称关羽同刘备、张飞的结义兄弟情深。《礼记·大学》曰："宜兄宜弟，而后可以教国人。"称只有兄弟和睦相处，然后才可以教育国人。"本"，事物的根基或主体。《礼记·中庸》："仁者人也，亲亲为大；义者宜也，尊贤为大。"指出事君之忠、事长之顺，皆本源于"仁"。联语指出关羽正是以仁爱为根本，才成为忠义的化身。简明扼要，鞭辟入里，内涵丰盈，启人心智。

此吴地也，不为孙郎立庙
今帝号矣，何须曹氏封侯

     ——浙江富阳关帝庙联　　佚　名

    江苏南京关帝庙也有此联。"吴地"，三国时东吴政权管辖之地。"孙郎"，指三国时吴国的建立者孙权。他为吴郡富春（今浙江富阳）人，黄龙元年（229）称帝后迁都建业（今江苏南京）。联语提出一个令人关注的问题，那就是为什么在相当长的时间里，吴主出生、建都的"吴地"之上，却看不到为"孙郎"所立之庙，到处可见的都是祭祀被东吴所杀害的关羽的建筑。联语通过令人信服的反衬，证实关羽的形象影响极为深远。历代统治者不断地为关羽加封，已经有了至尊至圣的"帝号"，曹操当初所封"汉寿亭侯"还有什么意义呢？联语又通过发人深省的反问，强调关羽的威望愈发显得崇高。

诡诈奸刁，到庙倾诚何益
公平正直，入山不拜何妨

     ——福建泉州关帝庙联　　佚　名

    泉州是中国历史文化名城，枕山面海，风光秀美，名胜古迹星罗棋布，不光吸引着大量的游客前来观光，同时也让无数的香客慕名而来。此联就是针对拜谒关帝庙的香客而写的。"诡诈"，狡诈，欺诈。《三国演义》第十九回写陈宫对曹操说："（吕）布虽无谋，不似你诡诈奸险。""奸刁"，奸诈，刁顽。上联正告那些"诡诈奸刁"之徒，即使进到庙内竭尽所能以示虔诚，也会被神灵识破而得不到佑护。下联寄语那些"公平正直"的人，称只要崇奉关帝的品德，即便入山见庙未曾拜祭，也无妨大碍，神灵依然降福于你。联语实际是借关帝庙表达对"诡诈奸刁"的斥责，对"公平正直"的赞许，褒扬贬斥，观点鲜明，直言快语，震撼人心。

两道蚕眉，锁住汉室社稷

一双凤眼，睁看曹氏奸瞒

———甘肃文县关爷楼联　　佚　名

民间对关羽有"关爷""关老爷""关二爷"等诸多称谓，语虽直白浅俗，却更显亲近钟爱。关庙也因此称为"老爷庙"。同样，"关爷楼"也是供奉关羽的建筑。《三国演义》第一回中这样描写关羽："身长九尺，髯长二尺，面如重枣，唇若涂脂，丹凤眼，卧蚕眉，相貌堂堂，威风凛凛。"此联围绕关羽形如卧蚕的眉毛、好似丹凤的眼睛来写，赞其力"锁"怒"看"，即倾力匡扶汉室，慧眼识破奸贼。比喻形象，生动传神。以"凤眼""蚕眉"着墨所撰之联甚多。如浙江金华重建关帝庙联："凤眼喜观今一统；蚕眉长恨旧三分。"甘肃甘谷关帝庙联："浩气丹心，凤眼观春秋一部；鞠躬尽瘁，蚕眉锁汉室三分。"湖北当阳关陵联："百尺铜台，千寻铁锁，笑割据河山，过眼奸雄安在；双珠凤目，八采蚕眉，睹辉煌冕藻，举头灵爽长存。"湖北当阳玉泉寺关帝庙联："凤眼传神，蚕眉笑像，想当年姿爽英灵，弥天亘地；宝刀偃月，骏马追风，羡此日馨香报赛，航海梯山。"就连非洲岛国马达加斯加关帝庙也有联云："日月高悬丹凤眼；江山长秀卧蚕眉。"

三教同心，忠恕慈悲感应
上善若水，澄潜混沌深沦

——云南大理紫云山关帝庙联　　佚　名

佛教传入我国后，称儒、释、道为"三教"。明陶宗仪《辍耕录·三教》："释如黄金，道如白璧，儒如五谷。"《三教源流搜神大全》中有三教推崇关羽的详细记载。"忠恕"，儒家的一种道德规范。"忠"谓尽心为人，"恕"谓推己及人。"慈悲"，佛教语。谓给人快乐，将人从苦难中拯救出来，亦泛指慈爱与悲悯。"感应"，道家有《太上感应篇》，谓神明对人事必有反响。上联以儒释道"三教同心"均推崇关羽为例，指出他们所主张的"忠恕慈悲感应"，都在关羽的身上得到体现。《老子》八章："上善若水，水善利万物而不争。"称最高的品德像水那样，滋润养育万物却安静处下不争。下联以"水"为喻，称颂关羽高尚品德对世人产生潜移默化的影响。此联妙在"同心"兼指后面六字同有心字（"应"字繁体为應），而"若水"后面的六字皆为三点水偏旁。清张鹏翮在《关帝志》卷三中说："天下后世之人，因得以景仰神灵，感奋激发，学其存心，考其行事，而慨然想见其为人，读斯志也可以兴矣！"所言正是表明"感应"之神奇功能。

汉代精忠，耿耿日星并焕
台城肇基，巍巍宫阙重新
　　——中国台湾台南关帝庙联　　佚　名

　　"精忠"，精诚忠贞。形容赤诚的忠心。素庵居士《春秋阁怀古》诗："精忠足昭日羽，知我其唯《春秋》。念念不忘汉室，一如孔子尊周。""耿耿"，明亮；鲜明。宋苏轼《梦与人论神仙道术》诗："照夜一灯常耿耿，闭门千息自濛濛。""焕"，焕发光彩，放射光芒。宋尚用之《和韵》："佳篇疾读韵琅琅，真疑星斗焕光芒。""台城"，宋洪迈《容斋续笔·台城少城》："晋宋间谓朝廷禁省为台，故称禁城为台城。"此指台湾省台南。既嵌"台"字，又显庄重。"肇基"，谓始创基业。"巍巍"，巍峨高耸。"宫阙"，古时帝王所居宫门前有双阙，故称宫殿为宫阙。联意为：蜀汉关羽的忠贞品德，和"耿耿日星"一样，焕然明亮，永放光芒。台南"肇基"而建的关帝庙，犹如"宫阙"巍然耸立，庙貌"重新"。此间另有联云："浩气满乾坤，万古勋名光史册；丹心贯日月，千秋义勇壮山河。"

伐魏征吴，谁比一时事业
称王颂帝，孰同千古馨香
　　——泰国曼谷关帝庙联　　佚　名

　　"一时"，一代，当代。三国魏曹丕《与吴质书》："诸子但为未及古人，自一时之隽也，今之存者，已不逮矣。"在三足鼎立的汉朝末年，"伐魏征吴"自是蜀汉的首要任务。关羽作为"五虎上将"之首，更是首当其冲，义不容辞。上联即赞誉其在讨伐征战中所建立的"一时事业"，堪称功丰德厚，无人可与媲美。"孰同"，谁能与之同日而语。"馨香"，既喻可流传后代的名望，又指供奉神佛的香火。绍剧《龙虎斗》第十场："生为英雄死为神，千秋万岁受馨香。"下联记述关羽"称王颂帝"的封号愈发隆耀，必将流芳百世，试问谁能像他这样威名远播，永享崇祀。

铁石为心，汉室擎天一柱
春秋得力，尼山拔地齐峰
——马达加斯加苏瓦雷斯关帝庙联　　佚　名

　　"铁石"，《晋书·忠义传序》："守铁石之深衷，厉松筠之雅操。"比喻坚定不移。"铁石为心"即"铁石心"，宋陆游《后园独步有怀张季长正字》诗："半生去国风埃面，一片忧时铁石心。"形容人刚强的秉性。《三国演义》第七十六回写诸葛瑾"奉吴侯命"劝关羽归顺，遭疾言厉色拒绝后，回见吴侯曰："关公心如铁石，不可说也。"孙权也感叹道："真忠臣也！""擎天一柱"，托得住天的柱子。喻可以担负重大任务的人。上联赞关羽忠贞不贰，实为匡扶汉室的坚强柱石。下联写关羽的成功，主要得力于"尼山"（即孔子）所著《春秋》，二圣有如"齐峰"并耸，令人钦仰。清林庆铨《楹联述录》卷二载，清乾隆年间，山东庠生张大梦病笃，魂游之际见关帝，遵命撰此联后得救。实际是突显关帝崇拜之灵验，颇具传奇色彩。此联今又见于海外，更添一段佳话。原联为十一言，即上下联后面为七字句，首字分别为"是"和"与"。

白马乌牛，引出忠心一点

青龙赤兔，赢得鼎足三分

　　　　——福建漳州东山关帝庙联　　佚　名

　　《三国志·蜀书·关羽传》称："先主与二人寝则同床，恩若兄弟，而稠人广坐，侍立终日，随先主周旋，不避艰险。"所说指关羽、张飞与"先主"刘备"桃园三结义"之事。"白马乌牛"，古代盟誓时所用之祭牲。《三国演义》第一回写三人于桃园结义时，就"备下乌牛白马祭礼等"。关羽自从结义之后，"忠于昭烈，威震华夏，名之美也"（见清张镇《壮缪谥法考辨》）。事实上，关羽追随刘备后，始终处在艰难困扰的境遇里，但他能拒曹魏高官厚禄之诱，能拒孙吴儿女联姻之惑，足见其矢志不渝之"忠心"。可谓是"引出忠心一点"，献尽忠心一生。"青龙赤兔"，指关羽的兵器青龙偃月刀和坐骑赤兔马。联语中"白、乌、青、赤"色彩鲜明，"马、牛、龙、兔"生灵活泼，以此颂扬关羽为开创"赢得鼎足三分"的局面所立的丰功，从中不难看出他忠于结义盟誓的丹心。

禅宗道圣英雄，一诚有感

赤兔青牛鹦鹉，三教同归

　　　　——甘肃陇西老子关帝观音合祀庙联　　佚　名

　　在甘肃陇西有着一种较为独特的现象，那就是通常要将关羽同其他的崇奉者合祭共祀。此副镌刻在老子关帝观音庙中的联语，格外引人注目。"老子"，相传为道教创始人，被道教奉为教主，是三清尊神之一的"道德天尊"。"观音"，"观世音"的略称。佛教称其为大慈大悲的菩萨。上联指明不论佛禅宗师、道教圣哲，还是儒家推崇的英雄，都应"一诚有感"，即用忠贞诚实来感应悟彻。下联"赤兔""青牛"分别为关羽、老子的坐骑，佛教以"鹦鹉车"作喻说禅，故"鹦鹉"代表释佛，进而引出"三教同归"的结论。庙也特别，联也特殊，以特征之物代特定之教，用特制之法抒特意之情，可谓自有雅趣，别具特色。

秉烛非避嫌，昼夜思汉室
释曹岂报德，始终藐奸雄

——山东安丘关帝庙联　　佚　名

　　《三国演义》第二十五回写"操欲乱其君臣之礼，使关公与二嫂同处一室。关公乃秉烛立于户外，自夜达旦，毫无倦色。"元潘荣《通鉴总论》："明烛以达旦，乃云长之大节。"上联即写此事，称关羽之所以如此，并非仅仅为了"避嫌"，而是一心想着汉室大业。《三国演义》第二十六回关羽的《辞曹书》中有"余恩未报，愿以俟之异日"之语。第五十回又写"义重如山"的关羽，"想起当日曹操许多恩义"，于是"心中不忍"而"义释曹操"。有诗曰："曹瞒兵败走华容，正与关公狭路逢。只为当初恩义重，放开金锁走蛟龙。"诸葛孔明说："此是云长想曹操昔日之恩，故意放了。"下联正写此事，换言之说"释曹"并非只是"报德"，而是出于对曹操的一贯藐视。此联实质上是对关羽所作所为的巧释与辩解，以表现关羽大义凛然、傲视群雄的非凡气质。出于对关公的尊崇，这样的描述很受人们喜爱，故许多关帝庙中都有类似的联语，文字略有不同。或作十一言："秉烛岂因嫌，此夜心中忆汉；释奸非报德，当日眼底无曹。"又有："对嫂非避嫌，此夜心中思汉；赦瞒岂报德，当时眼下无曹。"或作十二言："秉烛非避嫌，午夜心中唯有汉；华容岂报德，英雄眼底实无曹。"

十言联

继五百闻知乎，麟经独悟

尽万世人伦也，汉鼎弥光

——湖北汉口山陕会馆春秋楼联　　佚　名

"五百闻知"，《孟子·尽心下》："由文王至于孔子，五百有馀岁，若太公望、散宜生，则见而知之；若孔子，则闻而知之。"谓由传闻传授而有所认识。"麟经"，指《春秋》。"独悟"，独自明悟。南朝梁武帝《围棋赋》："或化龙而超绝，或神变而独悟。"山陕会馆《汉关夫子春秋楼碑记》："麟经一书，系万古纲常，……关夫子以布衣起戎行，跄跄于金戈铁马之间，而讨贼大义如揭日月，东鲁心传若合符节。"所言"东鲁心传"即指拜读《春秋》"万世人伦"又"系万古纲常"忠诚执行之楷模。"闻知"而"独悟"。"汉鼎"，汉代的鼎，为国之重器。亦用以指汉代社稷。唐司空图《杂题》诗之一："若使只凭三杰力，犹应汉鼎一毫轻。"称誉关公为匡扶汉室正统而功勋卓著。同时也寓若以精诚忠勇的关公为榜样，定会使江山社稷更加美好之意。

蜀乎魏乎吴乎，名留三国

圣也神也佛也，道在一人

——甘肃兰州荣光寺关帝殿联　　佚　名

《三国演义》开篇第一回就说："话说天下大势，分久必合，合久必分。"这才有了"三国"鼎立纷争的"演义"。终篇的第一百二十回写"三分归一统"，称之曰："天运循环不可逃。"正是在这"蜀乎魏乎吴乎"的割据征伐之中，才涌现和造就了诸多的英雄豪杰。如今"蜀魏吴"的"是非成败转头空"，而"名留三国"者，首屈一指的当数关羽。正是时势造英雄，英名万古存。关羽因忠于汉室正统而更显仁义之"名"，荣膺"圣也神也佛也"的诸多敕封，可谓社稷重豪杰，三教皆推崇。关羽又以集众多美誉，堪称"道在一人"。所言"道"者，忠信之"道"，仁义之"道"也。

文武神圣奕奕，两间正气
君臣兄弟巍巍，千古完人
　　　——甘肃兰州太清宫关帝像联　　佚　名

　　"太清"相传为神仙居处，故常被道教用作宫观名。佛教最先把关公拉入教门，推上神坛，但却不如道教给予的封号高贵。这副镌刻在道观中的联语，同样给了关公极高的评价。"文武神圣"，即"允文允武，乃神乃圣"，是集古语对关羽的颂赞之词。"奕奕"：高大；美好。亦指神采焕发。"完人"，指品德行为完美之人。元刘祁《归潜志》卷十三："士之立身如素丝然，慎不可使点污，少有点污则不得为完人矣。"联意为：允文允武，乃神乃圣，关羽浩然长存，充塞天地，其英雄形象如此高俊伟然；既是君臣，又为兄弟，关羽忠贞不渝，义薄云天，其道德节操堪称尽善尽美。江苏南京三义殿联云："有是君者有是臣，续两汉成三，三义兴而两雄何在；难为兄矣难为弟，合寸心并一，一统正则寸土谁分？"

文夫子，武夫子，两个夫子
作春秋，读春秋，一部春秋
　　　——香港特别行政区文武庙联　　佚　名

　　香港文武庙始建于清道光年间，奉祀"文武"二位"夫子"。"文夫子"指孔丘，"武夫子"即关羽。孔丘"作春秋"，关羽"读春秋"。河南省北舞渡山陕会馆《创建戏楼碑记》中明确写道："山左有孔子，道德高于万山，世人重其文也。然有文以之为纬，必有武以之为经。唯我关夫子生于山右，仕于汉朝，功略盖天地，神武冠三军。尤可称秉烛达旦，大节垂于史册，洵足媲美孔子，躬当武夫子之称。"联语正是针对文武庙合祀的特点，将其概括为"两个夫子"和"一部春秋"。可见和谐交融，贴切工整。相同的联语在内地的关帝庙也多见，类似的联作又有台湾新竹关帝庙联，句为："山别东西，前夫子，后夫子；圣分文武，著春秋，读春秋。"

师卧龙，友子龙，龙师龙友
弟翼德，兄玄德，德弟德兄
——广西南宁关帝庙联　　佚　名

　　不少地方的关帝庙也有此联，或作"兄玄德，弟翼德，德兄德弟；友子龙，师卧龙，龙友龙师"（新加坡应和会馆内关帝神位联即此）。褒扬庙主关羽，却借其"师卧龙"（指称为卧龙先生的诸葛亮）、"友子龙"（指五虎上将之一的赵云，字子龙）、"弟翼德"（指桃园结义之三弟张飞，字翼德）、"兄玄德"（指桃园结义之大哥刘备，字玄德）而做文章，有如此之"龙师龙友""德弟德兄"，庙主关羽自然而然地应当受到颂赞。巧在其"师"其"友"与"龙"相关，其"弟"其"兄"同"德"相关，运用这相关的人物、相关的词语来衬托相关的主体，可谓视角独特，妙不可言。另有甘肃和政关帝庙联云："兄玄德，弟翼德，威震孟德；师卧龙，友子龙，扶持真龙。"广东潮州鹤龙关帝庙联云"兄玄德，弟翼德，威施孟德；仗青龙，封真龙，恩及鹤龙。"

汉封侯，宋封王，清封大帝
儒称圣，释称佛，道称天尊
——湖北荆州龙堂寺关羽神龛联　　黄馨陔

　　黄馨陔，清湖北沙市人，光绪年间秀才。关羽在汉时封为"寿亭侯"，宋时封为"义勇武安王"，清时封为"关圣大帝"，儒家称其为"文衡圣帝"，释家称其为"盖天古佛"，道家称其为"翊汉天尊"等。总之，关羽的封号在不断地升级，"侯而王，王而帝，帝而圣，圣而天，褒封不尽"，奇迹般地跨越了时代历史，最终达到登峰造极的高度，同时又被儒、释、道三家共同推崇，从而成为忠义化身、道德榜样，并走上了神坛，成为千百年来上下共仰、中外同奉的超级偶像。联语以三个并列复句层层递进，记述了对关羽愈"封"愈隆、愈"称"愈尊的事实，让人也愈读愈思，愈思愈议，愈议愈明，愈明愈敬，愈敬愈诚。

[十一言联]

心在炎刘，别殿依然随赤帝
功存普济，离宫犹是福苍生
　　　——北京顺义火神庙关帝祠联　　徐　渭

　　"炎刘"，旧指以火德王的刘氏汉朝。"别殿"，即便殿，为宴息之所，因别于正殿，故称。宋苏舜钦《游洛中内》诗："别殿秋高风淅沥，后园春老树婆娑。""赤帝"，旧谓汉以火德王，火赤色，遂称高祖刘邦为"赤帝"。上联借主庙祀火神引出"炎刘"，并以关帝祠为"别殿"做文章，称"殿"虽"别"而心"依然随赤帝"，即忠心匡扶蜀汉正统。"普济"，普遍救助。"离"为卦名，代表火。"离宫"即指火神庙。"苍生"，汉史岑《出师颂》："苍生更始，朔风变律。"刘良注："苍生，百姓也。"下联指出不论火神还是关帝，皆有功于社稷，造福于民众。另外，"离宫别殿"又指正宫之外供帝王出巡时居住的宫室。在作者徐渭眼中，显然是把关公视同"帝王"看待的。

浩气丹心，万古忠诚昭日月
佑民福国，千秋俎豆永河山
　　　——北京地安门关帝庙联　　爱新觉罗·弘历

　　地安门关帝庙始建于清世宗雍正五年（1727），有御书匾额"忠贯天日"。该庙又称白马关帝庙，据《宸垣识略》载："明英宗梦见（关）帝乘白马，故名。"上下联起句皆自对，誉赞关羽的高尚品德及巨大影响，充分体现了乾隆皇帝对关羽的重视与推崇。正是在乾隆执政期间，特加封关羽为"忠义神武灵佑关圣大帝"，同时颁旨通令各州县立关帝庙以祭祀。从上下联的后半句中，又可看出乾隆皇帝之所以追封并颁旨的缘由和目的。乾隆九年（1744）特颁解州关庙正殿和崇宁殿的祝文，内中就有"浩气凌霄，丹心贯日"等词语，与此联如出一辙，是当时自上而下"关公热"的真实写照。

威镇雄州，野树尚含荆蒲绿
神游故国，夕阳偏照蜀山红

——江苏宜兴荆溪关帝庙联　　齐彦槐

　　齐彦槐，号梅麓，清江西婺源人。嘉庆十四年（1809）进士，官苏州同知。"雄州"，地大物博人多，占重要地位之州。宜兴原名义兴，宋时为避讳太宗赵光义之"义"而改今名。此处"雄州"即指宜兴。"荆蒲"，荆溪之畔。"神游"，人死的讳称。明方孝孺《懿文皇太子挽词》："神游思下土，经国意难忘。""故国"：前代王朝；旧日封邑。"蜀山"，蜀地山岳的泛称。此指宜兴独山，宋苏轼言此间风景类蜀，改成今名。此联所含"州""国""荆""蜀"四字，即隐指"蜀国""荆州"，表明关羽对蜀汉的忠贞及对荆襄的眷顾。以"绿"字表示生命长存，声威永振；用"红"字象征丹心不改，神明弥珍。联语借景抒怀，清新雅逸，生动传神，别有情韵。

志在春秋，孔圣人未见刚者
气塞天地，孟夫子所谓浩然

——江苏宜兴荆溪关帝庙联　　齐彦槐

　　三国魏嵇康《与山巨源绝交书》："且延陵高子臧之风，长卿慕相如之节，志气所托，亦不可夺也。"此联以鹤顶格嵌"志气"二字。上联言"志"。"孔子惧万世君臣之大义不明，不得已而以宗鲁者尊周，托《春秋》以见志。"（见湖北汉口山陕会馆《汉关夫子春秋楼碑记》）关羽之"志在春秋"，即"欲以存蜀者存汉，志《春秋》之志"也（同前）。也即志在实现孔子所著《春秋》提出的主张，但像关羽这样刚烈者，"孔圣人"书中也未曾有过。下联写"气"。南朝梁刘勰《文心雕龙·体性》："气以实志，志以定言。"赞关羽之"气塞天地"，而这正是"孟夫子"在《孟子·公孙丑上》中所说的"浩然"之气。联语借"孔圣人""孟夫子"来赞关羽，运笔纵横，造语凝练，内蕴深厚，余味不尽。江苏无锡关帝庙也有联云："乃圣乃武乃文，孔门未见此刚者；不淫不移不屈，孟子所谓大丈夫。"

志在春秋，自昔尊王伸大义
身骑箕尾，于今配帝答孤忠
　　——河南洛阳关林石坊门联　　吴源起

　　吴源起，清浙江嘉兴人，康熙十三年（1674）曾任洛阳令，期间题刻此联。"尊王"：尊崇王室；崇尚王道。清皮锡瑞《经学历史》载："尊王攘夷，虽《春秋》大义；而王非唯诺趋附之可尊，夷非一身两臂之可攘。""大义"：正道；要旨。《旧唐书·李晟传》："每以大义奋激士心。"上联称尊崇王室正统乃《春秋》典籍之"大义"，喜读《春秋》的关羽正是这样做的，他"志在春秋"，匡扶汉室。"箕尾"，二十八宿中的两个星座。旧诗文中常以"骑箕尾"指国家重臣的死亡。"配帝"，配祭于天帝。"孤忠"，忠贞自持，不求人体察的节操。下联写关羽虽然逝去，但将他钦封关帝，永享祭祀，也算是对"孤忠"的褒扬和答谢。联语题旨鲜明，格调沉雄，用典自如，感人至深。

赤兔追风，休错认将军白马
青龙偃月，从此消浩劫红羊
　　——湖北荆州余烈山关帝庙牌坊联　　佚　名

　　据《宸垣识略》载："明英宗梦见（关）帝乘白马。"故此间所建为白马关帝庙，牌坊上镌刻此联。上联承认关羽原本骑的是"赤兔追风"骏马，可在此处所见骑的却是白马，提醒众人"休错认"，不要以为眼前换骑白马的不是关大"将军"。下联指出尽管"赤兔"变成了白马，可手中的"青龙偃月"宝刀证明，这还是人们心中的英雄豪杰关公，他依然可以消除人间的"浩劫红羊"。古人以为丙午、丁未是国家发生灾祸的年份。丙丁为火，色红；未属羊。故以"红羊劫"指国难。联中"赤""青""白""红"颜色对，"兔""龙""马""羊"动物对，色彩鲜明，形象生动，语言传神。

滩水夜号，蛟龙饮泣三分恨
秋山昼啸，草木声诛两贼魂
　　　——湖北当阳关陵神道碑亭联　　佚　名

　　"蛟龙"，古代传说中的两种动物，居深水中。相传蛟能发洪水，龙可兴云雨。《荀子·劝学》："积土为山，风雨兴焉；积水成渊，蛟龙生焉。"此处以"滩水"引出"蛟龙"，自然贴切。后也以"蛟龙"借喻指英雄。《三国演义》第二十一回曹操在煮酒论英雄时曾详述龙之变化，概括道："龙之为物，可比世之英雄"。同书第五十五回写周瑜在给孙权的信中又有"今若纵之，恐蛟龙得云雨，终非池中物也"之语。"饮泣"，泪流满面，进入口中。形容极度悲痛。联语用拟人手法，借"滩水夜号""蛟龙饮泣""秋山昼啸""草木声诛"来寄意抒怀，称关羽对未能匡扶汉室而三分天下的局面痛感遗恨，连"草木"都要声讨诛伐杀害关羽的东吴二将吕蒙、潘璋之"贼魂"（亦有称是指蜀汉叛将糜芳、傅士仁的）。联语虚实结合，情景交融，悲壮慷慨，尽在其中，令读者无不扼腕叹息。

紫雾盘旋，剑影斜飞江海震
红霞缭绕，刀芒高插斗牛清
　　　——山西运城常平关帝宗祠正殿联　　佚　名

　　"紫雾"，紫色云雾。"盘旋"，徘徊，逗留。"斗牛"，二十八宿中的斗宿与牛宿。相传晋初时，斗、牛之间常有紫气回旋，雷焕以为是宝剑之精上彻于天所致。见《晋书·张华传》。后因以斗牛指代宝剑，亦泛指剑。此联用"剑影"对以"刀芒"，指关羽的青龙偃月宝刀锋芒闪耀。"清"，喻明亮。《三国演义》第五回有诗云："阵前恼起关云长，青龙宝刀灿霜雪。"又借庙中祭祀关帝的鼎盛香火为喻，称颂关羽流转斗牛的浩气与威震江海的勇猛，声色俱佳，生动形象，意境浑远，颇具传奇色彩。此联亦见于河南洛阳关林、山西太原庙前街大关帝庙等处，文字略有不同。

姓衍龙逢，一脉孤忠悬日月

志宗尼父，终身心事托春秋

  ——甘肃陇西仁寿山关帝庙联   关永杰

  关永杰，明代文人，生平不详。"衍"，扩展，延伸。"龙逢"，亦作"龙逢"。相传夏代大臣龙逢受封于关邑，以关为氏，即关龙逢。他因直言敢谏而被夏桀杀害，后以"龙逢"为忠臣之代称。《山西通志》转引《唐书·宰相世系表》云："关氏出自夏大夫关龙逢之后，蜀前将军、汉寿亭侯羽，生侍中兴。""一脉"：一条脉络；一个血统。多以"一脉相通""一脉相传"，比喻相互继承的关系。上联即称关羽是关姓始祖"龙逢"相"衍"之后人，就连"孤忠"之志节，也得以"一脉"传承，有如"日月"高悬，永放光芒。"宗"，推崇；尊重。"尼父"，对孔子的尊称。孔子字仲尼，故称。下联言关羽对"尼父"尊崇，有生之年所立之"志"、所表之"心"、所做之"事"，皆都遵循《春秋》之义理。此联巧在以关姓作者颂关姓前辈先贤，融情铸意，真挚感人。

潭分印心，鼎足三分一轮月

台影照胆，桃园双影六桥春

  ——浙江杭州西湖关帝庙联   佚 名

  西湖有"三潭印月""照胆台"等胜景。三潭处有三塔如瓶，浮漾湖上。每当皓月当空，塔内点烛，烛光从洞中透出，宛如一个个小月亮，与天空倒映湖中的明月相映，堪称美景。明张宁《三潭印月》诗："片月生沧海，三潭处处明。夜船歌舞处，人在镜中行。"上联写"潭"，用"潭分"寓指"鼎足三分"，以"印月"引出"一轮月"以"印心"，颂赞关羽之忠义之心。"六桥"，指西湖苏堤上"映波""锁澜""望山""压堤""东浦""跨虹"六桥。下联写"台"，用"台影"引出"桃园双影"，以"照胆"称颂"桃园结义"之肝胆相照，其影响也令西湖"六桥"春意盎然。联语笔法新颖，借景抒怀，令人如临其境，照胆印心，钦佩之情油然而生。

蕴玉藏珠，善贾固皆蒙乐利
心耕笔织，寒儒亦可荐馨香
　　　——甘肃临洮关帝庙联　　吴　镇

　　吴镇，初名昌，字信辰，号松厓，清甘肃临洮人。乾隆十五年（1750）举人，曾官湖南沅州知府，晚年主讲兰山书院。"蕴玉藏珠"，比喻拥有和积聚珍贵的财物。"善贾"，"贾"读音古。指便于经商；善于经商。《韩非子·五蠹》："长袖善舞，多钱善贾。"亦指诚善的经商者。"蒙"，承蒙，得到。"乐利"，快乐与利益。犹幸福。《国语·晋语》："义所以生利也……不义则利不阜。""心耕笔织"，用心耕耘，以笔织造。比喻精心而不辞辛劳。"寒儒"，贫寒的读书人。"荐"，接连。"馨香"，比喻可流传后世的好名声。此联是将关羽视为财神、圣人来一并颂赞的，称只要像他那样忠信义智，那么"善贾"者"皆蒙乐利"，连"寒儒"也"可荐馨香"。联语既蕴古风，又含新意，句锤字练，别具一格。

圣德参天，好向龙山安帝座
真灵救世，宜于路口起琼楼
　　　——甘肃榆中兴隆山关帝庙联　　佚　名

　　兴隆山为"陇上奇观"，人称"甘省之名山，兰郡之胜景"。因此间峰峦如飞龙起伏，便以"隆"谐音"龙"而名"龙山"。在民间信仰中，关羽被儒教崇为"文衡圣人"，佛教封为"护法伽蓝"，道教尊称"协天大帝"。兴隆山自古即为道家的"洞天福地"，所以上联称应当在此地为"圣德参天"的关公"安帝座"，也就是说安排"协天大帝"理应享有的座席。"真灵"：真人；神仙。"救世"：拯救世人；匡救时弊。"琼楼"，形容华美的建筑物。通常与"金阙""玉宇"连用。下联期盼关公名如其"神"，"真灵救世"，为了实现这一愿望，最适宜的办法就是在人们来往密集的"路口"建造如同"琼楼"玉宇般的关帝庙，让关帝惠风普被，令世人蒙恩受祉。联语倾吐的是百姓真诚的心声，表达了民众朴实的愿望，反映了在当时社会环境中的真实情景。

姓氏流香，大义与乾坤不朽

风物特达，孤灯共日月争光

——甘肃兰州关帝庙联　　唐　琏

唐琏，字汝器，清甘肃皋兰（今兰州）人。工书善画，有"小子畏"（明代画家唐寅字子畏）之誉。"姓氏"，表明家族的字。"姓"和"氏"原本有分别。"姓"起于女系，"氏"起于男系。后合而通称姓。"流香"，以酒之醇香飘溢而喻美好声誉得以传播。"风物"，风光景物。晋陶潜《游斜川》诗序："天气澄和，风物闲美。""特达"：突出；显赫。唐任华《杂言寄杜拾遗》诗："英才特达承天睠，公卿谁不相钦羡。""孤灯"，孤单之灯。多喻孤单寂寞。宋陆游《山寺》诗："古佛负墙尘漠漠，孤灯照殿雨昏昏。"此处则指关羽秉烛达旦之事。此联盛赞关公"大义"至忠，不仅与日月同辉，还与天地共存，就连"关"姓之氏也为此自豪，秉烛之地也因之扬名。联语烘托渲染，耐人咀嚼。

贯日精忠，立臣子千秋模范

弥天正气，壮国家一统山河

——山西太原晋祠关帝祠联　　杨　容

杨容，字函斋，清山西太原人。精医术，工书画。此间关帝祠内的壁画即其所绘。"贯日"，遮蔽太阳。古人用以指精诚感天的天象。"立"，树立，确立。"臣子"，君主时代官吏对君主的自称。"模范"，榜样，表率。汉扬雄《法言·学行》："师者，人之模范也。""弥天"，满天。比喻高远充盈。"正气"，浩然的气概；刚正的气节。"壮"，加强，使壮大。"一统"，统一，意思是指全国统一于一个政权。明吕子固有《谒解庙》诗赞关羽："正气充盈穷宇宙，英灵烜赫几春秋。巍然庙貌环天下，不独乡关祀典修。"联语用"贯、立、弥、壮"四个动词串组，指明关羽的浩然"正气"有益于"一统山河"使国家强盛；其赤胆"精忠"理当为"臣子"奉为榜样，无疑是"千秋模范"。

流水如神，掘地得泉非一处

罡风作气，普天率土仰孤忠

——浙江富阳关帝庙联　　徐　渭

　　相传关羽在湖北武昌伏虎山下"以刀卓地"而得泉，喷涌而出，源源不绝。上联所言此间"流水如神"之"神"，即庙中所祭祀之关帝。以当地实有之丰沛"流水"，称其不单单在武昌一处"掘地得泉"，而是惠泽流芳，遍及各地。尤以在吴帝孙权的祖籍富阳，见"流水"而思"掘地得泉"之关公，虔诚视"如神"也。"罡风"，道教谓高空之风。后亦泛指劲风。明屠隆《彩毫记·游玩月宫》："虚空来往罡风宣，大地山河一掌轮。""作气"，称可将强劲的"罡风"视为关公的"浩然之气"。"率土"，《诗经·小雅·北山》："普天之下，莫非王土；率土之滨，莫非王臣。"犹言四海之内。下联颂赞关羽的浩然之气，称其在普天之下都受到尊奉与钦仰。联语以日常生活中最为常见、又与人密切相关的"水""泉""风""气""土"等比兴描述，充分表明了关公文化的影响极其广泛，也至为重要。

讨魏攘吴，学本春秋存汉史

安仁处义，道同日月近尼山

——河南社旗山陕会馆拜殿联　　佚　名

　　"讨"，讨伐。"攘"，排除。"安仁"，安心于实行仁道。"处义"，以仁义之道处世。《史记·孔子世家》："祷于尼丘得孔子。"后以"尼丘""尼山"指孔子。《论语·子张》中子贡曰："他人之贤者，丘陵也，犹可逾也；仲尼，日月也，无得而逾也。"将孔子比成日月。联意为：关羽讨伐曹魏，攘除孙吴，都是遵照《春秋》之教义做的，卓越功绩自当载入匡扶汉室的正史；他自觉地以仁义之礼为行为规范，正像礼赞孔子时所说的那样，道德的光辉犹如日月一般，万世长存，永放光芒。甘肃临潭旧城关帝庙联亦云："清夜读春秋，一点烛光灿今古；孤舟伐吴魏，千秋浩气贯乾坤。"

护国佑民，万代群黎蒙福祉
集义配道，千秋浩气满寰宇

——河南社旗山陕会馆牌坊联　　佚　名

　　"群黎"，犹"群生""众生"。诸多的百姓。祭拜关公的献词、祝文中就有"圣德神功，保国康民""屡征异迹，显佑群生"等誉赞之语。"福祉"：幸福；福利。《韩诗外传》卷三："是以德泽洋乎海内，福祉归乎王公。"此间有"降福孔皆（普遍）""蒙恩受祉"等匾额。"集义配道"，出自《孟子·公孙丑上》："其为气也，配义与道；无是，馁也。是集义所生者，非义袭而取之也。"指集聚正义而合乎法则，自会生出浩然之气。此间也有"集义所生""道洽麟经"等匾额。"寰宇"，犹天下。旧指国家全境。唐骆宾王《帝京篇》诗："声名冠寰宇，文物像昭回。"联意为：如能像关羽那样护国佑民，就可使后世的黎民百姓安享欢乐幸福；关羽因为集正义于身而又守君臣之道，所以其浩然之气历经千秋而遍及寰宇。联语匾额，相辅相成，相映成趣，相得益彰。

节义克全，所以成君子人也
纲常无忝，此之谓大丈夫矣

——河南社旗山陕会馆牌坊联　　佚　名

　　"节义"，谓节操和义行。《管子·君臣上》："是以上之人务德，而下之人守节义。""克"：能够；胜任。上联意为：关羽完全具备忠贞仁义的道德节操，所以成为当之无愧的仁德"君子"，令世人由衷钦佩。"纲常"，封建礼教所提倡的人与人之间的道德标准。明神宗钦定的醮典献词云："恭维关圣帝君，生前忠义，振万古之纲常；身后威灵，保历朝之泰运。""无忝"，无愧于。唐韩愈《顺宗实录一》："懋建皇极，以熙庶功，无忝我高祖、太宗之休命。"下联意为：关羽又是无愧于昔日所定三纲五常伦理的道德楷模，而这正符合"亚圣"孟子所说"富贵不能淫，贫贱不能移，威武不能屈"的"大丈夫"的标准，使人景仰。

仁勇义刚，皇汉当年倚柱石
精忠大节，丹衷永世昭日星

——河南社旗山陕会馆牌坊联　　佚　名

"仁勇义刚"，仁爱、勇敢、义气、刚毅。指关公完美的节操和品格。"皇汉"，指称为"皇叔"的刘备所建蜀汉政权。"柱石"，《汉书·霍光传》："将军为国柱石。"喻担当国之重任之人。"大节"，《论语·泰伯》："临大节而不可夺也。"指临难而不易之节操。"丹衷"，赤诚之心。清乾隆年间所定祭拜解州关庙正殿和崇宁殿的祝文云："帝浩气凌霄，丹心贯日。扶正统而彰信义，威震九州；完大节以笃忠贞，名高三国。"此联与祝文意思相同，即：关羽仁厚、勇猛、正义、刚烈，自是当年匡扶汉室正统的栋梁柱石；他精诚忠贞的高尚节操和忠心赤胆，必将如日星一般永世放射光辉。

义气干霄，近指白云开觉路
威声走海，遥凭赤手挽洪流

——江苏连云港云台山关帝庙联　　陶　澍

陶澍，字子霖，号云汀，清湖南安化人。嘉庆七年（1802）进士，曾为川东道，治行称四川第一。官至两江总督。谥文毅。"义气"，节烈、正义的气概。"干霄"，高入云霄。清魏允迪《咏山中积雪》诗："干霄篁竹翠盈眸，雪压风欺扑地愁。""觉路"，佛教语。本指成佛之路。亦用以称去愚启智之途径。"威声"，使人敬畏的威名。太平天国洪仁玕《资政新篇》："关、张、赵云，威声素著，故得迎刃而解。""洪流"，浩大的水流。比喻影响前进、危害极大的事物或情势。联意为：忠义之气直冲九霄，遂使洁白之云好似铺出使人彻悟之觉路；威武之名遍及四海，当令空白之手也能力挽肆虐无羁之洪流。此联巧妙结合连云港近海的特点，引类设喻，吟哦之际，心驰神往，浮想联翩。

乃武乃文，至德与尼山合撰
以享以祀，湛恩被粤海同人

      ——江苏镇江广东会馆关帝像联   佚　名

"至德"，盛德。"尼山"，指孔子。"合撰"，一道评述。上联以"乃武乃文"的定评誉赞关公，称他高尚的品德节操，可以和"文圣人"孔子相提并论，享有盛名。"以享以祀"，得以享祀。指供祭品以祭祀礼拜。"湛恩"，深恩。"被"：遍布；延及。"粤海"，指中国南部广东一带的海域，又作为广东或广州的代称。"同人"，称在一起共事之人或同行业的人。下联用"以享以祀"的实际表明愿望，那就是通过虔诚地祭拜，要像关公那样忠勇义信，并期盼在他的护佑之下，让到此的"粤海同人"都能获益受恩。

乃圣乃神，德遍香江咸被泽
允文允武，恩敷粤海不扬波

      ——香港特别行政区文武庙联   佚　名

"香江"，香港的别称。《廿载繁华梦》第十八回："故府方才成瓦砾，香江今又焕门楣。""咸"，全，都。"被泽"，受到恩泽。清钱泳《履园丛话》："留村在无锡既膺殊遇，凤驾将行，锡之父老士庶被泽蒙庥者……号泣攀留，行趾相接，不下数万人。""恩敷"，即敷恩。施予恩泽。联语起首八个字，是通用称颂赞誉文武二圣的四言短联，植入"香江""粤海"两处地名，便成了具有香港文武庙特色的专用联语。上联的"咸被泽"，称百姓都能得到惠泽。下联的"不扬波"，写海晏风清而无波澜。总之是祈愿二圣显灵佑护，使得风平浪静，国富民强，和谐美满，幸福安康。此间另有联云："文德武功双帝祀；神恩圣泽五寰安。"

翰墨淋漓，光华文德冲霄汉

声灵赫濯，凛烈英风镇海河

——香港特别行政区文武庙联　　佚　名

　　三国魏曹丕《典论·论文》："是以古之作者，寄身于翰墨，见意于篇籍。"所云"翰墨"即笔墨。借指文章书画。"淋漓"，唐李商隐《韩碑》诗："公退斋戒坐小阁，濡染大笔何淋漓。"形容文章等酣适畅快。"光华"，宋苏轼《广心斋铭》："前圣后圣，惠我光华。"比喻才华或精神。"文德"，指礼乐教化。《易·小畜》："君子以懿文德。"《论语·季氏》："故远人不服，则修文德以来之。"上联写文圣孔子，颂赞他的著作所倡导的为人处世、为政治国的原则，闪耀着直"冲霄汉"的明亮光辉。"声灵"，声势威灵。"赫濯"，威严显赫。清许缵曾《睢阳行》："玺书赫濯神祇惊，日丽中天民受祉。""凛烈"，严肃忠烈，令人敬畏。"英风"，英武的气概，崇高的声望。唐裴次元《赋得亚夫碎玉斗》："独有青史中，英风冠千载。"下联写武圣关羽，称他的奇伟杰出的英武气概，令虔诚者钦仰，令奸诈者胆寒，定能驱魔镇邪，遂使海晏河清。

勇壮河山，万里雄风扬四邑

忠悬日月，千秋义气普三都

——澳大利亚墨尔本四邑会馆关帝庙联　　佚　名

　　清咸丰六年（1856），来自广东台山、开平、新会、恩平四县的华裔同仁，在墨尔本建造了旨在加强联谊、共谋发展的"四邑会馆"。出于对"峻德参天""信义昭著"的"神中之神"关圣的崇拜，会馆内特意专建关帝庙。"勇壮河山"和"忠悬日月"，皆为关帝庙匾额常用之语，以此起句撰联自当妙合贴切。"三都"，指会馆周边的三处繁华地区。联语突出颂扬体现在关公身上的"勇、雄、忠、义"等显著特征，又以"壮、悬、扬、普"表明其在此间同样受到礼赞并得以传播。这充分地说明了海外侨胞对关公文化的重视，而这也正是各国人民对"真善美"崇高境界的共同追求。

公而忘私，入斯门贵无偏袒
所欲与聚，到此地切莫糊涂
　　——香港特别行政区文武庙联　　佚　名

　　汉贾谊《治安策》："人臣者，主而忘身，国而忘家，公而忘私。"后以
"公而忘私"称一心为公而忘却私事。"所欲"，《孟子·告子上》："鱼我
所欲也，熊掌亦我所欲也；二者不可得兼，舍鱼而取熊掌者也。""与聚"，
"与"承"所"言，指所愿集聚。联中所说"公而忘私"，首先是对文武二圣
品节的肯定与颂赞，其次也是对有所欲念而来此集聚者的提示和警戒。明确地
告知"贵无偏袒"，即秉公办理，决不偏护任何一方。所以凡"到此地"者，
理应头脑清醒，聪慧明智，万不可稀里"糊涂"。之所以悬挂这样的警世联
语，充分说明香港特别行政区文武庙曾是维护社会公理的重要场所，并且起过
令人信服的有效作用。此间又有联云："天上掌文衡，信有灵光凭俎豆；人间
尊武圣，永留浩气壮河山。"

南控梅山，未许曹兵消渴去
北延岘岭，应怜伍相过江来
　　——安徽含山关帝庙联　　佚　名

　　"梅山"，山名，位于含山县东南。《世说新语·假谲》："魏武（即曹
操）行役失汲道，军皆渴，乃令曰：'前有大梅林，饶子，甘酸可以解渴。'
士卒闻之，口皆出水，乘此得及前源。"《三国演义》第二十一回对此也有记
述，并借之展开"曹操煮酒论英雄"的动人章节。上联巧用"望梅止渴"熟
典，以"未许"二字表明对枭雄曹操的厌恶。"岘岭"，即小岘山，位于含山
县北。此间昭关旧为吴楚交通要冲。春秋时楚人伍子胥避难，曾过此入吴，后
助阖闾夺取王位，因功拜相。下联引用"智过昭关"故实，以"应怜"二字表
明对名臣伍相的同情。联语借景用典，切地抒怀，将曹公、伍子胥等历史人物
同关公联系在一起，启人思考，加深印象。

凛烈圣神，岂仅精忠扶汉室
皓然道义，常普德泽育莲峰

——澳门特别行政区关帝古庙联　　佚　名

因为此庙建于清代，故称之为关帝古庙。此联写于清光绪八年（1882），堪称古庙之古联。"凛烈"，严肃忠烈，令人敬畏。宋文天祥《正气歌》："是气所磅礴，凛烈万古存。""圣神"，"乃圣乃神"之略语。泛称古代圣人。此指关帝。"岂仅"，用反问的语气表示不仅仅是。"皓然"：显明；光耀。"道义"，道德与正义。"普"：普遍；全面。《易·乾》："见龙在田，德施普也。""德泽"：恩德；泽惠。宋陆游《秋思》诗："中原形胜关河在，列圣忧勤德泽深。""育"，养育，培育。"莲峰"，当地有莲花山。嵌名联曰："莲花涵海镜；峰景接蓬瀛。"借指澳门。此联颂赞关帝"圣神"永在，"道义"长存，不仅以"精忠扶汉室"而令人钦敬，更以"德泽育莲峰"而使人感动。联语紧密结合澳门特别行政区来写，自然中更觉欣然，贴切里更觉亲切。

关怀华夏，胸存汉统垂竹帛
圣览春秋，志昭义勇壮山河

——日本横滨关帝庙联　　佚　名

横滨关帝庙建于清同治十三年（1874），至今已有100多年的历史。"华夏"，原指我国中原地区，后复包举我国全部领土而言，遂又为我国的古称。明朱实昌《嘉靖修庙记》云："（关公）庙祀遍天下。蛮域华夏，武夫悍卒，儿童妇女，皆称戴之。""汉统"，以汉室为正统。"竹帛"，竹简和绢，古代用来写字，故借指典籍。"圣览"，本指御览。此处指关公阅览拜读《春秋》。称其"汉统"之忠，"义勇"之"志"，皆由循《春秋》之道、执《春秋》之理而来，可称气"壮山河"，功"垂竹帛"。联语以鹤顶格嵌"关圣"二字，极为恰切。台湾省台北市关帝庙有一联亦用此格，句为：关河百二怅，天下三分未归一统；圣寿无俦仰，帝心永在长荫千秋。

忠义二字，团结了中华儿女
春秋一书，代表着民族精神

        ——马来西亚关帝庙联　　于右任

    关羽以身尽"忠"，终生守"义"，是一个集忠义、勇武于一身的"古今来名将中第一奇人"（清毛宗岗语）。此联用非常通俗易懂的现代语言，将咏赞关羽联中常见的"忠义二字"和"春秋一书"进行归纳总结，并予以概括升华，言简意赅地涵盖了关公文化在中华民族优秀传统中的作用和地位。尤为可贵的是，此联用以为建在异国他乡的关帝庙题写，这更充分地说明了弘扬关公文化，对于光大中华民族优秀传统，增强海内外华夏儿女的凝聚力，推动祖国的和平统一事业，具有不可低估的重要意义。近年来，方兴未艾的海外关公崇拜风重新骤起，也充分地说明了这一点。马来西亚青云亭关帝庙也有联云："志在春秋扶汉室；光昭日月庇人间。"特别需要指出的是，作为"武庙之祖"的山西运城解州关帝庙，山西人民在入口处大门楹柱上，也悬挂了于右任先生所书此联。

鸟在笼中，欲张飞无奈关羽
佛存心上，须八戒方能悟空

        ——某地关帝庙客舍趣联　　佚　名

    此联妙在双关别解，将"张飞"释为张开翅膀飞翔，把"关羽"看成关合羽毛难飞。对句之"八戒"和"悟空"，既是小说《西游记》中人名，又须按佛教语去领悟，颇为有趣。还有对以"蜂趋巢外，意探春何必袭人。"用古典文学名著《红楼梦》中人物，也见巧妙。四川内江三元塔趣联为："身居宝塔，眼望孔明，怨姜维实难吕布；鸟在笼中，心思曹操，叹关羽不得张飞。"其中"姜维""吕布""曹操"谐音为"江围""旅步""槽巢"。现今还有作者将古今中外人名组合别解成一趣联，即："公台方殁，文远遂降，吕布白求恩也；云长先逝，翼德又亡，刘备安徒生哉"。"公台"为陈宫，"文远"指张辽。"白求恩""安徒生"则为加拿大、丹麦等国家享誉全世界的名人。

西听梵王钟，感激千秋义气

东临钵池水，洗淘一片丹心

——江苏如皋水绘园关帝龛联　　佚　名

　　水绘园是明代冒一贯的别业，明亡后文学家冒辟疆隐居于此。此间有"枕烟亭""洗钵池""雨香庵"等景致，为一处别具风格的园林名胜。《法苑珠林》卷四十三："帝释在前，梵王在后，佛放常光，照耀天地。"所言"梵王"本指色界初禅天的大梵天王。此处"梵王钟"则指寺庙之钟声。"感激"，感奋激发，感慨激励。"洗淘"，洗濯，洗涤。《易经·系辞》："圣人以此洗心。"联语借园中之景，寄意抒怀，喻指关羽的"义气"如"梵王钟"声震天地，令人感慨，将人激励；又喻关羽的"丹心"似"钵池水"润泽万物，洗尽浮华，淘尽污浊。这副楹联立意新颖，联想丰富，别添神韵，更增游兴。

圣德仰配天，美媲尼山泗水

真经传觉世，普荫慧日慈云

——河南社旗山陕会馆牌坊联　　佚　名

　　"配天"，与天相比并。"尼山泗水"，均在山东曲阜境内，后用为孔子的代称。上联写关羽的圣人之德如天空一般高，可以同文圣人孔子媲美。"真经"，严谨真切的经书。清李渔《玉搔头·媲美》："俺自会诵真经，焚宝篆，把凡心洗。"此指假托关公之名而传世的《关帝觉世真经》《关帝永命真经》等。"觉世"，启发世人的觉悟。清郑燮《道情序》："若遇争名夺利之场，正好觉人觉世。""慧日"，佛教语。指普照一切的法慧。《法华经·普门品》："无垢清净光，慧日破诸暗。""慈云"，佛教语。比喻慈悲心怀如云之广被世界、众生。唐太宗《三藏圣教序》："引慈云于西极，注法雨于东陲。"下联写署名关帝的经书传世之后，自当启发世人的觉悟，如同佛的智慧与慈心将会启迪和荫庇众生一样。

浩气塞两间，万古纲常永赖

威灵宣八表，千秋带砺全凭

　　——广西桂林伏波山壮缪庙联　　佚　名

　　蜀汉后主景耀三年（260），追谥关羽为壮缪侯，也省称壮缪。"缪"通"穆"。《谥法》："布德执义曰穆。"壮缪庙亦即关公庙。"纲常"，封建礼教所提倡的人与人之间的道德标准。"威灵"，显赫的声威。"宣"，显示；彰明。"八表"，八方之外，指极远的地方。三国魏明帝《苦寒行》："遗化布四海，八表以肃清。""带砺"，《史记·高祖功臣侯者年表》："使黄河如带，泰山若砺。国以永宁，爰及苗裔。"后以"带砺"为受皇家恩宠，与国同休之典。联语突出壮缪侯关公之"浩气"和"威灵"，并以"永赖"与"全凭"的确指，强调其至关重要的作用和无与伦比的价值，誉赞之情，溢于言表。

直道与天游，招手千人自度

祠堂并地满，留名万世无双

　　——山西太原晋祠关帝祠联　　佚　名

　　"直道"，犹正道。指确当的道理、准则。《礼记·杂记》："其余则直道而行之是也。""与天"，谓凡合乎天道者，则得天助。《管子·形势》："持满者与天。"尹知章注："能持满者，则与天合。"上联形象地形容关公的精神如"直道"当行，又得天助，遍游各地，有如随手即可招来，用以自我度化，以趋圣境。因太原简称"并"，故"并地"既可指太原，同时也可释为并及各地。明王世贞《太仓州修庙记》："故前将军汉寿亭侯关公之祠庙遍天下，祠庙几与学宫、浮屠等。"下联明确地说出全国各地都建有关公"祠堂"的实情，"留名万世无双"自是所言不虚。

鼙鼓遏行云，仿佛蜀军伐魏

清歌咽渭水，犹然浩气吞吴

——甘肃甘谷关公庙戏台联　　佚　名

　　"鼙鼓"，小鼓和大鼓。古代军中所用。唐白居易《长恨歌》："渔阳鼙鼓动地来，惊破霓裳羽衣曲。"乐队中亦用。《三国演义》第六十八回也有诗云："鼙鼓声喧震地来，吴师到处鬼神哀。百翎直贯曹军寨，尽说甘宁虎将才。"上联正是将戏剧演出时的鼓乐之声，联想为响遏行云的战鼓声声，如同看到蜀汉大军正出征讨伐曹魏。"清歌"，清亮的歌声。此指不用乐器伴奏的清唱。"咽"，谓声音滞涩。多用以形容悲切。"渭水"，黄河最大支流，源出甘肃鸟鼠山。下联虽称"犹然浩气吞吴"，但关公最终败于吴将，故用"咽"字放悲切之声，以"渭水"扣此间戏台。此间另一戏台联为："托兴古人，看今日禹甸一统；聊拟故事，演当年蜀魏三分。"

德必有邻，把臂呼岳家父子

忠能择主，鼎足定汉室君臣

——浙江杭州西湖关帝庙联　　缪昌期

　　缪昌期，字当时，号西溪，明江苏江阴人。万历四十一年（1613）进士，授检讨。天启初迁左赞善，进谕德。杨涟劾魏忠贤，有言涟疏乃昌期代草，遭陷毙于狱。追谥文贞。《论语·里仁》："德不孤，必有邻。"意谓有道德的人不会孤立，定会有人来与他为邻。"把臂"，握持手臂。表示亲密。上联以关庙与祭祀民族英雄岳飞的岳庙相邻入笔，颂赞关羽同"岳家父子"都是有德之人。"择主"，选择适当的君主。《三国演义》第三回："良禽择木而栖，贤臣择主而事。""鼎足"，鼎有三足，用以比喻三方并峙之势。下联以关羽"择主"而与刘备形成"君臣"关系入笔，誉赞关羽忠心辅佐，致使蜀、魏、吴三国成"鼎足"之势。此联构思巧妙，用字朴实，虽着墨于庙址之地，却突出写庙主之仁德忠义，读来亲切感人，韵味悠长。

恳关公显灵，驱那毒残鬼魅
望东岳祈福，佑吾愚弱黎民
——湖北房县关帝庙联　　佚　名

　　旧时中国的百姓有着"拜则当灵"的心理，形成了"见神就拜"的习俗。当关公承蒙敕封之后，人们对这位集众神于一身的"万全之神"，更是顶礼膜拜，格外虔诚。此联正是对这一现象的真实记录。"显灵"，旧指所祀之神佛显示威力，应验呈灵。"毒残鬼魅"，毒辣凶残的恶鬼妖魔。"东岳"，指五岳之泰山。联指道教所奉东岳大帝，迷信谓其掌管人间生死。"祈福"，通过祷告祈求福至。"愚弱黎民"，愚昧软弱的百姓。在封建社会里，基层政权薄弱，邪恶势力横行。即使朝廷有明君，也是天高皇帝远，奈何不得。于是平民百姓常寄希望于关帝、东岳大帝等诸多的神明施威显灵，以铲除令人恨之入骨的"毒残鬼魅"，能够让"愚弱黎民"得到佑护与扶持。此联只是历史现象的艺术记录，生活在当今的人们应当明白：恳请"显灵"灵不显，渴望"祈福"福不至。"福至心灵"的是命运须自己掌握，幸福靠勤劳创造，敬"恳"时代更进步，证"显"法律更健全，诚"望"社会更和谐，请"祈"道德更弘扬。

十一言联

仰龙德而瞻凤姿，乃神乃圣

本麟经以树骏烈，允武允文

　　　　——河南社旗山陕会馆牌坊联　　佚　名

　　"龙德"，圣人之德。《易·乾》："潜龙勿用，何谓也？子曰：龙德而隐者也，不易乎世。""凤姿"，英俊之姿。"龙凤"常用以称美才能优异之人。《南齐书·王僧虔传》："舍中亦有少负令誉弱冠越超清级者，于是王家门中，优者则龙凤，劣者犹虎豹。""麟经"，《春秋》的别称。孔子作《春秋》，绝笔于获麟。故称"麟史""麟经"。古代"四灵"之物就包括有"龙、凤、麟"三种。"骏烈"，盛业。晋陆机《文赋》："咏世德之骏烈，诵先人之清芬。"联意为：景仰关羽高尚的品德，瞻仰其威严的仪容，如同面对神灵、圣明一般；关羽遵循《春秋》意旨行事，建立了不朽的伟业，称得上是文武双全的豪杰。

生何氏，殁何年，盖弗可考矣

夫尽忠，子尽孝，可不谓贤乎

　　　　——山西运城解州关帝庙圣配祠联　　佚　名

　　圣配祠即寝宫，原有关夫人殿和其子关平殿。此联即为关夫人撰。关夫人姓甚名谁，生卒何年，不但史书中无记载，就连《三国演义》也未提及。由于全无故实，故只能用烘云托月之法，借写其"夫尽忠""子尽孝"而赞其"贤"。清李燧《晋游日记》录此联，称为"立言颇得体"。但据清梁章钜《楹联丛话》卷三转引清宋荦《筠廊偶笔》载，康熙十七年（1678），关公故里发现墓道，解州太守朱旦作《关侯祖墓碑记》。言"（关）夫人有氏可考"，即姓"胡"。可证该联当撰于康熙十七年之前。现今解州关帝庙中的胡公祠，所祭祀的就是关羽的岳父母。常平关帝祖祠中则有娘娘庙，关夫人凤冠霞帔端坐正中，侍者或持帕或执笏，恭身而立，所塑皆面目清逸，神态逼真。

［ 十二言联 ］

神趣灵长，文德武功，春秋一传
谥尊壮缪，佛蓝道翊，日月同明
——山西平遥惠济桥关帝庙联　　傅　山

　　傅山，初名鼎臣，字青竹，明末清初山西阳曲（今属太原）人。明亡，着朱衣隐居，号朱衣道人。康熙中开博学鸿词，称疾拒试，授中书舍人，不受。于学无所不通，博通经史诸子和佛道之学，又长于诗文书画医学。"神趣"，神韵趣旨。"灵长"，广远绵长。宋范成大《平内难》诗之三："佐命诸公趣夜装，争言社稷要灵长。"上联称关公的"文德武功"皆与"春秋一传"有关，他也因此被尊为神明，其高风亮节广为传播，受人景仰。下联写关羽逝后的谥封，初始仅为"壮缪侯"，之后封号越来越尊，还被佛教封为"护法伽蓝"，又被道家称为"翊汉天尊"等等。总之是三教共尊，似"日月同明"，光芒永在。联语借赞关公而言心声，表现出作者高洁的志趣和隽逸的情怀。

金山叠叠，财源丕振，共沐神恩
银海茫茫，水陆平安，同沾帝德
——澳大利亚巴拉瑞特关帝庙联　　佚　名

　　巴拉瑞特是澳大利亚历史上最著名的淘金古镇，劳工中就有不少是从中国各地来的华人。他们出于期盼得到神灵庇护安全又保佑发财的心理和目的，特意在此修建了一座小型的关帝庙。"叠叠"，层层重叠，形容极多。"财源"，语本《荀子·富国》："上得天时，下得地利，中得人和，则财货浑浑如泉源，泛泛如河海。"指钱财之源。"丕振"，大力振兴。"茫茫"，广大而辽阔，形容丰茂。联语结合淘金劳作和与海相邻的特点，以"金山""银海"起首写之。唯愿"水陆平安"，更想"财源丕振"，借以呼唤关公的"神恩"和"帝德"。"共沐"和"同沾"四字，容易使人想到"桃园结义"的盟誓之词，也是对关公文化中仁义精神的一种颂赞。

行义常昭，为圣为神，名垂千古

天心可协，允文允武，威镇八方

　　　　——台湾省台北市武圣庙联　　佚　名

　　"行义"，躬行仁义。汉刘向《说苑·指武》："纵马华山，放牛桃林，示不复用。天下闻者咸谓武王行义于天下，岂不大哉！""昭"，表明，显示。"天心"，天意。《书·咸有一德》："克享天心，受天明命。""协"，协助，辅助。此处则指明神宗万历十年（1582）关羽被敕封为"协天护国忠义帝"一事。祭拜关公的献词称："庶使边防镇静，四夷无干扰之虞；朝野奠安，海宇乐升平之化。常历岁月，永荷神庥。"联语结合对祭拜献词的理解，巧妙地将已成定评的词句纳入联内，并结合对关公敕封之号的诠释，称赞他那显赫使人敬仰的"名"望，盛赞其凛然不可侵犯的"威"风，见"义"见"心"，理当宜享尊崇。台湾省台中南天宫有嵌宫名联曰："南阙关圣威震中原昭日月；天枢帝君丹心台疆贯乾坤。"

玉印署封侯，翊汉忠贞照日月

钱塘新庙貌，倚亭清啸览春秋

　　　　——浙江杭州北山关帝庙联　　程钟骏

　　程钟骏，清代文人，生平不详。"玉印"，玉制之印。庙中原有传说中曹操特为关羽所铸"汉寿亭侯之印"。"署"，书写，题记。此指在"玉印"上镌刻。"翊"，辅佐，协助。清同治年间，关羽的谥号中即增"翊赞"二字。上联由"玉印"写起，赞关公匡扶汉室的"忠贞"之心当与日月同辉。"钱塘"，古诗文中常指现在的杭州。"清啸"，声音清亮而吟咏。《三国演义》第六十三回有诗云："至今庙貌留巴蜀，社酒鸡豚日日春。"诗中所说"庙貌"即指庙宇及神像。下联从"庙貌"写来，"春秋"既泛指四时，又实指儒学典籍。联语称在对关公终年拜祭的同时，又要像他那样遵循《春秋》的主张才行。

玉印照吴山，此地居然崇庙貌

绣袍张蜀锦，吾公自昔爱文章

——浙江杭州绸业会馆关帝像联　周家禄

　　周家禄，字彦升，清江苏海门人。同治九年（1870）优贡，官江浦训导。"吴山"，三国吴故地之山。上联以在东吴故地为蜀汉名将建庙塑像为证，充分说明关公文化的影响。"绣袍"，用彩线刺绣所制袍服。汉以后用为朝服。"张"，张设，举用。"蜀锦"，蜀地所产之锦，喻华丽的文采，也用以喻声名高贵。"文章"，既指错杂的色彩或花纹，又指文辞或独立成篇的文字。下联兼用多义，表面写关公喜欢用蜀地之锦制作的衣袍，实际颂赞关公忠于蜀汉，更因爱《春秋》而名声大振。联语妙在与会馆所冠名之"绸业"联系紧密，借喻抒怀，雅切精简，颇具匠心。

统系让偏安，当代天王归汉室

春秋明大义，后来夫子属关公

——浙江杭州北山关帝庙联　　张　岱

　　张岱，字石公，号陶庵，明末清初浙江山阴（今绍兴）人。著名学者。侨寓杭州。"统系"，旧时指宗族系统。此处指正统。"偏安"，谓封建王朝不能统一全国而苟安于一方。三国时期蜀国政治家诸葛亮《后出师表》："先帝虑汉贼不两立，王业不偏安，故托臣以讨贼也。"联中"天王""夫子"均指关羽，称他在三国鼎立时辅佐蜀汉，实为"明大义"之举，皆缘于读《春秋》而行正道。《三国志·蜀书·关羽传》裴松之注引《傅子》云："事君不忘其本，义士也。"此联写于明末清初，实寓作者效仿关公忠"汉室"而"不降魏"之意，以示自己亦为"明大义"之忠节之士。所以当清兵南下之后，张岱便祝发入山，潜心著述，终不为新朝所用。

仍是旧江山，何处荒祠吴大帝

依然新庙貌，陋他疑冢汉将军

  ——浙江杭州北山关帝庙联 王兆瀛

  王兆瀛，清代文人，生平不详。"荒祠"，荒疏破败的祠庙。上联说浙江富阳是东"吴大帝"孙权的家乡，而杭州又是浙江的首府，可是在这里却看不到祭拜孙权的祠庙。即便曾经有过，恐怕也因荒废而为人所不知。"庙貌"，指庙宇及塑像。"陋"，鄙视，轻视。"疑冢"，为迷惑人而设的坟墓。《三国演义》第七十八回写曹操临死"遗命于彰德府讲武城外，设立疑冢七十二，勿令后人知吾葬处"。下联写"汉将军"关羽因受世人钦仰而"庙貌"常新，"宜享尊崇之报"。故对曹公"恐为人所发掘"而设"疑冢"的做法予以蔑视。联语以"荒祠""疑冢"同"依然新庙貌"的对比和反衬，对"神明如在""灵应丕昭"的关公予以颂赞，言简意赅，匠心独运。补充说一点，2009年12月27日，河南省文物局公布，经考古发掘和中国社会科学院专家研究初步确认，在河南省安阳县安丰乡西高穴村发掘的高陵，为三国时期魏武帝曹操的陵墓。

泉府荷神庥，万宝源流江汉永

枌乡隆祀典，千秋强富晋秦多

  ——湖北汉口山陕会馆财神殿联 佚 名

  "泉府"，官名。在《周礼》为司徒的属官，"泉者，欲其如泉之流而不滞也"。后也指储备钱财的府库。联指财神殿。"荷"，承受，承蒙。"神庥"，神灵护佑。前蜀杜光庭《王虔常侍北斗醮词》："答往愿于当年，期降恩于此日，永当修奉，以荷神庥。""万宝"，指有如珍宝的万物。上联结合会馆建在汉口的实际，期盼被尊为武财神的关公和财神爷一道保佑，让财源滚滚永如"江汉"之水，奔涌而至。"枌乡"，故乡的代称。下联结合会馆是山陕商人合资而建的特点，称到此如在故乡，举行隆盛的祭祀大典，就是期盼"晋秦"（即山西和陕西）两地的富足之人越来越多。

两水抱云封，容与清光争日月

四山环锦嶂，嶙峋佳气郁松楸

　　——湖北当阳关陵三园门联　　魏　勷

　　魏勷，字亮采，号苍霞，清河北柏乡人。"两水"，指横贯当阳的沮、漳二水。"封"，积土为坟。《礼记·礼器》："宫室之量，器皿之度，棺椁之厚，丘封之大，此以大为贵也。"联用以指关陵。"容与"，放任，任由。从容闲适貌。上联称两条河流环抱着陵墓，关帝的精神和风采堪与日月争辉。"四山"，泛指四周之山峦。"嶙峋"，本指山峰突兀高耸。借以形容气节高尚，气概不凡。"郁"，浓郁，集聚。"松楸"，松树、楸树。墓地多植，因以代称坟墓。唐刘禹锡《酬乐天见寄》诗："若使吾徒还早达，亦应箫鼓入松楸。"下联称锦屏似的山峦环绕着圣陵，汇聚在此的关帝忠魂气节将与天地共存。楹联作者以关陵此间的山水为喻，表达对关帝的钦慕颂扬，可谓节义有如"两水"长，精忠更比"四山"高，情景交融，感人至深。

峻德可参天，宜向云中开帝阙

丹心常耀日，相传岭上布仙霞

　　——浙江江山仙霞岭关帝庙联　　李　渔

　　李渔，字笠鸿，号笠翁，明末清初浙江兰溪人。明亡而弃绝仕途，四处流寓各地，从事著述。能为小说，尤精谱曲。有《笠翁十种曲》传世。"峻德"，高尚的品德。《礼记·大学》："《帝典》曰：'克明峻德。'"郑玄注："峻，大也。"古时帝王所居宫门前有双阙，"帝阙"即指宫殿。唐骆宾王《宿温城望军营》诗："兵符关帝阙，天策动将军。""耀日"，闪耀太阳般的光辉。仙霞岭原名古泉山，奇峰错列，巨壑纵横，关隘众多，地势极为险要，有"东南锁钥"之称。清褚篆《归度仙霞岭》诗："天南气象开蛮府，岭上风云动越山。"此联结合关帝庙所在之地特点而写，称庙如"参天"之"帝阙"，美轮美奂，胜似"仙霞"。又以山之峻拔誉关帝德之崇高，用日之光耀喻其心之丹赤。联想丰富，比喻生动，渲染烘托，题旨鲜明，读来自是感人。

汉室赖三人，留得住百年社稷
桃园尊一结，解不开万世肝肠
　　　——湖北武昌卓刀泉关帝庙联　　李　渔

　　根据民间传说，相传关羽率部至武昌伏虎山，一时找不到饮水，众人口渴难熬，军心浮动。情急之下，关羽以刀卓地（以所执之物竖向叩击称"卓"），泉水喷涌而出，味甘如醴，源源不绝。后人将此地称为"卓刀泉"，并就近建关帝庙。"社稷"：社，土神；稷，谷神。古代帝王、诸侯所祭之神。后用为国家的代称。《三国演义》第十四回有诗云："秦鹿逐翻兴社稷，楚骓推倒立封疆。""一结"，既指桃园盟誓一道结义，又指共同的情结。"解不开"之"解"，用分裂、离散义。"肝肠"，喻指内心。李渔《慎鸾交》诗："只因肝肠不近身，才见相知别有因。"联意为：匡扶汉室正统，护佑江山社稷，历史重任三人勇担；难忘桃园结义，真情令人钦敬，忠心赤胆万世流芳。

义气薄云天，生不二心汉先主
忠肝贯金石，后有千秋岳鄂王
　　　——上海关帝庙联　　恽毓龄

　　恽毓龄，字季申，清江苏阳湖（今常州）人。其余不详。"义气"，正义的气概，刚正的气节。亦指为情谊而甘愿替别人承担风险或付出自我牺牲的气度。"先主"，开国君主。"汉先主"即指三国蜀汉昭烈帝刘备。"忠肝"，指忠义之心。"贯金石"，谓金石虽坚，亦可穿透。形容心诚志坚，力量无穷。典出汉刘向《新序·杂事四》。汉刘歆《西京杂记》卷五也云："至诚则金石为开。""鄂王"，指宋抗金名将岳飞。宁宗嘉定四年（1211）追封鄂王。联语誉赞关公"生不二心"辅佐刘备的"义气"，直"薄云天"，令人景仰。同时又以岳飞的英雄事迹为例，说明关羽可"贯金石"的"忠肝"，对后世英雄的成长，有着极为重要的影响。

斥卤几沧桑，扶海如仍汉家土
风云会车马，崇祠常傍范公堤
　　——江苏南通骑岸镇关帝庙联　　张　謇

　　张謇，字季直，号啬庵，清江苏南通人。光绪二十年（1894）状元，实业家、教育家。"斥卤"，盐碱沼泽地带。"沧桑"，"沧海桑田"的略语。比喻世事变化很大。"扶"，护持。上联结合南通近海滩涂屡有变化的地域特点，指明无论怎样变换，也要护卫"汉家土"。以关羽忠贞蜀汉为例，寓含护国保家之意。联系当时列强入侵的实际，更有借古励今的针对性。"风云"，以叱咤风云比喻高情远志。"车马"，比喻来人众多。"范公"，北宋政治家、文学家范仲淹。曾倡议在南通等地筑堤。下联以"崇祠"关庙与"范公堤"近傍，称颂"关公""范公"皆是叱咤风云的英雄豪杰，均为后人所敬仰。张謇另有题江苏海门长乐关帝庙联云："中国尊为圣人，庙食何论吴地尽；此地故沿长乐，钟声犹似汉家无？"

北斗在当头，帘箔开时应挂斗
南山来对面，春秋阅罢且看山
　　——山西运城解州关帝庙春秋楼联　　翁广居

　　翁广居，清末民初山西洪洞人，其余不详。春秋楼结构精巧，气势宏伟，楼内底层神龛塑有关公帝王装全身坐像，二楼暖阁塑有关公侧首夜读《春秋》微服像，皆生动逼真，栩栩如生。"北斗"，《晋书·天文志上》："斗为人君之像，号令之主也。"后因以"北斗"喻帝王。上联直言置身此楼卷帘可见北斗星，借喻被尊为"帝"的关羽如悬挂当头的明亮之星，指明方向，励人前行。下联借写春秋楼南面之中条山，切楼名而写"春秋阅罢"，"且看山"之喻耐人寻味。山之高险奇秀或使人惊心动魄，或令人心旷神怡，内中奥妙须"阅罢"方知，看过才晓。联语实写暗寓，相得益彰，互为依照，韵味悠长。

匹马斩颜良，河北英雄皆丧胆

单刀会鲁肃，江南名士尽低头

    ——湖南湘潭关圣殿联　　王闿运

  王闿运，字壬秋，清湖南湘潭人。咸丰举人，后授翰林院检讨，加侍讲衔。辛亥革命后任清史馆馆长。上联所述见古典文学名著《三国演义》第二十五回，写曹操见颜良所排阵势严整有威，便对关公说："河北人马，如此雄壮！"关羽却说："以吾观之，如土鸡瓦犬耳！"说罢奋然上马，如入无人之境，瞬间把颜良刺于马下，将其首级拴于马项之下。河北兵将大惊失色，不战自乱而溃退。下联所说见《三国演义》第六十六回，写关羽不畏凶险，从容赴会，佯醉避谈归还荆州事，"右手提刀，左手挽住鲁肃，……鲁肃魂不附体，被云长扯至江边。吕蒙、甘宁各引本部军欲出……恐肃被伤，遂不敢动"。联语引用关羽颇具传奇色彩的这两个故事，以对手的"丧胆""低头"，突显其胆识过人、扬眉吐气，盛赞其勇猛威武和机敏聪慧。类似的关帝庙联还有："匹马斩颜良，百计成空应笑魏；单刀入虎穴，三杯吸尽势吞吴。"（湖北利川）"杯酒斩颜良，豪气英风惊袁绍；单刀赴吴会，紫髯碧眼小孙侯。"（湖南耒阳）另外，王闿运还写有一副戏台联："演段亦声容，居然晋舞秦讴，慷慨鸣鹍增壮气；传芭祠义烈，遥想荆城益濑，往来风马卷灵旗。"其中"益濑"即指关羽濑。在民间传说中，湖南益阳青龙洲相传为关公单刀赴会之处。

高树爽明漪，本来清净宜常住
危峰当杰阁，会有英灵在上头
　　——福建福州涌泉寺关帝楼联　陈宝琛

十二言联

陈宝琛，字伯潜，号弢庵，清福建闽侯（今福州）人。同治七年（1868）进士，累官内阁学士兼礼部侍郎，为末代皇帝溥仪之师。涌泉寺是福州鼓山的著名景区，始建于五代后梁开平二年（908）。"明漪"，明净的细小波纹。唐司空图《二十四诗品·精神》："明漪绝底，奇花初胎。""清净"，清洁纯净。亦用以称心境洁净，不受外扰。宋朝著名爱国诗人陆游《夏日独居》诗："平生本清净，垂老更肃然。"上联实写涌泉寺环境清幽，适宜常住，内含拜祭关帝当使心净神清之意。"危峰"，高峻的山峰。涌泉寺最高处为苏崫峰。清徐元文《登苏崫游》诗："高峰直上势崔嵬，闽越雄州一柱开。"登临沿途可见"宜勉力""欲罢不能"等石刻，激励游人攀登去看"在上头"之胜景。"杰阁"，高耸的楼阁。下联明写峰、阁之高，实喻"英灵"关帝形象之伟，又以"在上头"表明世人对其钦羡仰慕之情。生动形象，令人遐思无限。

圣德与天齐，真不愧协天两字
崇荃从地起，也须知拔地千寻
　　——山西运城解州关帝庙春秋楼联　　翁广居

"协天"，指明神宗万历十年（1582）封关羽为"协天护国忠义帝"，而"协天"的本义即协助上天。与上一联相同，此联也是盛赞至高无上的"圣德"，妙在以"与天齐"的夸饰之词，引出"协天"的敕封之号，两个"天"字前后呼应，"真不愧"的称颂自然而出。"崇荃"，本指高洁盛美的香草，亦用以喻帝王君主。"从地起"三字，既指香草在土地里长出，又寓指关羽是脚踏实地成长的英杰。由"从地起"引出的"拔地千寻"，极富哲理，耐人寻味，故言"也须知"。须知"拔地千寻"喻指关公崇隆的封号，称他虽高如帝王，仍植根于百姓。联语设喻贴切，颇具匠心。作者另有一联云："圣德服中外，大节共山河不变；英名振古今，精忠同日月常明。"

青灯观青史，着眼在春秋二字

赤面表赤心，满腔存汉鼎三分

　　——山西运城解州关帝庙春秋楼联　　佚　名

　　"青灯"，油灯。其光青荧，故名。"青史"，古人记事于竹简，因称史书为"青史"。"春秋"，儒家经典。《史记·太史公自序》："故春秋者，礼义之大宗也。"关羽以勇武忠义著称，还以擅读《春秋》、至诚至刚而受历代尊崇。清朝著名文学评论家毛宗岗评刻《三国演义》时说："历稽载籍，名将如云，而绝伦超群者，莫如云长：青灯对青史，则极其儒雅；赤心如赤面，则极其英灵。"上联切楼名，指明关羽以儒家经典《春秋》培育自己的品德操守，这才使得"青史"留名。下联颂赞"赤面"的关羽更以"赤心"可贵，竭尽全力护卫汉室江山，使之与魏、吴"三分"天下，鼎足而立。联语"青灯"照"青史"，"赤面"见"赤心"，对仗极为工稳，贴切更显得体。以"青灯""赤面"为联者甚多，不少关帝庙中也都悬挂。如七言联有："赤面赤心扶赤帝；青灯青史对青天。"十四言联有："赤面秉赤心，骑赤兔追风，赤帝功垂；青灯观青史，使青龙偃月，青史名标。"十七言联有："赤面秉赤心，身骑赤兔嘶风，千里长怀赤地；青灯读青史，手执青龙偃月，一生不负青天。"

佐昭烈开基，手扶炎汉三分鼎

配文宣称圣，志在春秋一部书

　　——湖北汉口山陕会馆关圣殿联　　佚　名

　　"佐"，辅佐，帮助。"昭烈"，本指显赫，显著。联指谥号昭烈帝的刘备。"开基"，开创基业。《三国演义》第五十四回："自我高皇帝斩蛇起义，开基立业，传至于今。""炎汉"，汉自称以火德王，故称。南朝梁萧统《文选序》："自炎汉中叶，厥涂渐异。"李周翰注："汉火德，故称炎。"联意为：关羽忠肝义胆辅佐刘备开创基业，同心同德匡扶汉室正统，虽然壮志未酬，但也取得了可与曹魏、孙吴鼎足三分的不朽功绩；关羽之所以可同被封为文宣王的孔子齐名称圣，全在于他深得孔子所著《春秋》之要旨，执其礼而为，遵其道而行，成为忠义的化身，道德的楷模。此间还有十二言联一云："发强刚毅足以执，未有夫子也；进退存亡不失正，其唯圣人乎。"联二曰："驰驱戎马之间，志在麟经一部；睥睨魏吴之际，心伤汉鼎三分。"

军府旧开牙，授受成仁心皎日

神牌新表额，御灾捍患水恬波

　　——湖北荆州关帝庙联　　爱新觉罗·弘历

　　古时驻军，主帅或主将帐前树牙旗以为军门，称"牙门"。《三国演义》第二十四回有诗云："怎奈牙旗折有兆，老天何故纵奸雄？""授受"，给予和接受。"仁心"，仁爱之心。"皎日"，明亮的太阳。古代多用于誓词。三国魏曹植《黄初五年令》："此令之行，有若皎日。"上联赞颂关羽当年受命镇守荆州，其竭力扶汉，后杀身成仁，忠心可鉴，与日同辉。"神牌"，为祭奠死者所立的牌位。"表额"，镌刻表彰显扬文字的匾额。此指清雍正皇帝御赐"乾坤正气"匾。"御灾捍患"，抵御灾害，防御险患。"恬波"，平息波澜。亦喻使局势平静。下联宣称如匾额所说，凭借关羽的"乾坤正气"，定可激励民众抵御各种灾患，使得波恬澜安，国富民强。

作圣有何奇，认真忠义两个字
慕公无别法，熟读春秋一部书
　　　——湖北阳新关帝庙联　　佚　名

　　关公英名的传播，一靠的是神勇，二靠的是忠义。他"千里走单骑""过五关斩六将"，仗得虽是神勇，可动力来自忠义。神勇同忠义相互结合，密不可分。明李东阳《咏汉寿亭侯》云："汉寿侯，义且武。"此联就围绕"忠义"而写，指明要想成为圣人并不是什么奇难之事，只要像关羽那般认真"忠义"二字就成；仰慕关公也没有什么别样之法，如同他那样仔细熟读《春秋》即可。与诸多的关帝庙联相似，此联强调的是"忠义"，推举的是《春秋》，论说的是"慕公"，期盼的是"作圣"。其实"慕公"未必非要"作圣"，务实"做人"方是根本。其中有一点可以借鉴，那就是仅凭"熟读"未必能成，须知"读"须用于"行"，无论"读"还是"行"，更有"认真"二字当铭记在心。

大义在春秋，慷慨一言成骨肉
丹心悬日月，艰难百战识君臣
　　　——湖北当阳关陵春秋阁联　　佚　名

　　"慷慨"，情绪激昂。"慷慨一言"指桃园三结义的盟誓："虽然异姓，既结为兄弟，则同心协力，救困扶危；上报国家，下安黎庶；不求同年同月同日生，但愿同年同月同日死。皇天后土，实鉴此心。背义忘恩，天人共戮。""骨肉"，比喻至亲，指父母兄弟子女等亲人。通常以"骨肉相连"比喻关系极为密切。明吕楠云："欲观王（关羽）心者，唯当观天上之日耳。"明焦竑也曰："其（指关公）皎然与日月争光。"（均见《关夫子编年集注》）联语以关羽同刘备既为"骨肉"又是"君臣"的关系入手，称其不忘结义时的"慷慨一言"，勇敢地投身"艰难百战"，由此可见其"大义"与"丹心"，定当使《春秋》增色，自可与日月同辉。日本横滨关帝庙中亦有此联。

大义凛春秋，万古威灵镇荆楚

神功昭华夏，千年庇荫永枌榆

————湖北汉口山陕会馆春秋楼联　　佚　名

此间有《汉关夫子春秋楼碑记》云："愿登斯楼者，无徒咏汉阳芳草之句与晴川黄鹤同作眺览嬉游之想，盖所以作忠臣义士之准，而非以供骚人墨士之娱。"意思是说建春秋楼的目的，并不是为了给"骚人墨士"提供娱乐场所，而是为那些也想成为"忠臣义士"的人们树立学习的榜样。有成语"大义凛然"，形容为维护正义而显出严峻不可侵犯的样子。"威灵"，显赫的声威。"荆楚"，荆为楚之旧号，略为古荆州地区，在今湖北、湖南一带。"枌榆"，本为木名，榆之一种，是汉高祖刘邦故乡的里社名。后借指帝乡，亦泛指故乡。联意为：关帝的大义凛然源自《春秋》，享誉四时，"威灵"常存，永"镇荆楚"；关公的神明功绩光照"华夏"，令人钦仰，庇佑荫德，魂系故乡。

鸿仪昭中天，西汉来人伦之至

麟经炳夜烛，东鲁外斯文在兹

————湖北汉口山陕会馆春秋楼联　　佚　名

"鸿仪"，《易经·渐卦》："鸿渐于陆，其羽可用为仪，吉。"孔颖达疏："处高而能不以位自累，则其羽可用为物之仪表，可贵可法也。"后以"鸿仪"比喻高位。联指享有隆崇敕封的关羽。"中天"，天运正中，比喻盛世。《后汉书·刘陶传》："伏唯陛下年隆德茂，中天称号。""人伦"，旧时所规定的人际之间所遵循的伦理道德。宋周密《齐东野语·巴陵本末》："人伦睦，则天道顺。"上联称关公之所以在盛世又得到荣耀的封号并享有隆重的祭祀，皆因为他是自"西汉"以来在"人伦"方面达到极致的典型。下联又以其为人所熟知的"麟经炳夜烛"故事，进一步佐证上联的评述。同时又明确指出：除了"东鲁"的文宣王、"文圣人"孔子之外，礼乐教化的又一圣人当属"在兹"的关公。"在兹"者，既指拜谒之场所，又指钦仰之襟怀。

天地一完人，文武才情忠义胆
古今几夫子，英雄面目圣贤心

——湖南湘潭关圣殿联　　佚　名

　　湘潭关圣殿始建于清康熙四年（1665），初为"五省（晋豫甘陕鲁）会馆"，后经重修扩建而成关圣殿。元刘祁《归潜志》载："士之立身如素丝然，慎不可使点污，少有点污则不得为完人矣。"可见"完人"是对德行高尚者的称誉。"才情"，才思，才华。"面目"，面孔，面貌。"圣贤"是圣人和贤人的合称，亦泛称道德才智杰出者。联语从文韬、武略、才智、情谊、忠义以及形貌、内心等诸多方面，对关公予以极高的评价，可谓将极致的美誉集于一身，足见关圣影响之广，化人之深。殿中还有十二言联云："大义秉春秋，辅汉精忠悬日月；威灵存宇宙，干霄正气壮山河。"

得文昌为邻，握手讲春秋大义
与菩萨说法，同声觉海宇群生

——湖南双峰观音阁关圣殿联　　佚　名

　　"观音"，即观世音。中国佛教四大菩萨之一。《妙法莲花经》："苦恼众生，一心称名，菩萨即时观其音声，皆得解脱，以是名观音。"将观音、关公同祀，自明清以来多见。"同声"，声音相同。比喻志趣相同，亦称众口一词。汉贾谊《新书·胎教》："故同声则处异而相应，意合则未见面而相亲。"联中针对"观音"之"音"而用"同声"二字。"海宇"，犹海内，宇内。谓国境以内之地。上联结合关圣殿同祭祀孔子的文庙相邻的特点，指明不论孔子写《春秋》，还是关公读《春秋》，二人皆推崇义礼之道。下联根据殿内设观音阁的实际，指出关圣大帝与观音菩萨共同弘扬大法，旨在使海内芸芸众生得以觉醒。联语睿智有趣，内涵深刻。

异姓胜同胞，笑他人同胞异姓
三分归一统，恨当年一统三分

——云南石屏关帝庙联　　佚　名

上联称刘备、关羽、张飞桃园结义，虽然"异姓"却情同手足，胜过"同胞"兄弟。与之相反，令人可笑的是，魏国的曹丕、曹植本是"同胞"兄弟，却煮豆燃萁，相煎太急，为争名夺利而有如"异姓"陌路之人。下联所言"三分"，指东汉末年"一统"之江山分成魏、蜀、吴三国鼎立，而此"三分"之势最终皆亡，都被司马氏所建之晋而"一统"。联语巧用复辞格，"异姓"与"同胞""三分"与"一统"，两组词又分别进行序换，由此产生了强烈的对比效果，首尾呼应，相映成趣。四川成都三义庙有联云："异姓胜同胞，应不数曹氏昆季；丹心昭日月，能再延汉室河山。"甘肃甘谷大像山三义殿也有一联，竟如佛家之语，否定中实寓肯定，句为："漫道为缔盟，就是同胞兄弟，少不得曲罢酒阑人散；奚啻值纷争，即如一统河山，也作了鸟啼花落春归"。

片语定君臣，三分天下非公意
熙朝崇节义，千载明禋识圣心

——重庆江津关帝庙联　　佚　名

"片语"，简短的话。多用作"片言只语"。联指关羽同刘备、张飞结义时的盟誓之语。在元代《三国志平话》及元杂剧《桃园三结义》中，三人的誓言最多不超过25个字，称"片语"名副其实。到罗贯中撰写《三国演义》时增加至67个字，也还不算太长，谓"片语"也可说得过去。"熙朝"，兴盛的朝代。"崇"，重视，尊崇。"节义"，谓节操和义行。"明禋"，洁敬，指明洁诚敬的献享。联意为：桃园结义时的盟誓之语，确定了日后的君臣关系，尽管出现了"三分天下"的局面，但这并非关公匡扶蜀汉、一统江山的本意；盛世之朝仍需推崇仁义节操，千载不变的洁敬礼祭，旨在识得关帝的圣德忠心。

一道辞曹书，媲美武侯笺二表

三分尊蜀鼎，定评朱子笔千秋

      ——台湾省台北市武圣庙联   佚 名

　　《三国志·蜀书·关羽传》："曹公知其必去，重加赏赐。羽尽封其所赐，拜书告辞。"所云"拜书告辞"即"一道辞曹书"，但志中并没有"书"之详文。《三国演义》第二十六回中始见82字的"辞曹书"。"武侯"，诸葛亮死后谥为忠武侯，后世称之为武侯。"笺"，同"牋"，文体名，书札、奏记一类。上联将关羽同"武侯"诸葛亮相提并论，写关羽得知刘备下落，"去志已决，岂可复留？即写书一封，辞谢曹操"。指出关羽的"辞曹书"可与诸葛亮所写《前出师表》《后出师表》相"媲美"，同样表明了对蜀汉正统的忠心赤胆。明马淑援《关帝庙》诗："吞吴灭魏赍遗恨，鞠躬还同诸葛公。"称关公鞠躬尽瘁的忠心同著名政治家诸葛亮一样。"朱子"，对宋代理学家朱熹的尊称。下联把关羽和朱熹一并提及，认为匡扶蜀汉的关羽与推崇正统的朱熹观念相承，当获"定评"，忠贞可敬，必将永载史册。此间另有十二言联："武威华夏，良将军扶汉于三国；圣著春秋，善读者推公第一人。"

与天地同参，澳水汇流存浩气

崇古今永祀，屿山高峙凛丹心

      ——香港大屿山大澳关帝古庙联   佚 名

　　香港特别行政区各界对忠勇仁义的关帝尤为崇拜，所建之庙集中地反映了民间信仰的传统习俗。"同参"，本为佛教语。谓共同参拜一师。此处之"参"，义为罗列，并立。"与天地同参"即与天地共存的意思。上联写"澳水"，巧嵌大澳之"澳"，并借水之"汇流"积聚，喻赞关公文化得以广泛传播，热情颂扬关羽的浩然正气，必将长存于天地之间。下联写"屿山"，直陈此间之"屿"，借用山之"高峙"巍峨，喻颂关公英雄形象的高大俊伟，真诚钦赞关公的忠贞丹心，定会受到世人代代崇祀。"澳屿"之嵌切地，"山水"之喻抒情，读之引人注目，印象更深。

炎运竟难回，往事祗堪问伯约

丹心同不老，遗踪犹来访汉升

　　——甘肃甘谷觉皇寺关公殿联　　　李蔚起

　　李蔚起，民国年间文人，其余不详。"炎运"，五行家称以火德而兴的帝业之运。此指刘汉皇朝。"祗堪"，只可，只能。"伯约"，三国蜀将姜维之字，其为甘肃甘谷人。假降钟会欲复蜀汉，事败被杀。《三国演义》第一百一十九回有诗赞姜维："天水夸英俊，凉州产异才。系从尚父出，术奉武侯来。""汉升"，三国蜀将黄忠之字，他曾在定军山（今陕西勉县境内）斩曹操大将夏侯渊，迁征西将军。《三国演义》第八十三回有诗赞黄忠："胆气惊河北，威名震蜀中。临恨头似雪，犹自显英雄。"此联将与关公同为蜀将的姜维、黄忠联系在一起，忆"往事"，访"遗踪"，叹"炎运"，颂"丹心"，文辞简洁，意趣俱佳，兴味盎然，发人深省。

襄水淹七军，神装身常驰赤兔

金原还二帝，精忠恨未饮黄龙

　　——甘肃正宁关岳祠联　　　胡聚五

　　胡聚五，民国时期文人，其余不详。《三国演义》第七十四回写"大水骤至，七军乱窜"，蜀军大胜，关公"威震天下，无不惊骇"。书中引后人诗曰："夜半征鼙响震天，襄樊平地作深渊。关公神算谁能及？华夏威名万古传。"所叙即"水淹七军"故事。"二帝"，是指宋徽宗、宋钦宗两位皇帝。靖康二年（1127）被金兵所掳。"黄龙"，府名，治所在今吉林农安。为金初起时的战略要地。《宋史·岳飞传》："飞大喜，语其下曰：'直抵黄龙府，与诸君痛饮！'"清赵翼《岳忠武墓》诗："生平誓踏贺兰山，未饮黄龙一杯酒。"联为关岳祠而撰，上联写关羽，赞其神威英勇；下联写岳飞，颂其精忠赤忱。对仗工稳，题旨鲜明，感情充溢，读来令人钦佩。

后嗣亦超群，此地有山留姓氏
盛朝方易谥，古人无笔壮英灵
————贵州关岭关索镇关帝庙联　　李元度

　　李元度，字次青，号笏庭，清湖南平江人。道光二十三年（1843）举人，官至贵州布政使。善文章，熟悉民俗掌故。"后嗣"，指子孙。联指关羽三子关索。实为戏曲和演义中的人物，正史中并无记载。民间相传诸葛亮南伐孟获时，关索出任先锋，后镇守云贵一带，民间至今还演有以关索为主角的傩戏。上联结合山名"关岭"、镇名"关索"而又建有"关庙"的实际，说明关羽后人同样出类拔萃，为人尊重，内中缘由更多的是对关公的崇拜与敬仰。清朝从世祖顺治到德宗光绪九个皇帝，都先后对关羽有过追谥，封号最终多达26个字，这正是下联所说的"盛朝方易谥"。也正因此，"盛朝"清之前的谥号要略显逊色，这也就是"古人无笔壮英灵"的含义。1981年12月31日，关岭布依族苗族自治县正式建立，政府驻地即在关索镇。此联妙在借地名之巧，言传说之奇；以易谥之崇，抒思情之真。此间另有联写关羽关索父子，句为："双庙隔云呼父子；百蛮罗地拜英雄。"

忠义莫灰心，千古扬名千古显

奸贼休得意，一番择演一番诛

——辽宁义县关帝庙戏楼联　　佚　名

随着关公故事的广为流传，关公戏也很快登上了戏剧舞台，并通过不断地丰富发展，逐渐形成了独特的风格，受到世人的关注与喜爱。这座戏楼因建在义县关帝庙内，故联语特意围绕关帝的"忠义"起笔。之所以提出"莫灰心"三字，显然是针对关公因"忠义"殉难而言，接着以"千古扬名千古显"的明确结论，充分说明关公"忠义"精神之可贵，他也因此受到后世的尊崇和颂扬。下联的"休得意"三字，不光是对关公戏中"奸贼"的怒斥，也是对世间所有"奸贼"的正告，即无论多"奸"多"贼"，最终逃不脱"一番择演一番诛"的下场。"诛"者，轻当诛责之，重必诛杀也。又有以三国人物借题发挥的戏台联，句为："击鼓听三挝，想老贼阿瞒，曾经夺魄；误弦邀一顾，怜小乔夫婿，未免痴情。"

从真英雄起家，直参圣贤之位

以大将军得度，再现帝王之身

——浙江杭州北山关帝庙联　　宋兆禴

宋兆禴，明广东揭阳人，崇祯元年（1628）进士。《三国演义》第二十一回称："英雄者，胸怀大志，腹有良谋，有包藏宇宙之机，吞吐天地之志。"《三国演义》第二十八回有诗赞关公："马骑赤兔行千里，刀偃青龙出五关。忠义慨然冲宇宙，英雄从此震江山。"上联说关羽是按照真正英雄的道路逐渐立业成名，最终登上了乃圣乃贤的位置。"得度"，道教语，谓得道成仙。《太平经》记载："高才有天命者得度，其次或得寿。"明神宗敕封关羽时有献词曰："关圣帝君，生前忠义，振万古之纲常；身后威灵，保历朝之泰运。"这使关公由"王"升成了"帝"。后来又进一步升为"大帝"，乃至"天尊"。下联写关公是凭借大将军的功绩不断得到历朝统治者追封的，现今已有了称帝称王的身份。

[十三言联]

一部麟经，偕百炼青龙光芒万丈
层楼鹄峙，看对江黄鹤掩映重霄

——湖北汉口山陕会馆春秋楼联　　佚　名

"麟经"，即麟史，指《春秋》。唐黄滔《与罗隐郎中书》："诚以麟经下笔，诸生而不合措辞；而史马抽毫，汉代而还陈别录。"清魏介裔《柏乡庙记》："自有帝君（关公）以身任《春秋》之统，君臣之义，灿然复明。""青龙"，指青龙偃月刀。《三国演义》第一回有诗赞关羽和张飞："英雄发颖在今朝，一试矛兮一试刀。初出便将威力展，三分好把姓名标。""鹄峙"，直立貌。联意为：一部被称为"麟经"的儒学经典《春秋》，偕同经烈火锤炼而成的青龙偃月宝刀大放异彩，光芒万丈；会馆的楼阁直立高耸，姿容壮美，隔江与黄鹤楼遥相应对，一道掩映于九重云霄之际。

威震荆襄，溯义烈光昭，永钦圣德
谊联秦晋，当春秋嘉会，共荷神庥

——湖北汉口山陕会馆关圣殿联　　佚　名

"荆襄"，指湖北荆州、襄樊。关公曾在此间镇守作战。"义烈"，忠义节烈。亦指重义轻生之人。《三国志·魏书·臧洪传》："今王室将危，贼臣末枭，此诚天下义烈报恩效命之秋也。"关羽"忠而远识，勇而笃义"，称其"义烈"，名副其实。"嘉会"，欢乐的聚会。多指美好的宴集。汉贾谊《治安策》："今富人大贾嘉会召客者"。"共荷"，一道承受。此间《汉关夫子春秋楼碑记》云："秦与晋亲亦犹扶桑昆仑之民，虽不求私照而得以习睹，其日月者天下实莫能争也。我秦晋人之成斯楼也。"联意为：关公镇守荆州长达六年，威猛英武震撼大地，忠义刚烈光辉照耀，后世永远钦敬圣人的恩德；深情厚谊联结秦晋两省（指陕西省和山西省），让我们铭记美好的聚会，共同感念神灵的庇荫和护佑。

至大至刚，并武乡侯创三分事业

乃神乃圣，继文宣王享万古馨香

——江苏江宁关帝庙联　　佚　名

"武乡侯"，即诸葛亮。建兴元年（223），太子刘禅继位，加封诸葛亮为武乡侯，领益州牧。《三国演义》第八十九回的回目即"武乡侯四番用计，南蛮王五次遭擒"。亦简称"武侯"。唐李白《读诸葛武侯传》诗："鱼水三顾合，风云四海生。武侯立岷蜀，壮志吞咸京。"四川成都有武侯祠。联意为：关羽有着"至大至刚"的浩然正气，当年偕同诸葛亮等一道开创鼎足三分的蜀汉事业；关羽享有"乃神乃圣"的美誉，他是继孔子之后被尊为圣人的英雄，将永垂不朽，万古流芳。湖北长阳土家族自治县关帝庙也有联云："知汉贼不两立之文，无愧武侯作友；明春秋大一统之义，宜追宣王为师。"

扶汉先正名，一统尊而两雄何有

明伦斯为圣，三纲立则万世可师

——河南洛阳关林联　　赵　新

赵新，清河南洛阳康庄人，其余不详。此联题于道光二十三年（1843）春。"正名"，辨正名分，使名实相符。上联称关羽为"正名"而匡扶汉室，倘若实现"一统"至尊，哪里还有曹魏、孙吴"两雄"的名分。"明伦"，《孟子·滕文公上》："夏曰校，殷曰序，周曰庠，学则三代共之，皆所以明人伦也。"即明确君臣、父子、长幼、夫妇之礼仪规范。"三纲"，封建社会中谓君为臣纲、父为子纲、夫为妻纲。下联赞关羽为"明伦"之圣人，同时又因"三纲立"而成为后人师从的楷模。联语突出封建社会所倡导的纲常规范，使读者更加明白历代帝王不断追封关羽的真正用意。此间另有联云："先师圣矣，文心凭地载；汉寿神哉，武德与天齐。"

先武穆而神，大汉千古，大宋千古
后文宣而圣，山东一人，山西一人
　　　　——浙江杭州栖霞岭关帝庙联　　方孝孺

　　方孝孺，字希直，号逊志，明浙江宁海人。明惠帝时任侍讲学士、《太祖实录》总裁。后因拒为燕王朱棣起草诏书而被害。"武穆"，指南宋抗金名将岳飞。宋孝宗时追谥"武穆"。上联指出关羽先于岳飞被尊为神而享庙祀，其有功于蜀汉，名垂千古；岳飞则忠心"大宋"，光耀千古。"文宣"，指春秋时期思想家、儒家学派创始人孔子，有封号为"大成至圣文宣先师"。下联指明关公被尊为"武圣"是在孔子"文圣"之后，并以各自的籍贯，概括为"山东一人，山西一人"。联语巧用复辞格，从尊"神"封"圣"两方面立论，又与岳飞、孔子相连，兼及朝代和地域，概括凝练，构思奇巧，给人印象极深，确为大家手笔。民国时期，江苏省南京市重修关帝庙即选用了此联。另外甘肃张掖关岳庙有联云："忠义满乾坤，蜀汉千古，赵宋千古；圣贤即仙佛，山西一人，河南一人。"甘肃天水关岳庙有联云："为军旅表率，壮穆千古，武穆千古；是天地正气，汉室一人，宋室一人。"上海关岳武庙有联云："春秋匪懈，祀典重新，汉千古，宋千古；宇宙长存，神功并著，义一身，忠一身。"

圣湖庙宇重新，蠲洁如监潭上月

武帝旌旗在眼，威灵共仰水中天

    ——浙江杭州金沙港关庙联   杨昌濬

    杨昌濬，字石泉，清湖南湘乡人。官至陕甘总督。"圣湖"，指西湖。旧
有"圣塘"之名。"蠲洁"，《墨子·尚同中》："其事鬼神也，酒醴粢盛，
不敢不蠲洁。""监"，通"鉴"。照映；明察。"旌旗"，旗帜的总称。此
指战旗。联意为：西湖关庙得以重修新建，前来拜祭有如望月自省，理当洁身
净心；关公征战的"旌旗"依然在眼前飘舞，其威名英灵似湖水中天空的倒影
一般，不停变幻，却永恒存在，令人心动，感慨万千。此联妙在借景生情，巧
喻抒怀。"潭"即西湖十景之一的"三潭印月"。"水中天"本当俯视，用一
"仰"字，乃指所见之"天"实为头上之"天"，以示仰慕钦敬之情。

当三国纷争时，认定刘家为正统

在五泉幽胜处，占来汉土守中华

    ——甘肃兰州五泉山关帝庙联   刘尔炘

    刘尔炘，字又宽，号五泉山人，祖籍陕西三原，后迁甘肃兰州定居。清光
绪十五年（1889）进士，授翰林院编修，后归里主讲五泉书院。"正统"，
旧指一系相承、统一全国的封建王朝。与"潜窃""偏安"相对。宋欧阳修
《正统论上》："正者，所以正天下之不正也；统者，所以合天下之不一
也。""幽胜"，幽静而优美。五泉山因山有"惠、蒙、甘露、掬月、摸子"
五泉而得名。清流泄地，飞瀑悬空，树木苍翠，景色清幽。此联语言通俗，质
朴无华，较为风趣的是刘姓作者"认定刘家为正统"，而真正有意义的则是呼
吁"占来汉土守中华"。陕西潼关楼关圣殿亦有联云："当三国纷争时，认定
汉家之天下；于四维不张日，独持礼教在人间。"所云"四维"即旧时治国之
四纲：礼、义、廉、耻。

非必杀身成仁，问我辈谁全节义

漫说通经致用，笑书生空谈春秋

——山东聊城山陕会馆关圣殿联　　佚　名

"杀身成仁"，《论语·卫灵公》："志士仁人，无求生以害仁，有杀身以成仁。"指为正义或崇高的理想而牺牲生命。"节义"，谓节操与义行。"漫说"，别说，不要说，"通经致用"，通晓经学而加以运用。"书生"，读书人。古时多指儒生。加一"笑"字，即指那些只知熟读而脱离实际的迂夫子。"空谈"：只说不做；有言论，无行动。联意为：杀身成仁说来容易做来难，试问我们这些人中，谁又能够做到忠孝节义两全呢？莫要奢谈什么通晓典籍便能应用，堪笑那些空读《春秋》的书呆子，到头来也没有任何作为！联语旨在说明拜谒学习关羽，重在言行一致，切忌空谈。

附圣人之末光，猛将佳儿同万古

得夫子之正气，宝刀骏马亦千秋

——江苏如皋关帝庙联　　汪启英

汪启英，字佑昆，民国安徽六安人。其余不详。此联见民国吴恭亨《对联话》卷四，称"凡关帝像旁塑有关平勒马、周仓持刀像，联故涉及之"。清朝学问家纪昀《滦阳消夏录》则云："关帝祠中皆塑周将军，其名则不见于史传。"《三国演义》第二十八回写关羽收留周仓，自此"跟随将军"。同一回中又写经刘备做主，关羽将关平收为义子。事实是，当关公因除霸奔走涿郡时，其妻胡氏已生下关平。《碑铭》和《图志》均有记载："光和元年（178）戊午五月十三日生子（关）平。"不过联语依庙中所塑之像撰述，称"猛将"周仓和"佳儿"关平，皆因依附关羽的光耀而得余晖，同样万古流芳。就连关羽的青龙偃月"宝刀"和坐骑赤兔"骏马"，也因沾得主人的凛然正气，一样千秋不朽。借以颂赞关羽是名副其实的武"圣人"，名正言顺的关"夫子"，倒也不失为一种别开生面、另辟蹊径的写法。

有半点生死交情，方许入庙谒帝
无一毫光明心迹，何须稽首焚香

——江苏如皋关帝庙联 郑 藩

郑藩，字伯屏，民国年间文人，其余不详。"交情"，人们在相互交往中建立的感情。《史记·汲郑列传》："一贵一贱，交情乃见。""心迹"，思想与行为。宋苏轼《应诏论四事状》："名言皆行，心迹相应，庶几天下感通。""稽首"，古时一种跪拜礼，叩头至地，是九拜中最恭敬者。《周礼·春官·大祝》贾公彦疏："其稽，稽留之字。头至地多时，则为稽首也。"此联以刘关张的"生死交情"为例，称哪怕有像他们的"半点"情分，这才有资格到庙里拜谒关圣大帝。反之，如果心术不正，阴暗不轨，那就没有必要入庙磕头烧香。因为这既掩盖不了自己丑恶的灵魂，同时还是对神灵的亵渎。

赫厥声，濯厥灵，无师保如临父母
天所覆，地所载，有血气莫不尊亲

——福建福州关帝庙联 龚景瀚

龚景瀚，字海峰，清福建闽侯人。乾隆三十六年（1771）进士，官兰州知府。"厥"，代词，其。"赫厥声"即其声名显赫。"濯厥灵"即其神灵光耀。"师保"句语出《易·系辞下》："无有师保，如临父母。"意谓即使没有辅弼教导的老师，可仍如父母就在身边一样。下联语出《中庸·君子内省不疚》："天之所覆，地之所载，日月所照，霜露所坠，凡有血气者，莫不尊亲。"孔颖达疏："此节更申明夫子蕴蓄圣德，俟时而出，日月所照之处，无不尊仰。"此联以"如临父母"表示亲近和密切，以"莫不尊亲"表示钦敬与仰慕。用典自如，贴切不移，含蕴丰富，读之启人深思。

正则扶，奸则诛，这便是春秋学问
始以仁，终以义，已到了圣贤功夫

———甘肃兰州广福寺关圣殿联　　佚　名

　　"正则扶，奸则诛"，即"扶正诛奸"。就关羽而言，意指匡扶汉室正统，讨伐奸雄逆贼。"学问"，学识，道理。《孟子·告子上》："学问之道无他，求其放心而已矣。""功夫"，本领，造诣。唐贾耽《赋虞书歌》："功夫未至难寻奥。"宋苏轼《论时政状》："正则用之，邪则去之，是则行之，非则改之。"《战国策·秦策》："始之易，终之难也。"《孟子·告子上》："仁，人心也；义，人路也。舍其路而弗由，放其心而不知求，哀哉！"联语综合古代名句之意，将"春秋学问"及"圣贤功夫"予以简明扼要地概括，借以对关羽扶正诛奸的作为及始仁终义的节操予以褒赞，用语直白，真情自见。

常将腐鼠视孙曹，人谓目空一切
若使卧龙非管乐，自当功盖三分

———甘肃兰州洪恩楼关帝像联　　佚　名

　　"腐鼠"，腐烂的死鼠。典出《庄子·秋水》。后用为贱物之称。"目空一切"，什么都不放在眼里。形容骄傲自大。"卧龙"，喻隐居或尚未崭露头角的杰出人才。此指三国时期著名政治家诸葛亮。"管乐"，管仲与乐毅的并称。两人分别为春秋时齐国名相，战国时燕国名将。晋袁宏《三国名臣序赞》："孔明盘桓，俟时而动，遐想管乐，远明风流。"唐朝著名现实主义诗人杜甫咏怀诸葛亮写《八阵图》诗："功盖三分国，名成八阵图。"此联写出了关羽的致命缺点，即"目空一切"的骄傲自大。对"孙曹"可在战略上藐视，斥为"腐鼠"；当在战术上重视，看成"虎狼"。关公未曾如此，方败走麦城而亡。试想，若无诸葛亮的呕心沥血、鞠躬尽瘁，鼎足之势又从何谈起，关羽岂能独享"自当功盖三分"之誉？此联对仗工稳，立意新颖，别具一格，发人深省。

千百载至大至刚，统是当年浩气

十六代封王封帝，依然旧日亭侯

    ——甘肃兰州东关关帝庙联   佚 名

"统是"，全部都是。"浩气"，正大刚直之气。上联用《孟子·公孙丑上》之语，赞关羽的"浩气"长存，威震古今。《图志·爵谥》："东汉官制，有县、乡、亭侯之称，皆以寓食人之多寡。"《楚汉春秋》载，汉末曹操封关羽为汉寿亭侯。《三国演义》第二十六回写："且说曹操见云长斩了颜良，倍加钦敬，表奏朝廷，封云长为汉寿亭侯。"其实"汉寿"为地名，"亭侯"是爵位。下联写尽管先后有16个皇帝23次给关羽御旨加封，但他真正看重的仍是"旧日亭侯"之名。因为亭侯之封冠以"汉"字，借以解释关羽"降汉不降曹"的表白，同时突显关羽对蜀汉的忠贞。明弘治本的《三国志通俗演义》中这样写道：张辽持丞相所铸"寿亭侯印"给关公送去，关公看了，以功微不堪领此名爵，再三推辞不受。曹操得知关公见印而推却，方晓自己有失计较，遂重铸"汉寿亭侯之印"再送，关公这回视之，笑曰："丞相知吾意也。"遂拜受之。显而易见，将"汉寿亭侯"之"汉"视为朝代名，即源自作者罗贯中写书之侧重演义。上海关帝庙也有联云："虽经历代崇封，不忘汉寿亭侯四字；要释当年遗恨，端在紫阳纲目一书。"

十
三
言
联

[十四言联]

深入重门，精忠路平，一步当进一步

渐登宝殿，美髯公在，三思还要三思

    ——甘肃陇西关帝庙戏楼联　　佚　名

"重门"，谓层层设门。此指戏楼二门，此间有关帝像。上联巧借戏楼设"重门"而陈情，指出无论演戏还是做人，都应当在"精忠路"上一步一个脚印地走下去。"美髯公"，关羽的美称。《三国演义》第二十五回写"关公奏曰：'臣髯颇长，丞相赐囊贮之。'帝令当殿披拂，过于其腹。帝曰：'真美髯公也！'""三思"，再三思考。《论语·公冶长》："三思而后行。"下联结合关公戏的演出而警示，告诫不管说话还是办事，都需要总结关羽的得失，三思而后行，不可轻率鲁莽。联语借戏言理，自然贴切，余音绕梁，颇多启示，读来亦需三思，内中三昧，方可领悟。此间另有联曰："陈迹兴怀，古今人岂云不相及；群情毕寄，天下事当作如是观。"

福世彰忠勇，灵赫千秋，丹心映日月

安民显圣恩，义传万古，浩气壮乾坤

    ——越南福安关帝庙联　　佚　名

福安关帝庙位于胡志明市第五郡鸿庞街，由当地华侨于清同治四年（1865）兴建。"福安"，幸福安康。金董解元《西厢记诸宫调》卷二："四时无冻馁之忧，数口享福安之庆。"与此联相配的匾额为"中外禔福"四字。语出《汉书·司马相如传下》："遐迩一体，中外禔福，不亦康乎？"所云"禔福"，指安宁幸福。冠以"中外"，用到此处更显贴切。联语不仅用鹤顶格嵌入关帝庙所在地"福安"二字，还充分地对匾额"中外禔福"四字予以阐述，指明"福世"当彰扬"忠勇"和"丹心"，关公的神灵煊赫，可与"日月"同光，必将"千秋"永在。同时"安民"正是"圣恩"显现，关公的仁义弘扬，"浩气"壮固"乾坤"，自当"万古"传颂。

草庐三顾，鼎足三分，不朽当年三义

君臣一德，兄弟一心，无双后汉一人

——湖北当阳关陵正殿联　　王　岱

　　王岱，明末清初湖南湘潭人。康熙年间曾荐举鸿博，官澄海知县。"草庐三顾"，见《三国演义》第三十七回"司马徽再荐名士，刘玄德三顾草庐"。明陈正伦《卧龙岗》诗："玄德从兹起卧龙，草庐千古记遗踪。""当年三义"，指刘关张"桃园三结义"。南齐颜之推《颜氏家训》："四海之人，结为兄弟，亦何容易？必有志均义敌，令终如始者，方可议之。"明朝文学家李贽《过桃园谒三义祠》诗："世人结交须黄金，黄金不多交不深。谁识桃园三结义，黄金不解结同心。"上联说刘关张桃园三结义之后，又在卧龙岗三顾茅庐，得到军师诸葛亮殚精竭虑的辅佐，终于建立了与曹魏、孙吴"鼎足三分"的蜀汉，功勋业绩自当"不朽"。下联写刘关张作为君臣同德，作为兄弟同心，尤以关羽忠勇仁义，堪称"后汉"史上独一无二之完人。联语巧用与"三"相关之事，合"三"尊"一"而赞美关公的英雄事迹，可谓构思巧妙，耐人寻味，读来令人印象深刻。

古来不乏英雄，能称圣贤者亦罕矣

世上许多朋友，有如兄弟者其谁乎

——湖南宁乡关帝庙联　　佚　名

　　有关"英雄""朋友"的古训甚多，如汉黄石公《素书·正道》称英雄人俊应该"德足以怀远，信足以一异，义足以得众，才足以鉴古，明足以照下。"晋葛洪《抱朴子·交际》："朋友也者，必取乎直谅多闻、拾遗、斤谬、生无请言，死无托词，终始一契，寒暑不渝者。"此联也就"英雄""朋友"而撰写，却围绕关公的生平抒发感慨。用语平易直白，简淡自然，但所言耐人寻味，蕴涵朴实之理。的确，"英雄"若要"称圣贤"，须以关公为榜样；"朋友"忠贞"如兄弟"，应学蜀汉刘关张。河南偃师关帝庙有联则云："有是君，有是臣，继两汉常昭万古；难为兄，难为弟，合三心永垂春秋。"

单刀犯吴国，阴谋夫子，只知扶汉室
尺土皆刘家，旧物使君，何谓借荆州
　　　　——湖北麻城关帝庙联　　刘雁书

　　刘雁书，清代秀才。其余不详。"尺土"，犹"尺地"。一尺之地，极言其小。"旧物"，先人的遗物，原本就有之物。此联内容见《三国演义》第六十六回，写东吴诸葛瑾见关羽，出刘备书曰："皇叔许先以三郡还东吴，望将军即日交割，令瑾好回见吴主。"关羽变色曰："吾与吾兄桃园结义，誓共匡扶汉室。荆州本大汉疆土，岂得妄以尺寸与人？将在外，君命有所不受。虽吾兄有书来，我却只不还！"后又单刀赴会，席间佯醉而"右手提刀，左手挽住鲁肃手"，要他"莫提起荆州之事"，将魂不附体的鲁肃扯至江边，然后作别登船而去。联中"阴谋"指用兵的谋略。《国语·越语下》："阴谋逆德，好用凶器。"韦昭注："阴谋，兵谋也。"关羽之"阴谋"，即"佯推醉"也。此联简洁生动，自然传神，读之如闻其声，似见其人。

义节炳纲常，合大河东西，共联乡祀
崇祠遍宇宙，试千古上下，谁并神明
　　　　——湖北汉口山陕会馆关圣殿联　　佚　名

　　"义节"，同仪节。指礼法；礼节。亦谓礼仪的程序形式。"纲常"，"三纲五常"的简称。封建礼教所提倡的人与人之间的道德标准。宋周密《齐东野语·巴陵本末》："古今有不可亡之理。理者何？纲常是也。"明清时，乡里德行优异者死后由乡人公举，请准祭祀于乡贤祠，谓之"乡祀"。此联专为山陕会馆题撰，故特意用"共联乡祀"一语而表示亲近与真诚，而行如此"义节"，又旨在"炳纲常"也。即宣传关公文化，使"纲常"伦理得以发扬光大。"谁并神明"的反问，进一步突显"崇祠遍宇宙"的实情。清赵翼《陔余丛考》云："今且南极岭表，北极塞垣，凡儿童妇女，无有不敬其威灵者，香火之盛，将与天地同不朽。"此话在"崇祠遍宇宙"的有清一代，并非夸饰之词。

地居廉让之间，二分流水，三分农圃
学有经济者贵，半部论语，一部春秋
　　——山东郯城关羽赵普合祠联　　吴步韩

　　吴步韩，字锦堂，号小岩，清山东郯城人。道光十六年（1836）进士。
"廉让"，廉泉、让水的并称。《南史·胡谐之传》："（范柏年）见宋明
帝，帝言次及广州贪泉，因问柏年：'卿州复有此水否？'答曰：'梁州唯有
文川、武乡、廉泉、让水。'又问：'卿宅在何处？'曰：'臣所居廉让之
间。'帝嗟其善答。"上联即用此典，称合祠建在风俗醇美之处，寓人杰地灵
之意。"经济"，经世济民，指治国的才干。《宋史·王安石传论》："以文
章节行高一世，而尤以道德经济为己任。""半部论语"，宋罗大经《鹤林玉
露》中载：宋初宰相赵普，人言所读仅《论语》而已。太宗赵光义因此而问，
答曰："臣平生所知，诚不出此，昔以其半辅太祖定天下，今欲以其半辅陛下
致太平。"旧称"半部《论语》治天下"，典出于此。下联结合关羽志在《春
秋》、赵普功出《论语》的实际，颂赞二人均有经世之才，济民之功。此联题
合祠而取共同点，思路清晰，浑然一体，用典自如，诚为佳作。民国吴恭亨
《对联话》卷二称："对幅如铸生铁，一字一金矣！"

［ 十五言联 ］

汉室在心，汉水在目，唯尔有神光大汉
江南者吴，江北者魏，何人雪涕对晴江

　　　　——湖北汉口关帝庙联　　夏力俊

　　夏力俊，生平不详。"光"，恢复；收复。此指匡扶汉室正统，使之得以
传承。"雪涕"，晶莹泪珠。亦指擦拭眼泪。《北齐书·神武帝纪上》："神
武亲送之郊，雪涕执别，人皆号恸。""晴江"，即长江。因江畔有晴川阁而
名。为汉口的关帝庙撰写联语，特意用三对"汉""江"二字，以"汉"联系
"汉室"与"大汉"，盛赞关公为之竭力光复的功业。又用"江"划出南之孙
"吴"与北之曹"魏"，表明关羽伐魏征吴的历程，而"雪涕晴江"之语，正
是对其壮志未酬的惋惜与哀痛。联语扣合巧妙，对仗工稳，概括凝练，充满深
情。湖北汉口山陕会馆关圣殿也有十五言联，一曰："至大至刚，悉本至情，
青史流芳唯翼汉；称王称帝，何如称圣，丹心不易岂降曹。"二曰："大义据
春秋，伐魏征吴，威德当年丕著；精忠昭日月，称王颂帝，蒸尝亘古长钦。"

其智如神，其仁如天，巍巍然孰与为匹
唯皇至尊，唯灵至大，荡荡乎民无能名

　　　　——甘肃宕昌哈达铺关帝庙联　　佚　名

　　《论语·子罕》："知者不惑，仁者不忧，勇者不惧。""知"同
"智"。智、仁、勇是孔子所提倡的三种美德。《论语·泰伯》："大哉尧之
为君也！巍巍乎！唯天为大，唯尧则之。荡荡乎，民无能名焉。"朱熹集注：
"巍巍，高大之貌；荡荡，广远之称也。言物之高大，莫有过于天者，而独尧
之德能与之准。故其德之广远，亦如天之不可以言语形容也。"此联即用《论
语》中孔子称颂三皇五帝之一尧的句意，盛赞关羽智勇超神，仁德胜天，名位
至高，威灵极远。总而言之，关羽的道德崇高，恩泽博大，不仅没有人能够同
他相比，同时人们再也想不出该如何去颂赞他的词语。以"文圣"之语而颂
"武圣"之德，珠联璧合，堪称绝妙。

惠陵烟雨，涿郡风雷，在昔埙箎兴一旅
魏国山河，吴宫花草，于今蛮触笑三分
　　　——甘肃文县关帝庙联　　　吴　镇

　　"埙箎"，古代两种乐器。合奏时声音相应和，故用以借指兄弟，比喻兄弟之间亲密和睦。上联并提刘备（其坟墓史称惠陵）、张飞（其故里河北涿郡），称二人"在昔"同关羽结为生死兄弟，胜似同胞，传为佳话。《庄子·则阳》："有国于蜗之左角者，曰触氏；有国于蜗之右角者，曰蛮氏。时相与争地而战。"后以"蛮触"为典，喻指为小事而争斗者。下联接连用唐李益"魏国山河半夕阳"诗句（《鹳雀楼》）和唐李白"吴宫花草埋幽径"诗句（《登金陵凤凰台》），讥讽曹魏、孙吴虽一时烜赫，到头来也似夕阳坠落，花草凋零，"蛮触"之争，可笑可悲。唯有到处可见的关帝庙，令人追思，令人钦仰。清梁章钜《楹联丛话》卷三称此联"语颇壮丽。然亦嫌'埙箎'二字装点，未免有《演义》语横梗胸中也"。余小霞曰："若改'埙箎'字为'同胞'，改'蛮触'字为'裂土'，则无遗憾矣。"

求仁得仁，是以至大至刚，气塞乎天地
先圣后圣，只此能好能恶，义取诸春秋
　　　——湖北嘉鱼关帝庙联　　　佚　名

　　"求仁得仁"，语本《论语·述而》："求仁而得仁，又何怨？"是孔子回答子贡提问时所说，称他们求仁德而得到了仁德，还有什么怨恨呢？后多用为适如其愿之意。"至大至刚"，语出《孟子·公孙丑上》，形容浩然之气极其广大坚强。"先圣后圣"，指先封的文圣孔子和后封的武圣关羽。"能好能恶"，指有共同的喜好与憎恶。"春秋"，指儒家经典《春秋》，五经之一。相传为孔子所著，关羽熟读并遵从所述之义理。明钱福《东光关帝庙碑记》谓："史称其（指关公）好读《春秋》，其得力学问亦自有不可诬者。"此联亦用"文圣"之语赞"武圣"之德，雅切隽永，甚是得宜。

黔疆烟雨，滇界风霜，终古兼圻威一镇

魏国山河，吴宫花草，于今裂土笑三分

——贵州盘县关帝庙联　　佚　名

此联显然是由上一联改易而成。贵州简称"黔"，云南简称"滇"，盘县正在黔滇交界处，与云南的富源相邻，中有胜境关。清代总督多管辖两省或三省，谓之"兼圻"。梁启超《上鄂都张制军书》："身既膺兼圻之威，言即有九鼎之重。"上联的"烟雨""风霜"既指黔滇的气候现象，又寓社会的变幻势态。正因此，所建关帝庙不只镇守一方，而是"兼圻"两省。下联又用唐李白、李益诗句之意，称连这偏远之地都崇奉关帝，可见其影响范围之广。一个"笑"字，充满了对曹魏、孙吴的蔑视，也充溢着对关帝的钦仰。"于今裂土"四字振聋发聩，是面对当时社会动乱、战事频仍局面发出的呐喊，寓含唯愿人们像关公匡扶蜀汉、立志统一那样仁勇忠贞，联语也因此而具有较强的艺术感染力。

至诚之道，孚及豚鱼，虽阿瞒莫敢不服

大义所归，坚如金石，唯使君乃得而臣

——福建蒲城关帝庙联　　朱秉铭

朱秉铭，字缄三，号雪龛，清福建浦城人，孝廉。《礼记·中庸》："唯天下至诚，为能经纶天下之大经，立天下之大本，知天地之化育。"朱熹集注："至诚之道，非至圣不能知；至圣之德，非至诚不能为。"宋苏轼《道德》也云："以至诚为道，以至仁为德。"《易·中孚》："豚鱼，吉，信及豚鱼也。"王弼注："鱼者，虫之隐微者也；豚者，兽之微贱者也。争竞之道不兴，中信之德淳著，则虽隐微之物，信皆及之。"上联以此盛赞关羽无比忠诚的至圣之德，称就连小名阿瞒的曹操也不得不服。参见《三国演义》第二十七回，曹操对张辽说："云长挂印封金，财贿不足以动其心，爵禄不足以移其志，此等人吾深敬之。"下联"使君"指刘备，称颂关羽作为"臣"的仁义气节及忠贞丹心。联语借曹公、刘备而写关羽，读之倍感亲切，令人信服。

忠义发乎情，虎卫龙骧，想见汉时兄弟
英雄尚以道，湘清岳峻，如临蜀地君臣
　　——湖北嘉鱼关帝庙联　　佚　名

　　有成语作"龙骧虎视""龙骧虎啸"等，形容威武非凡的气概。"龙"又比喻君主帝王，"虎"则比喻勇将猛士。河南社旗山陕会馆大拜殿门前两侧的墙上，就刻有清慈禧太后所书的"龙虎"二字。上联的"虎卫龙骧"则是将关羽视为虎将，把刘备看成帝王的。借以称颂桃园结义的兄弟情首推"忠义"。《三国演义》第二十八回有诗赞"会古城主臣聚义"曰："当时手足似瓜分，信断音稀杳不闻。今日君臣重聚义，正如龙虎会风云。"《三国演义》第三十八回有诗云："龙骧虎视安乾坤，万古千秋名不朽。""湘清岳峻"，如湘水般清澈，似山岳般高峻。喻指人格纯正，道德高尚。下联将两湖的湘岳视如"蜀地"，联想到作为"君臣"的刘备和关羽，褒赞"英雄"关公精忠扶汉之正道。联语比喻形象，情景交融，虚实相映，寄意深沉。

扶汉仰侯功，一心一德，浩气直吞吴魏
伏魔崇帝号，乃神乃圣，明威尚震华夷
　　——湖南湘潭关帝庙联　　佚　名

　　"扶汉"，匡扶汉室正统。山西运城解州关帝庙中门的头匾即"扶汉人物"四字。"侯"，古代爵位名。关羽生前曾封汉寿亭侯，去世后最早的谥号为壮缪侯。"一心一德"，即同心同德。语出《书·泰誓中》："乃一德一心，立定厥功，唯克永世。"上联赞关公的浩然之气可"吞吴魏"，其忠心耿耿，为匡扶蜀汉建有丰功。"伏魔"，降伏妖魔。明神宗加封关公为"三界伏魔大帝神威远镇天尊关圣帝君"。清康熙皇帝所题匾额即"伏魔大帝"四字。"明威"，神明的威慑力。"华夷"，指汉族和少数民族。《晋书·元帝纪》："天地之际既美，华夷之情允洽。"下联写对关羽的谥封愈发隆崇，皆因其有"伏魔"之"明威"，当护国佑民，永享祭祀。

三教尽皈依，正直聪明，心似日悬天上

九州隆享祀，英灵昭格，神如水在地中

    ——山西运城解州关帝庙联   秦大士

    秦大士，字鲁一，号涧泉，清江苏江宁（今南京）人。乾隆十七年（1752）状元，官至侍讲学士。"三教"，指儒、释、道三家。"皈依"，佛教语。犹归依，与"信奉"同义。即身心都归向佛祖。此处有钦佩之意。"昭格"，光明正大。"日悬天上"与"水在地中"，取自"日月经天，江河行地"。语出《后汉书·冯衍传》。形容光明正大或永存不废。联意为：关羽被儒释道三教共同推崇，其正直聪明，仁义之心像悬挂在天空的太阳；全国各地到处建庙立祠，使之享受隆盛的祭祀，其高尚的品德与可贵的精神，如奔涌的江河流遍大地。河北承德关帝庙也选用了此联。湖北汉口山陕会馆关圣殿亦有此联，只是将上下联起首二字换成代称故乡的"枌榆"，以及实指汉口的"江汉"。这样一来，更与汉口山陕会馆相符。当代对联艺术家俞德泉也有联云："三教尽尊崇，为帝为神，楷式常昭人际遇；九州传信义，在天在地，英灵总护汉山河。"

王业不偏安，拒曹和权，诸葛犹非知己
春秋大一统，寇魏帝蜀，紫阳乃许同心
　　——山西运城永济蒲州关帝庙联　　佚　名

　　三国蜀诸葛亮《后出师表》："先帝虑汉贼不两立，王业不偏安，故托臣以讨贼也。"意谓要复兴汉室王业，就不可偏处于蜀地一隅而苟安。正因此，诸葛亮始终坚持"拒曹和权"的策略。《三国演义》第六十三回写他在将镇守荆州的印绶交给关羽时，特意强调"北拒曹操，东和孙权"这八个字，叮嘱关羽要"牢记"在心。关羽也表示曰："军师之言，当铭肺腑。"而后来的实际，说明关羽并没有按诸葛亮所说去做，而是导致吴蜀同盟趋于解体，最终使荆州丢失，自己也落败的结局。正因此，上联特用"犹非知己"四字来评述关羽同诸葛亮的关系。"紫阳"，宋代理学家朱熹有"紫阳书室"，后人以"紫阳"为其别称。朱熹在所著《通鉴纲目》中尊蜀汉为正统，后经各种文学艺术作品的宣扬，使得"寇魏帝蜀"的观念得以流行，关公的形象也愈发受到尊崇。下联发出感叹：看来只有朱熹才是与关帝"同心"的智者。联语围绕"拒曹和权""寇魏帝蜀"的是非观念立意评述，自有见解，可谓别具一格，不同凡响。湖北汉口山陕会馆关圣殿也有一联，略有不同，句为："春秋大一王，拒北和东，诸葛尚非知己；纲目存正统，崇刘抑魏，紫阳方是同心。"

十
五
言
联

123

山不改蜀汉色，宜乎帝子，庙宇在斯间

花犹带荆襄春，可矣君侯，节钺镇此处

——四川成都关帝庙联　　佚　名

　　"宜"，古代祀典的一种。《礼记·王制》："天子将出，类乎上帝，宜乎社，造乎祢。"郑玄注："类、宜、造，皆祭名。""帝子"，帝王之子。唐朝著名诗人王勃《滕王阁》诗："阁中帝子今何在，槛外长江空自流。"联指关帝，"子"为敬称。"斯间"，此处。上联以"山不改蜀汉色"的生动比喻，颂赞关羽对"蜀汉"的忠贞，其意志如"山"一样坚定，形象似"山"一样高峻。因此，才将他尊崇为"帝"，并为之建庙，让其永享祭祀。"君侯"，指关羽。他曾封汉寿亭侯，又谥为壮缪侯。"节钺"，符节和斧钺。古代授予将帅，作为加重权力的标志。唐张祜《送周尚书赴滑台》诗："鼓角雄都分节钺，蛇龙旧国罢楼船。"下联用"花犹带荆襄春"的形象描绘，以示关公曾经镇守过的"荆襄"对其充满缅怀思念之情，"春"回大地，"花"献英雄。"山花春色"的巧妙嵌入，使得联语诗情浓郁，激情洋溢，文采斐然，愈发感人。韩国首尔的关帝庙中也可见到此联。

邙北当年郁圣陵，首回伊阙，魂回汉阙
洛南此处埋忠骨，地在天中，心在人中

  ——河南洛阳关林联 粘本盛

  粘本盛，字道恒，号质公，明末清初福建安溪人。康熙五年（1666）官云南乡试正考。"邙北"，即北邙山。在今河南洛阳市东北。汉魏以来，为王侯公卿归葬之处。清颜光敏《洛阳》诗："千山紫翠朝中岳，万古歌钟对北邙。""伊阙"，古地名。在今河南洛阳市南。因两山相对如阙门，伊水流经其间，故名。现称"龙门"。"忠骨"，忠烈者的遗骨。浙江杭州岳飞墓联："青山有幸埋忠骨；白铁无辜铸佞臣。"关林此联意为：邙山之北于当年修筑了翠柏环绕的关圣陵墓，尽管其回到了伊阙之地，可魂灵依然还在蜀汉之宫阙；洛阳之南有忠勇仁义的关公陵墓，此间位于华夏中部，诚如天之中，当引四方之众前来拜祭，皆因关公的形象与精神，永远活在人们心中。此联构思巧妙，对仗工整，联想丰富，类比自然，对一代名将的赤胆忠贞深表敬意，由衷颂赞。

十五言联

拜斯人便思学斯人，莫混帐磕了头去
入此山须要出此山，当仔细扪着心来
————浙江江山仙霞岭关帝庙联　　周亮工

　　周亮工，字元亮，号栎园，河南祥符（今开封）人。明崇祯十三年（1640）进士，官御史。入清，官至户部右侍郎。仙霞岭奇峰错列，巨壑纵横，关隘众多，极为险峻。清黄子云《度仙霞岭》诗："鸟道纡回上，猿声缥缈闻。峰盘三百级，身入万重云。"关帝庙就建在号称"东南锁钥"的仙霞关上。尽管此间地势险要，登临极难，但还是有不少善男信女前来朝拜，期间屡有事故发生。为此，楹联作者特意撰写了这副用心良善、旨在规劝的联语。上联告诫前来拜祭者"莫混帐磕了头去"。此处的"混帐"，指浑浑噩噩，稀里糊涂。联语意为虽然前来磕头祭祀，但不要企望真能得到神的佑助，而应通过"学斯人"（指关公）可学之处以达到目的。下联要朝拜者"当仔细扪着心来"。"扪心"，摸摸胸口，反省自问的意思。告诫人们要认清道路，千万别迷失方向，否则进得来出不去，到那时悔之晚矣。此联幽默风趣，别具一格，通过对毫无头脑的盲目朝拜者的有益劝诫，不仅给热衷迷信的糊涂人以警示，同时对于到此游览的人们也有启迪作用。

绍尼山大一统心传，遗憾三分缺汉鼎

为守土留两间正气，声灵万古濯荆江

    ——湖北沙市金龙寺春秋阁联   李宝常

    李宝常，字寄尘，湖北沙市人。中国近代诗人、书法家。春秋阁原在沙市
西部金龙寺，20世纪30年代迁建于市中心，期间作者撰写此联。"绍"，承
继。"一统"，统一。多指全国统一于一个政权。古典文学名著《三国演义》
第一回："汉朝自高祖斩白蛇而起义，一统天下。""心传"，佛教语。犹言
修行时以心传心。宋儒为宣扬道统，借指圣人以心性精义相传。湖北省汉口山
陕会馆《汉关夫子春秋楼碑记》就此写得十分清楚："考《春秋》，系鲁史东
周以还，王纲欲坠，我孔子惧万世君臣之大义不明，不得已而以宗鲁者尊周，
托《春秋》以见志。……关夫子欲以存蜀者存汉，志《春秋》之志，此《春
秋》之所以有其人也。"上联说关公继承了文圣孔子主张的"一统"思想，为
此而竭尽全力，最终遗憾的是未能匡扶汉室，只赢得魏蜀吴三足鼎立的局面。
下联写关羽镇守荆州数年，浩然之气留在天地之间，声名英灵如同奔流不息的
荆江万古不朽。联语夹叙夹议，顺畅工稳，成功地刻画了关羽关帝圣君的感人
形象。

十五言联

[十六言联]

蒲坂显神灵，荡寇伏魔，本大义以存一统
汉皋崇庙貌，裕商护国，荐馨香永祀千秋

  ——湖北汉口山陕会馆关圣殿联 佚 名

  "蒲坂"，地名，在山西永济市西南蒲州镇。此处指关公故里。上联写关羽家乡百姓对他的颂赞，英雄为求正统而匡扶汉室，荡除贼寇，降伏妖魔，驰骋疆场，功勋卓著，神威永在，英灵尽显。"汉皋"，汉口的别称。"裕商护国"，使商贾富裕，国家安全。此间有"护国扶商""富国裕民"等匾额。下联写会馆所在地汉口因尊崇关公亦建圣殿，为的是愿其能护佑国家，同时又致富商贾。为此，关圣将永享祭祀，万古流芳。《三国志·蜀书·关羽传》："先主收江南诸郡，乃封拜元勋，以羽为襄阳太守、荡寇将军。"清圣祖康熙封关羽为"伏魔大帝"，高宗乾隆也有御赐匾额云"忠义伏魔"。联语是将关公作为武圣与财神一并颂赞的，极其符合商贾建立会馆、供祭关公的意旨。

铜驼五百年，俎豆弓兵，英雄不离神仙劫
铁桥三万里，河山风雨，鼙鼓犹思将帅功

  ——贵州安龙关帝庙联 勒 保

  勒保，字宜轩，费莫氏。清朝乾隆年间充军机章京，官至武英殿大学士，充军机大臣。谥文襄。"铜驼"，本指铜铸骆驼，多置于宫门寝殿之前。联用以指西汉建立至蜀汉灭亡近500年期间的变故。"劫"，劫数。原为佛教语，指极漫长的时间。后亦指厄运，灾难，大限。上联称关公竭尽全力匡扶汉室，但难以改变上天安排的命运，不过最终还是因其忠义仁勇而受人尊奉，永享祭祀。"鼙鼓"，古代军中所用之鼓。《六韬·兵征》："金铎之声扬以清，鼙鼓之声宛似鸣。"下联以"铁桥三万里"泛指地域辽阔，又用"河山风雨"隐指危难和恶劣的处境，表达了对关公的深切思念和由衷钦敬。结合作者当时正督师贵州的实际，不难看出，此联言为心声，期盼神灵庇佑，避"劫"而建"功"。

乃圣乃神，乃武乃文，扶四百载承尧之运
自西自东，自南自北，如七十子服孔之心
　　　——北京正阳门关帝庙联　　　赵　翼

　　赵翼，字云崧，号瓯北，清江苏武进人。乾隆二十六年（1761）探花，官至贵西兵备道，后辞官家居，主讲书院。"承尧之运"，秉受圣帝之运命。"尧"是传说中古帝陶唐氏之号。后亦借指贤明能干的君主或圣人。上联起首八字出自《尚书·大禹谟》，赞颂关羽文武双全，有如神圣，立志实现承继高祖建汉至今已"四百载"的匡扶大业。下联的结句出自《孟子·公孙丑上》："以德服人者，中心悦而诚服也，如七十子之服孔子也。"旧以"七十二贤"称孔子门下才德出众的学生，言"七十"举其成数。指出关圣像孔门弟子尊师那样，令东西南北普天下之人心悦诚服与钦仰崇敬。作者在所著《二十二史札记》中这样评价关羽："汉以后称勇者必推关张……不唯同时人望而畏之，身后数百年，亦无人不敬惊之；威声所垂，至今不朽，天生神勇固不虚也。"

忠义景桃园，亘古馨香，又恰是孙吴旧治
敬恭联梓里，即今燕聚，且毋忘汾渭遗风
　　　——湖北汉口山陕会馆关圣殿联　　　佚　名

　　"景"，光明。"亘古"，终古，整个古代。"旧治"，旧时王都或地方官署所在地。此指汉口在三国时属"孙吴"管辖。"敬恭"，犹恭敬。《诗经·小雅·小弁》："维桑与梓，必恭敬止。"是说家乡的桑树与梓树是父母种的，对它要表示敬意。后以"桑梓""梓里"借指故乡。"燕聚"，宴饮聚会。"汾渭"，汾河与渭水。借指山西与陕西两地。此间《重修会馆关圣帝君正殿记》云："我山陕两省建立会馆于汉之皋，为神灵之所凭依，亦商贾之聚集。"联意为：关羽的忠义节操使桃园也因结义之佳话而大放异彩，英雄美名万古流芳，即便会馆设在当年孙吴的治所，也难掩其声誉；恭敬地联谊故乡亲友，尽情地在一起欢聚宴饮，千万不可忘记山陕两地好的传统风尚。

越境尚留名，况当时斫地遗泉，源流万古
超凡能入圣，宜后世输金造像，庙庆重新
　　——湖北武昌卓刀泉关帝庙联　　佚　名

　　"越境"，越过省境和国境。《孙子兵法·九地篇》："去国越境而师者，绝地也。"联中泛指中国南方诸地。"斫地遗泉"，相传关公在湖北武昌用刀斫地而得泉，后称"卓刀泉"。明朝开国皇帝朱元璋于洪武五年（1372）将其第六子朱桢分封到武昌为王。朱桢一到封地，就为"卓刀泉"添筑保护性的石台，并修建关帝庙以供瞻仰祭祀。武昌崇祀关公之风由此盛行。清伍肇岑《游卓刀泉》诗："更试卓刀泉一勺，风生两腋兴增狂。"上联即以"卓刀泉"清泉涌溢、源源不绝为喻，赞誉关公英名常在，万古流芳。"超凡"，超出凡俗。"入圣"，谓达到高超玄妙的境界。唐吕岩《七言》诗："举世若能知所寓，超凡入圣弗为难。""输金"，献纳捐赠。下联以后人慷慨捐钱为关公建庙塑像为例，说明世人对其"超凡入圣"英雄形象的肃然起敬。

公威震华夏，千年鹅洞，聊捧金樽当采藻
人喜际春秋，五月江城，且听玉笛吹落梅
　　——甘肃庆阳鹅池洞关帝庙联　　佚　名

　　"金樽"，酒樽的美称。"采藻"，采集辞藻。《三国志·蜀书·秦宓传》："君子懿文德，采藻其何伤。"上联以"鹅洞"实指庙之所建之地，又用"千年"概指时间久远，称自古以来人们常借饮酒赋诗，颂扬关公"威震华夏"的名望与功业。唐李白《与史郎中钦听黄鹤楼上吹笛》诗有"黄鹤楼中吹玉笛，江城五月落梅花"句。下联借"春秋"时令而巧用李白之诗，由听觉诉诸视觉，又由视觉唤醒直觉，有力地渲染了对喜读《春秋》的关公的深切思念。联语特别选用"五月江城"之句，皆因为农历五月许多关帝庙都有庙会活动。清富察敦崇《燕京岁时记》："每至五月，自十一日起，开庙三日，梨园献戏，岁以为常。"此联以语近情遥、含吐不露见长，既显飘逸文辞，又闻弦外之音，余韵萦绕，回味无穷。

伟烈壮古今，浩气丹心，汉代一时真君子
至诚参天地，英文雄武，晋国千秋大丈夫
　　　　　——山东聊城山陕会馆关圣殿联　　佚　名

　　"伟烈"，威武显赫，功名卓著。"至诚"，极其真挚忠诚。《礼记·中庸》："唯天下至诚，为能经纶天下之大经，立天下之大本，知天地之化育。"当代史学家吕思勉在《关岳合传》中这样写道："古之猛将多矣，然其威名远播，未有若关壮缪者。"《三国演义》第二十七回写曹操赞关羽为"真丈夫"，并坦言"吾深敬之"。《三国演义》第六十六回又议论说："用武则先威，用文则先德。威德相济，而后王业成。"这可视做"英文雄武"的释语。此联即围绕"真君子""大丈夫"而颂关公。联意为：关羽的伟业丰功震撼古今，其浩然正气与忠心赤胆，充分证明他是汉代真正道德高尚的君子；关公忠贞至诚的精神感天动地，他不仅是具有文韬武略的英雄豪杰，还是三晋大地上诞生的千古传颂的伟大人物。

麟经炳千秋，浩气弥纶江汉，仕商钦宝训
鹤楼高百尺，名区辉映秦晋，桑梓肃明禋
　　　　　——湖北汉口山陕会馆春秋楼联　　佚　名

　　"弥纶"，统摄；笼盖。《易·系辞上》："《易》与天地准，故能弥纶天地之道。""仕商"，为官与经商。"宝训"，本指皇帝的言论诏谕。引申为宝贵的格言。世间有假托关公名义的《觉世经》《明圣经》等传世，实为劝人忠信行善的"教化书"。"名区"，名胜景区；有名之地。"桑梓"，《诗经·小雅·小弁》："维桑与梓，必恭敬之。"是说家乡的桑树和梓树是父母栽种的，应该对它表示敬意。后用以借指故乡。楼内就有"恭敬桑梓""桑梓被泽"等匾额。"明禋"，明洁诚敬的献享。联意为：儒学经典《春秋》震古烁今，浩然正气笼盖在江汉之上，置身春秋楼，仕商皆拜谒，钦仰武圣人，宝训铭心中；此间黄鹤楼耸天峭地，瑰丽名胜辉映着秦晋两省，异地建会馆，犹如在家乡，肃然生敬意，祭祀表虔诚。

素志托麟编，纬武经文，独为当时伸大义
丹心依蜀汉，孤忠伟节，洵堪万世奉明禋
　　　　——湖北汉口山陕会馆春秋楼联　　佚　名

　　"素志"，平素的志愿。清唐孙华《诸葛武侯祠》诗："三分非素志，八阵渐成功。"关羽一生喜读又称"麟经"的《春秋》，多有感悟。遂以"声禁重，色禁重，衣禁重，香禁重，味禁重，室禁重"定为人生准则，治家格言。"纬武经文"，谓运用文才武略以治理国家。《周书·文帝纪论》："非夫雄略冠时，英姿不世，天与神援，纬武经文者，孰能与于此乎。""孤忠"，忠贞自持，不求人体察的节操。"伟节"，高尚的节操。"洵"，诚然，实在。联意为：关公平素的志向来自《春秋》，使之既有文韬，又有武略，论仁勇大义当年首屈一指；关公赤诚的丹心力扶蜀汉，正是孤忠坚贞，伟节高尚，诚当享有万世虔恭的祭祀。

大义振纲常，自天子达于庶人，无敢戏怠
精忠贯日月，由中国施及蛮貊，莫不尊亲
　　　　——甘肃陇西县署关帝像联　　佚　名

　　"庶人"，平民，百姓。"戏怠"，逸乐怠惰。《书·盘庚下》："无戏怠，懋建大命。""中国"，上古时代，我国华夏族建国于黄河流域一带，以为居天下之中，故称中国，而把周围其他地区称为四方。后泛指中原地区。"蛮貊"，古代称南方和北方落后部族。亦泛指四方落后部族。

　　"莫不尊亲"，语出《礼记·中庸》："唯天下之至圣，为能聪明睿知足以有灵也……凡有血气者，莫不尊亲。"郑玄注："尊亲，尊而亲之。"孔颖达疏："此节更申明夫子蕴蓄圣德，俟时而出，日月所照之处，无不尊仰。"

　　联意为：关公的凛然大义使礼教道德得以树立，自天子皇帝及黎民百姓，一道遵从而不敢戏侮懈怠；关公的精诚忠贞让红日明月感到荣光，从中原大地到四面八方，皆都建庙而虔诚祭祀崇仰。

载酒到堂中，有东坡伴读春秋，恕同文武
乘风来日下，见南海升腾雾霭，云护仁天
——海南儋州中和镇关帝庙联　　常　江

常江，本名成其昌，满族，吉林省吉林市人。中国地质大学教授，中国楹联学会创始人之一，并任首届秘书长。现为名誉会长。

"载酒"，北宋文学家苏轼（字东坡）谪居儋州时，与知军张中载酒访黎子云。后人建"载酒堂"以为纪念。有联云："高人庭院故依然，何时载酒寻诗，重约田家笠屐；学士文章今见否，此地标奇览胜，请看大海风涛。"因关帝庙与载酒堂相邻，故上联称关羽同苏轼可开怀饮美酒，相伴读《春秋》。

"恕"，推己及人，仁爱待物。"恕同文武"原本指关公和孔子。苏轼是著名的文豪，与武将关羽称"恕同文武"亦名副其实。

"日下"，指京都。古代以帝王比日，因以皇帝所在地为"日下"。"雾霭"，雾气。"仁天"，仁义之天。下联针对关帝庙工作人员专程赴京约请作者撰联而写，又借关帝庙所在之处的自然现象和气候特点，引出"云护仁天"，意与关帝庙中常见匾额"义薄云天"相同。

"南海"对"东坡"，妙不可言。"恕同文武""云护仁天"均为点睛之笔。此联将此间的景致写活，同时又将相关的人物巧妙结合，既有情趣，又有神韵，读来兴味盎然。

刚大塞乎两间，气以伸而神，德以盛而圣

典谟同有千古，日在天之上，心在人之中

——河南社旗山陕会馆大拜殿联　　佚　名

　　大拜殿为会馆的主体建筑，由大殿和拜殿两部分组成。"刚大"，即《孟子·公孙丑上》中所说"至大至刚"的"浩然之气"。"两间"，指天地之间。亦指人间。"伸"，扩展；扩大。"气以伸"即指"浩气"。"盛"，丰盛；盛大。"德以盛"即指"盛德"。"而神""而圣"即"乃神乃圣"。

　　"典谟"，《尚书》中《尧典》《舜典》和《大禹谟》《皋陶谟》等篇的并称。《书序》："典谟训诰誓命之文凡百篇，所以恢弘至道，示人主以轨范也。"后用以指经典，法言。清嘉庆本《关帝圣迹图志全集》中收有《关公又致曹书》："窃以日在天之上，心在人之内。日在天上，普照万物；心在人内，以表丹诚。丹诚者，信义也。"

　　联意为：关羽至大至刚的浩然正气，充塞于天地之间。他以凛然正气和高尚品德，被后世奉为神明，尊为圣贤；关圣遵循古代千古不变的经典，所以他也千古流芳，如红日在高空照耀，永远活在世人心中。

去也明，来也明，寄曹宿债处，浊水之清莲
仰不愧，俯不怍，扶汉孤忠御，碧天之红日

——韩国首尔关王庙联　　佚　名

"寄曹"，指刘备兵败后，关公以"降汉不降曹"暂住曹操处。"宿债"，佛教指前世所欠的债。亦指旧债。联指关羽"寄曹"期间曹操对关羽的赏赐与厚待。《三国演义》第二十六回写关羽得知兄长刘备下落，决计前去寻找前说："人生天地间，无终始者，非君子也。吾来时明白，去时不可不明白。"遂有了"挂印封金"、留书辞别之举措。接下来一回中写曹操得知关羽离去后，说："不忘故主，来去明白，真丈夫也。"联语借此将关公喻为"浊水之清莲"。宋周敦颐《爱莲说》："予独爱莲之出淤泥而不染。"

《孟子·尽心上》："仰不愧于天，俯不怍于人。"意思是仰头无愧于天，俯首无惭于人。这是孟子提倡的"君子三乐"之一。"孤忠"，忠贞自持。下联赞关公忠贞"扶汉"，问心无愧，有如"碧天之红日"，光芒四射，温暖人间。此联情文兼至，浑然一体，生动隽永，气韵清奇，诚为佳作。

[十七言联]

曰文成化，曰武止戈，守先正之传，道未坠地
唯天普覆，唯龙潜渊，有圣人在上，海不扬波
　　　——福建福州两广会馆联文武庙联　　岑毓英

　　岑毓英，字彦卿，号匡国，清广西西林人。道光间以诸生从军，光绪初累擢云贵总督。卒谥襄勤。其巡抚福建时，撰题此联。因庙中同祀天后和龙神，故兼及"文、武、天、龙"四家。"成化"，汉班固《西都赋》："佐命则垂统，辅翼则成化。"指完成教化。"止戈"，"武"字从"止"从"戈"。指停止干戈，平息战事。唐吴兢《贞观政要·征伐》："兵恶不戢，武贵止戈。""先正"，亦作"先政"。前代的贤臣。晋陆机《辩亡论下》："山川之险易守也，劲利之器易用也，先政之策易循也。"上联称尊崇孔子和关公，目的就在于完成教化，止息纷争，将先圣的道义坚守并予以传播。"普覆"，普遍覆盖。喻普施恩惠。《汉书·淮阳宪王刘钦传》："天子普覆，德布于朝。""潜渊"，潜伏深渊之中。以龙潜而寓无水患灾难。下联结合同祠的天后与龙王而写，期望竭尽全力，各显神通，惠泽百姓，恩德普施，灵佑江海，波平浪静。总之，愿祭拜之诸神施威显灵，护国佑民。福建与广东、广西均邻近海域，皆有崇祀天后的习俗。此联可谓集众神而敬之，望诸神而佑之，巧在兼而有之，妙在大而化之，实属工而巧之，自可默诵之。

三分鼎立，揭章武以书年，紫阳纲目千秋鉴
一人首出，秉烛明而达旦，陈寿志编万古传
　　　——甘肃古浪土门关帝庙联　　佚　名

　　"揭"，揭示，开启。"章武"，蜀汉昭烈帝刘备年号（221~223）。
"书年"，将年号记入史书。上联写汉末三国鼎立，后人众说纷纭，直到
世称紫阳先生的宋代理学家朱熹撰《通鉴纲目》，始以蜀汉为正统，名正
言顺地载入史册，关羽的忠义大节也得以千秋明鉴。"首出"，杰出。"秉
烛"，谓持烛以照明。《三国演义》第二十五回写在馆驿歇息时，曹操"欲
乱其君臣之礼，使关公与二嫂共处一室。关公乃秉烛立于户外，自夜达旦，
毫无倦色。操见公如此，愈加敬服。""陈寿"，西晋史学家。晋灭吴后，
他集合三国时官私著作，写成《三国志》，书以三国并列，亦属创例。下
联赞关公的高风亮节堪称天下无双，这些都因陈寿将其纳入所编纂的《三国
志》内而得以万古流传。

夫子孰能当，孺妇知名，继文宣于千秋之后
精忠庸有几，馨香终古，唯武穆可一龛而居
　　　——天津关帝庙联　　佚　名

　　"孰"，疑问代词，谁。"孺妇知名"，即"妇孺皆知"，指妇女和儿童
全都知道。"庸"，副词。大概；或许。"终古"，久远。《楚辞·离骚》：
"怀朕情而不发兮，余焉能忍而与此终古。"朱熹集注："终古者，古之所
终，谓来日之无穷也。""龛"，供奉神佛或神主的石室。此指庙祠。联意
为：谁还有资格被钦仰尊崇为"夫子"，只有妇孺皆知的关公才名正言顺，他
是继孔子之后的又一圣人，千秋万代享有盛誉；像关羽这样"精忠"的还有哪
些人，永远为后世怀念并虔诚拜祭的，只有南宋抗金名将岳飞可以与关公"一
龛而居"。值得一提的是，在浙江杭州西湖岳王祠的楹联中，也有称岳飞"治
春秋比壮缪侯（指关公）""百世清风关岳并"等语。

赫濯震天山，通万里车书，何处是张营岳垒
阴灵森秘殿，饱千秋冰雪，此中有汉石唐碑

——新疆天山关帝庙联　　徐　松

　　徐松，字星伯，清顺天大兴（今属北京）人。嘉庆十年（1805）进士，官编修，因事被贬谪伊犁。后历官礼部主事、榆林知府、湖南学政、内阁中书等。"赫濯"，威严显赫。"车书"，《礼记·中庸》："今天下车同轨，书同文。"谓车乘的轨辙相同，书牍的文字相同，表示文物制度划一，天下一统。上联专写天山之关帝庙，不仅赞其形貌"赫濯"，并指明虽与内地相隔"万里"，但依然"车书"相通，置身此间，当发思古之幽情，免不了要探寻汉代张骞出使西域所设之"营"，以及清初岳钟琪平叛所筑之"垒"。"阴灵"，旧时迷信谓人死后的魂灵。"森"，幽深。"秘殿"，充满奥秘之殿宇。唐李华《含元殿赋》："其后则深闺秘殿，曼宇疏楹。"下联由关帝庙"阴灵森秘殿"的实际写起，符合此间"饱千秋冰雪"的特点，结句称这里有"汉石唐碑"（似指《汉敦煌太守裴岑纪功碑》及《唐左屯卫将军姜行本纪功碑》），借以证明其历史之悠久。此联紧紧围绕关帝庙建在天山的特点，一写统一的祖国疆域之辽阔，一写壮丽的山川历史之悠久，这正是作者推崇关羽忠义仁勇精神的自然流露与巧妙抒发，使瞻仰者心逸思飞，顿开襟怀。

桃园继首阳，或异姓，或同胞，千古难为兄弟

将军与丞相，一托孤，一寄命，万世知有君臣

    ——台湾省台南市祀典武庙联　　佚　名

祀典武庙俗称大关帝庙，建于清康熙年间。"首阳"，山名，在山西永济市南。相传为伯夷、叔齐兄弟耻食周粟饿死之地。夷齐庙有联云："兄让弟，弟让兄，父命天伦千古重；圣称贤，贤称圣，顽廉懦立百世师。""难为兄弟"，东汉陈元方、陈季方的儿子为堂兄弟，各论其父功德，争之不能决，遂去问祖父陈寔。祖父说："元方难为兄，季方难为弟。"后用"难兄难弟"指兄弟才德俱佳，难分高下（见《世说新语》）。上联赞誉刘备、关羽和张飞"桃园"结义的"兄弟"之情，称他们"继首阳"而为人称颂，虽为"异姓"，却似"同胞"，雄才大德，名垂千古。"丞相"，指诸葛亮。《论语·泰伯》："可以托六尺之孤，可以寄百里之命，临大节而不可夺也。"下联颂扬关羽、诸葛亮与刘备之间的"君臣"之义，称他们是可以托附重任之人，堪称万世之典范。此联突出关羽重情与讲义，并兼及张飞、诸葛亮等人，构思巧妙，妙合贴切，切挚蕴意，意趣盎然。

十七言联

139

赤面秉赤心，骑赤兔追风，驰驱时无忘赤帝

青灯观青史，仗青龙偃月，隐微处不愧青天

——湖北当阳玉泉山显烈祠联　　佚　名

　　此联见《三国演义》第七十七回，小说写关羽死后被封为神，常于玉泉山显圣护民。乡人感其德，特于山顶建庙，四时致祭。庙中悬挂此联。"赤帝"，旧谓汉以火德王，火赤色，因神化刘邦斩蛇故事，称汉高祖刘邦为"赤帝子"。上联赞脸色发红的"赤面"关羽，怀有一颗忠贞的"赤心"，骑着赤兔追风骏马，牢记自己是汉朝武将，为光复振兴汉室纵横驰骋，骁勇征战。"青灯"，光线青荧的油灯。宋陆游《秋夜读书》诗："白发无情侵老境，青灯有味似儿时。""青史"，古代以竹简记事，故称史籍为"青史"。宋苏轼《题永叔会老堂》诗："嘉谋定国垂青史，盛世传家有素风。"下联称关羽在灯下拜读《春秋》典籍，用以修身励志，并依仗手中青龙偃月刀屡立战功，即使在心灵隐秘之处，也没有丝毫对不住苍天的地方。此联紧密结合关羽外貌、坐骑、兵器，以及爱好与品德诸方面的特点，予以评价和颂赞，尤其是巧用复辞，"赤""青"二字四出，因人串事，剪裁精当，对仗工巧，读来令人追思关羽生平，真如亲睹关帝的雄姿，意境壮美，格外生动。在国内不少关帝庙中均可见到这副佳联，就连建在非洲马达加斯加华侨会馆的关帝庙也选用了此联。

与帝胄作股肱，蜀统常尊，一片忠贞留汉印
为人臣诛僭乱，曹瞒虽诈，千秋肝胆照秦台

  ——浙江杭州关帝庙联 佚 名

  "帝胄"，皇族。"股肱"，大腿与胳膊。比喻左右辅佐之臣。《三国演义》第二十二回陈琳所写《讨曹檄文》中有句云："圣朝无一介之辅，股肱无折冲之势。""蜀统常尊"，指蜀汉为正统而应受到肯定和尊重。《三国演义》第十一回陶潜对刘备说："今天下扰乱，王纲不振，公乃汉室宗亲，正宜力扶社稷。"所言即是此意。"人臣"，臣子。"僭乱"，越礼逾制，犯上作乱。"秦台"，犹秦镜。传说秦始皇有一方镜，能照见人心的善恶。联意为：关公作为皇叔刘备的辅佐大臣，竭力维护蜀汉的正统，其忠贞仁义有"汉印"可鉴；大汉臣子岂能允许奸贼忤逆篡位，尽管曹操诡谲狡诈，但在秦镜面前原形毕露，唯有关公的忠肝义胆，被世人千秋颂赞。

鼎立定中原，惜汉祚天移，未与生平完事业
馨香崇古邺，问曹瞒地下，更从何处避英灵

  ——河南安阳关帝庙联 佚 名

  "汉祚"，指汉朝的皇位和国统。《三国演义》第六十九回有诗云："谁知汉祚相将尽，恨满心胸丧九泉。""古邺"，古都邑名。建安十八年（213）曹操为魏王，定都于此。曹丕代汉，定都洛阳，邺仍为五都之一。旧址现今部分属河北临漳，部分属河南安阳。"避英灵"之说见《三国演义》第七十五回，曹操得知于禁被擒，庞德被斩，聚文武曰："孤欲迁都以避之。"联意为：三国鼎立曹魏占有中原，痛惜汉室正统移往别处，致使关羽终生未能完成匡扶大业；这里虽然曾是曹魏定都之地，但是享有虔诚拜祭的却是关公的英灵。试问九泉之下的曹操，如今是否还想避让而迁徙呢？

史官拟议曰矜，误矣！视吴魏诸人，原如无物

后世尊崇为帝，敢乎？论春秋大义，还是汉臣

　　——浙江杭州金沙港关帝庙联　　佚　名

　　清梁章钜《楹联丛话》卷三载："有传关帝乩笔一联。"即指此联。"乩"是旧时迷信者求神降示的一种方法。"乩笔"指扶乩中假托神灵书写的字迹。此联因用关羽的口吻写出，故传为"关帝乩笔"。

　　"矜"，自恃，骄傲。史官陈寿在《三国志》中曾评关羽"刚而自矜"，《三国演义》第七十八回写关羽被害后，诸葛亮也说："关公平日刚而自矜，故今日有此祸。"关羽的致命弱点就是"刚而自矜"，"此联为帝辩'矜'字，其意甚善。然'视如无物'云云，似仍不脱'矜'字"。倒是下联"以示谦冲"，表明关羽对被"后世尊崇为帝"并无多大兴趣，看重的还是执《春秋》大义的蜀汉忠臣这一名分。

　　梁章钜并不相信"关帝乩笔"之说，指明"此才人之笔，托名于降乩者也"。有指"才人"为清代王荦的，但联作与此略有不同。"误"易作"谬"，"如无物"变成"同孺子"，"还"改为"终"。

　　对"史官拟议"关羽之"矜"，有的联语也婉转地表示了认同。例如，湖南长沙广福庵关帝神座之联，原句为："平生为昭烈帝誓殄国仇，虽傲矜亦义勇所在；今日与文宣王抗衡庙食，是豪杰可圣贤之征"。

三山今在人间，神之来兮，弱水千寻迎节杖

五月每逢诞日，民有过者，清泉一掬荐蒲花

      ——日本函馆关帝庙联　　张　謇

此联是作者应邀赴日本考察时特意撰写的。"三山"，传说中的海上三神山。即方丈、蓬莱、瀛洲。"弱水"，古代神话传说中称险恶难渡的河海。"千寻"，古以八尺为一寻。千寻形容极高或极长。"节杖"，符节仪仗。

上联将日本函馆喻为海上仙境，称其尽管与中国有"弱水千寻"阻隔，但依然挡不住被尊奉为"神"的关公到来，并受到隆重的礼遇。"诞日"，出生之日。相传农历五月十三日为关羽诞辰（此为明世宗嘉靖皇帝为关公钦定的生日。现今以六月二十四日为其诞辰，而将五月十三称为"关公磨刀日"）。

下联写此间民众每逢关帝的生日这天，都会按当地的礼节前来拜祭。联语充分证明了关公文化在异国的影响，值得一读。

明袁中道《五月十三日玉泉道中》诗："千山万山雨忽至，大珠小珠沸溪里。此是关公洗刀雨，沾身也带英雄气。"湖北当阳关陵也有提及"五月十三"之联，句为："东拒孙吴，西定巴蜀，南镇荆襄，北吞曹魏，普天率土，只想那两朝八百；情怜兄弟，义重君臣，生全忠节，死显威灵，众姓皆知，共庆这五月十三。"

十七言联

红面关，黑面张，白面子龙，面面护着刘先主
奸心曹，阴心瑜，贼心董卓，心心夺取汉江山

——湖北石首三义庙联　　佚　名

"子龙"，即蜀汉五虎上将之一的赵云，字子龙。较之关羽、张飞，其面白净。《三国演义》第四十一回有诗赞道："血染征袍透甲红，当阳谁敢与争锋？古来冲阵扶危主，只有常山赵子龙。""瑜"，指东吴大都督周瑜。所云"阴心"是按《三国演义》故事加以评议，称他屡次设计加害刘备和诸葛亮。但均被诸葛亮识破而未得逞，最终导致自己被活活气死。胡适在《三国志演义》序中，对"把一个风流儒雅的周郎写成一个妒忌阴险的小人"表示不满，称这是"很浅薄的描写"。上联颂扬关羽、张飞、赵云辅佐刘备匡扶汉室的英雄气概。下联斥责曹操、周瑜、董卓潜怀废立妄图篡权的险恶用心。联语以五"面"对五"心"，"面"的体表三色"红、黑、白"，对"心"的内情三态"奸、阴、贼"，形象鲜明，对比强烈，铸意融情，爱憎分明。

汉封侯，晋封王，有明封帝，圣天子可谓厚矣
内有奸，外有敌，中原有贼，大将军何以待之

——北京正阳门关帝庙联　　邢　某

据清梁章钜《楹联丛话》卷一载，明"崇祯间，有卜者邢姓，设肆庙前。甲申（1644）三月初旬，卜者书联于庙门"。按此语乃明左光斗弹劾权宦魏忠贤时所写。用作联语，意思是历代皇帝不断升级晋封，对关羽"可谓厚矣"。如今内有奸臣，外有强敌，中原还有反贼（指农民起义军）作乱，天下极不太平，请问关"大将军"将如何对待。"是昔梦入前殿，见关帝坐帐中，告以明运以尽，天命有归。"邢某"明日遂缢于庭树"。联语堪称邢某的绝笔，以"大将军"尚且无可奈何的感叹，表达了对时局的忧虑及对未来的绝望。联语庄谐结合，别具一格，有如对"大将军"的"将军"，也可以说是对关帝神灵庇佑提出的怀疑，读来令人深思。

匹马单枪出许昌，大丈夫直视中原无名将

备酒赠袍饯灞陵，真奸雄岂知后世有贤声

　　——河南许昌关帝庙联　　佚　名

　　许昌是三国时曹魏的帝都，有较多的三国文化遗迹，灞陵桥即为其中之一。关羽挂印封金去寻兄长刘备，曹操追至此桥赶来送别，赠送锦袍一领。关羽唯恐有诈，用刀尖挑锦袍披于身上，然后称谢。桥旁原有明末名将左良玉题写的"汉关帝挑袍处"石碑。今扩建为灞陵桥景区，内有关帝庙。元郝经《重建庙记》诗："跃马斩将万众中，侯印赐金还自封。横刀辞书去曹公，千古凛凛国士风。"所言"国士"，即联中之"大丈夫"也。联语上句所写即《三国演义》第二十六回与第二十七回中"关云长挂印封金"和"美髯公千里走单骑"的故事，结句则是对此故事的评述。因关羽杀颜良，诛文丑，又过五关斩六将，堪称"大丈夫"，"直视中原无名将"。曹操尽管被称作"真奸雄"，但灞陵桥与关羽饯别之举，还是被世人称道的。

溯奔流直接荆州，试看吴魏山河，空留片土；

感旷世幸同梓里，愿与家乡父老，共拜灵旗。

　　——湖北汉口山陕会馆关圣殿联　　佚　名

　　"溯"，逆着水流的方向走。"奔流"，流淌急速。此指长江。"旷世"，经历很长久的时间。犹言举世无双。《后汉书·蔡邕传》："伯喈旷世异才，多识汉事，当续成后史，为一代大典。""梓里"，故乡的代称。五代翁承赞《奉使封闽王归京洛》诗："此去愿言归梓里，预凭魂梦展维桑。""灵旗"，本指战旗。出征前必祭祷之，以求旗开得胜，故称。此指神灵之旗。清谭嗣同《桃花夫人庙神弦曲》之一："帝子灵旗千里遥，渚宫玉露萍花泣。"联意为：逆流而上可直接到达关羽当年镇守过的荆州，试看孙吴曹魏昔日的山河空留着一片土地，并无什么纪念他们的建筑；令人感慨的是过去了这么长时间，故里更因关公的威名而感到荣幸，愿我们这些外出经商者，与家乡父老共同参拜关圣这面神灵之旗。

灞桥自古有行人，问谁策马而驰，传名不朽；
曹魏于今无寸土，赖此绨袍之赠，遗像犹存。

——河南许昌关帝庙联　　佚　名

"遗像"，灞陵桥旧有"关羽辞曹"的石刻图。灞桥原名八里桥，因距当时的许州城八里而得名。旧有诗云："野水四堤浸柳条，道边残碣记前朝。长髯勒马横刀处，万古英风八里桥。"描写的正是关羽灞桥别曹的英姿雄风。

此联与上联相似，称从灞桥上走过的行人难以计数，但只有"千里走单骑"的关公，因其仁义忠贞而"传名不朽"。同样，曹公也"赖此绨袍之赠"，得以"遗像犹存"。

"绨袍"，战国时魏人范睢先事魏中大夫须贾，遭其毁谤，笞辱几死。后逃秦改名张禄，仕秦为相，权势显赫。魏闻秦将东伐，命须贾使秦，范睢乔装，敝衣往见。须贾不知，怜其寒而赠一绨袍。迨后知范睢即秦相张禄，乃惶恐请罪。范睢以须贾尚有赠袍念旧之情，终宽释之。

参见《史记·范睢蔡泽列传》。后多用为眷恋故旧之典。

在重视历史文化、拓宽旅游市场、促使经济繁荣的今天，许昌市有关部门将昔日的许州府衙，扩建改造成曹丞相府，府前魏武帝广场上，耸立着高6.95米的大理石曹操雕像一尊，这是目前全国最为高大的曹操雕像。比之当年的"遗像"，自然风光气派多了。

别开图画五千年，奉将汉寿亭侯，浮居海国

载得明珠十万斛，采遍秦时书籍，归献天家

——日本东京广东会馆关帝庙联　　佚　名

昔日海外华侨以广东人居最，故在一些国外的名城商埠多建有广东会馆，馆内又多祀关帝，故有此联。"别开"，开创新的形式或风格。"图画"，本指用线条或色彩构成的形象。比喻壮丽的河山。宋苏轼《郁孤台》诗："入境见图画，郁孤如旧游。"此处喻指美好的祖国。"五千年"，泛指历史悠久。"奉将"，敬辞。犹奉请行祀。"汉寿亭侯"，关羽最初的封号。"浮居"，居处不固定。此指浮游海上，后居于别处。"海国"，临海之国或海外之国。此指日本。上联以祖国有"五千年"文明史而感到自豪，并指明"汉寿亭侯"关公正是中华民族传统文化的杰出代表，所以尽管在异国建馆，也不忘虔诚地将其供奉。

"明珠"，光洁晶莹的珍珠。喻指宝物。"斛"，古代计量单位，十斗为一斛。"十万斛"，极言丰盛众多。"天家"，对天子的称谓。汉蔡邕《独断》："天家，百官小吏之所称。天子无外，以天下为家，故称天家。"下联用秦始皇二十八年（前219）徐福入海求仙的传说（日本文献中颇多有关徐福的记载，并尊之为司农耕、医药之神），借以说明中日两国交往历史悠久，又以"归献天家"表明海外侨胞的爱国之情，诚如关公忠于蜀汉那样坚定不移。

十七言联

147

[十八言联]

竹焚留节，玉碎留白，身死留名，其为气塞天地；
富贵不淫，贫贱不移，威武不屈，此之谓大丈夫。
——江西萍乡关帝庙联　　彭　炯

彭炯，字鉴之，号秋湖，清江西萍乡人。作者曾为关帝庙题七言联云："如公自是奇男子；举世谁为大丈夫？"北齐刘昼《刘子·大质》："丹可磨而不可夺其色，兰可燔而不可灭其馨，玉可碎而不可改其白，金可销而不可易其刚。"《三国演义》第七十六回写关羽败走麦城后，诸葛瑾奉吴王孙权命前来劝降，关公正色而言曰："玉可碎而不可改其白，竹可焚而不可毁其节。身虽殒，名可垂于竹帛也。"这副十八言联上句即浓缩关公所说而成，连用三个"留"字，盛赞关公有劲竹的节操，白玉的纯正，威名不朽流芳百世，浩气常存天地之间。下句则用《孟子·滕文公下》语，进一步肯定关公是真正的"大丈夫"。此联比喻形象，集引自然，观点鲜明，真挚感人。

滚滚江河，只为大花面争权，国老无能终散局
纷纷世界，怎得正武生掌印，奸臣尽灭始收科
——广东广州关帝庙戏棚联　　何又雄

"大花面"，传统戏剧角色的行当。"净"行的一种。亦称"大面""正净"。俗称"花脸"。此指被画成白脸的曹操之类的人物。"正武生"，传统戏剧角色的行当。"生"行的一种。大多扮演擅长武艺的青壮年男子。此指有如关羽一样的英雄。有关三国的戏剧甚多，以关羽为主角的也有几十部。此联结合戏剧的特点及人物的特征，又以演出结束的"散局"和"收科"，指忠义之"武生掌印"，必能战胜"花面争权"的"国老""奸臣"。联语借戏言理，寓庄于谐，自有特色，印象深刻。清薛时雨的戏台联也提及"花面"，句为："休羡他快意登场，也须凤世根基，才博得屠狗封侯，烂羊作尉；姑借尔寓言醒俗，一任当前炫赫，总不过草头富贵，花面逢迎。"

太史不同书，英雄侯，奸雄贼，此际春秋争一字
昊天无异命，正统膺，伪统窃，当年日月岂三分
　　——湖北当阳关陵正殿联　　俞廷瑞

　　俞廷瑞，生平不详。"太史"，古代史官名。"英雄侯"，指封为汉寿亭侯、谥为壮缪侯的关羽。"奸雄贼"，指斥为奸雄或枭雄、骂做曹贼或老贼的曹操。"昊天"，苍天。"正统"，旧指封建王朝先后相承的系统。"膺"，承受，承当。联意为：在古代留存的不同史书中，有两种人皆称"雄"，不过一冠以"英"字，而另一则称为"奸"，这正如必寓褒贬的《春秋》笔法，只争一字之差；上天不会按两个标准来进行评定，只有"正统"的应当扶持承接，"伪统"窃据者必将受到谴责。若依此，汉末的天下又岂会"三分"而鼎立？联中"英雄"与"奸雄""正统"和"伪统"针锋相对，题旨鲜明，感情浓烈，含蕴意深，可视为"太史"之"书"细细品读。

钦崇历有唐，有宋，有元，有明，其心实唯知有汉
徽号或为侯，为王，为君，为帝，当日只不愧为臣
　　——四川自贡西秦会馆关帝庙联　　佚　名

　　"西秦"，原指秦国。以其地处西方，故称。后泛指关中陕西一带秦之旧地。清初陕籍商人来自贡经营盐业，于乾隆元年（1736）兴建西秦会馆，历时16年而成。现为自贡市盐业历史博物馆馆址。"钦崇"，崇敬。《书·仲虺之诰》："钦崇天道，永保天命。"上联写朝代经"唐、宋、元、明"等向前发展，历朝皇帝对关羽的褒封追谥逐步"钦崇"；但就关羽"其心"而言，"实唯知有汉"。赞誉他为匡扶汉室正统而奋战一生的功绩。"徽号"，褒扬赞美的称号。此指帝王封授的爵号。下联写封号由"侯、王、君、帝"等不断提升，愈发显扬；可按关羽的重视程度来讲，"只不愧为臣"。颂扬他对先主大哥刘备的认定与无比忠贞。馆内另有联云："大义悉秉春秋，将相经纶儒事业；精灵长悬日月，英雄气概佛心肠，"

帝爽有昭明，当朝谥号增崇，奉戴仪同文庙肃

神功无代谢，亘古河山作镇，灵长运过蒋侯奇

————江苏沛县关庙联　　朱琦

　　朱琦，字玉存，又字兰坡，清安徽泾县人。嘉庆七年（1802）进士，曾值上书房，后主讲钟山、紫阳书院30余年。"昭明"，明显；显著。"谥号"，君主时代帝王、贵族、大臣等死后，依其生前事迹所给予的称号。"奉戴"，拥戴。"代谢"，交替。"亘古"，自古以来。"作镇"，倚重，镇守。"灵长"，广远绵长。"蒋侯"，东汉末人蒋子文，任秣陵尉，逐盗山中，伤额死，葬钟山。相传孙权都建业（今南京），或见子文乘白马执白羽扇出，遂立庙于钟山，封蒋侯。清梁章钜《楹联续话》卷一载，朱琦云："关庙联多用生前事，遂成俗套。余曾拟制一联，但言尊崇显赫之意。"所拟此联意为：关帝的灵光愈发明亮，致使朝廷的谥封更加尊崇，对他的拥戴也如文庙祭拜孔子一样庄重严肃；神明的功德无须交替，从古到今的河山都会记忆犹新，就影响深远的程度而言，关帝要比蒋侯更有传奇色彩。梁章钜称"此与吾乡龚海峰先生所撰（见十三言联'赫厥声'）命意正同，可谓异曲同工，不落窠臼者矣"。

前无古，后无今，继阙里钟灵，大哉光汉家日月

畏其威，怀其德，自解梁毓秀，巍乎壮晋国河山

——甘肃兰州三晋会馆关帝庙联　　佚　名

　　"三晋"，战国时赵、韩、魏三国的合称。赵氏、韩氏、魏氏原为晋国大夫，战国初分晋各立为国，故称。后以"三晋"为山西省的别称。"三晋会馆"就是山西商人在兰州的商帮行会建筑。"阙里"，孔子故里。在今山东曲阜城内阙里街。因有两石阙，故名。孔子曾在此讲学，后建有孔庙，几占全城之半。"解梁"，古城名。春秋晋地。《左传》僖公十五年（前645），晋惠公以五城贿秦，内及解梁。战国时并于魏，秦灭魏后属河东郡。汉高祖二年（前205）置解县，仍属河东郡。历史上解县曾改州改镇，治所移至现今解州镇。关羽的故里一直为其所属。"钟灵""毓秀"合为成语，意谓"阙里""解梁"的美好自然环境，才能孕育出像孔子、关羽这样的优秀人物。联语借两处地名代指人物，誉赞关羽是继孔子之后的又一位"前无古，后无今"的圣人，人们敬畏其威勇，感怀其德泽，称他不仅为三晋河山赢得声誉，同时也为神州华夏争光添彩。

生蒲州，长解州，战徐州，镇荆州，万古神州有赫

兄玄德，弟翼德，擒庞德，释孟德，千秋至德无双

———湖北当阳关陵拜殿联　　佚　名

　　"赫"，显赫，显耀。"有赫"即赫赫有名。晋陆云《大将军宴会被命作诗》："神风潜骇，有赫兹威。""庞德"，三国曹魏将领，在樊城助曹仁攻关羽，兵败被擒，为关羽所杀。联语巧用复辞格，上联妙串地名，用与关羽一生密切相关的四处具体的"州"，引出中国的代称"神州"，赞美他声名显赫，万古流芳。下联巧缀人名，用同关羽爱恨亲仇有关的四人实有的"德"，推出深情的誉词"至德"，颂扬他德泽恩普，千古无双。不少地方的关帝庙也有类似的联语，只在个别用语上有所增删或变更。如当阳关陵拜殿又有联云："生蒲州，辅豫州，保荆州，鼎峙西南，掌底江山归统驭；主玄德，友翼德，仇孟德，威震华夏，眼中汉贼最分明。"甘肃华池五蛟关帝庙也有联云："兄玄德，弟翼德，擒庞德，恨孟德，杀气腾腾在三国；生蒲州，起涿州，住徐州，回荆州，威风凛凛震春秋。"

若傅粉，若涂朱，若点漆，谁谓心之不同如其面
忽朋友，忽兄弟，忽君臣，信乎圣莫可知之谓神
　　——江苏镇江京口三义阁联　　佚　名

　　三义阁以合祀"桃园结义"的三人而名，此联针对阁中三人塑像之"面"
而巧妙结构，释义言理。"傅粉"指刘备"面如冠玉"，"涂朱"指关羽"面
如重枣"，"点漆"指张飞面如黑漆。《左传·襄公三十一年》载政治家子产
语："人心之不同，如其面焉。"上联对子产语表示不同的看法，结句反问：
谁说面色不同心亦不同？实赞刘关张三人"其面"虽有明显区别，但其面"不
同"而"心"同，即同心同德结为生死之交，同义相亲共扶汉室江山。《论
语·子路》："朋友切切偲偲，兄弟怡怡。"意思是朋友之间要互相勉励督
促，兄弟之间要亲切和谐。明冯梦龙《东周列国志》第十八回："贤君择人为
佐，贤臣亦择主而辅。"下联以三人既是"朋友"，又是"兄弟"和"君臣"
的特殊关系，指出只有像他们这样，才称得上"圣"，视之为"神"。联语异
中求同，同中写异，可谓意趣俱佳，构思巧妙，读来兴味盎然。

十八言联

153

此吴山第一峰也，问曹家横槊英雄，而今安在

去汉代二千年矣，数当日大江人物，不朽者谁

————江苏镇江焦山关帝庙联　　贾　镛

　　贾镛，生平不详。焦山因东汉焦光在此隐居而得名，气势雄伟，享有盛名。"横槊"，横持长矛。唐元稹《唐故工部员外郎杜君墓系铭》："曹（操）氏父子鞍马间为文，往往横槊赋诗，故其遒壮抑扬、怨哀悲离之作，尤极于古。"后用以形容气概豪迈。曹操曾于建安十三年（208）冬在江船上横槊赋诗作《短歌行》，表明求贤若渴的心意，抒发建功立业的豪情。宋苏轼《赤壁赋》："旌旗蔽空，酾酒临江，横槊赋诗，固一世之雄也，而今安在哉！"苏轼《念奴娇·赤壁怀古》词："大江东去，浪淘尽、千古风流人物。""大江人物"即用苏词句意。"不朽"，永不磨灭，永久存在。《左传·襄公二十四年》："大上有立德，其次有立功，其次有立言，虽久不废，此之谓不朽。"在这副联语中，作者遵从惯例，借贬抑曹操而褒扬关羽。称历史已过去了近2000年，"横槊英雄"曹操在哪里呢？在青史上留下"不朽"英名的，是庙中供奉之关公。此联设两问却不答，未答却又已答，蕴藉含蓄，颇具魅力。

前杜氏而好春秋，仗义宣威，此老原非徒左癖
后岑侯而镇荆楚，奉词伐罪，彼苍何忍听彭亡
　　　　——福建蒲城关帝庙联　　朱　籛

　　朱籛，字春门，清福建蒲城人。秉铭（见十五言联"至诚之动"）子，诸生。"杜氏"，即杜预，字元凯，西晋京兆杜陵（今陕西西安东南）人。曾任镇南大将军，都督荆州诸军事，以灭吴功，封为当阳侯。多谋略，当时号称"杜武库"。嗜读《左传》，自谓有"左传癖"，撰有《春秋左氏经传集解》。

十八言联

　　"岑侯"，即岑彭，字君然，东汉初河南南阳人。光武帝时行大将军事，封舞阴侯。曾镇压荆州等地的割据势力，迁征南大将军。后在彭山被刺而亡。此联选择了两位与荆州有关的名将，与曾镇守荆州六年的关羽进行对照，借"原非徒左癖"寓指关羽熟读《春秋》而行大义，又以"何忍听彭亡"表达对关羽麦城落败而逝的悲痛。此联表述婉曲，寄意深远，有极强的艺术感染力。清梁章钜《楹联续话》卷一称父子二人所撰之联"词气并岸异不凡"。
　　清赵藩为四川成都舞阴侯岑公祠题有一联云："豪杰挺生，佐炎汉中兴，勘定蚕丛，西蜀大功垂不朽；公侯复始，领益州旧部，重封马鬣，南阳世泽引弥长。"读之，对理解关公匡扶蜀汉正统的意义也有所帮助。

[十九言联]

忠义冠三分，想西湖玉篆重摹，终古封侯尊汉鼎

威灵跻伍相，看东浙银涛疾卷，迄今庙貌并吴山

  ——浙江杭州关帝庙联 朱 麟

  朱麟，字菊坨，号黄华道人。清江苏南京人。清朱应镐《楹联丛话》卷二按："西湖照胆台旧藏汉寿亭侯碧玉方印，毁于贼。杭人购玉摹刻补之。山有伍子胥祠，故云然。"在吴越春秋史话中，伍子胥即"伍相"，春秋时楚大夫伍奢次子。伍奢被杀，他逃亡奔吴，佐吴王阖闾攻楚，以功封于申，又称申胥。吴王夫差时，忠谏不为所纳，赐剑令自尽，并将其尸体装入革囊，抛入江心。相传伍尸随流扬波，依潮来往，荡激崩岸。后遂以"伍潮""伍子涛""伍胥潮"指怒涛和怒潮。伍子胥也被尊为钱塘水神。

  此联依据"玉篆重摹"的史实，结合"银涛疾卷"的传说，盛赞关羽的"忠义"与"威灵"。联以"伍相"之"伍"姓作数词用，与"三"工对，再加"西""东"的方位对，"玉""银"的器物对，更有"冠""跻"；"尊""并"的动词对，使之颇具雅趣，更增情韵，读来极受感染和激励。

君侯岂有私？若无义胆忠肝，不必来此焚香叩谒

将军当无愧！如有诡计奸心，焉能为尔赐福降祥

  ——甘肃陇西旧县署关帝像联 佚 名

  "君侯"，旧时对达官贵人的敬称。此指拜为汉寿亭侯的关羽。"义胆忠肝"，犹赤胆忠心。形容极其忠诚。《水浒传》第三十五回："大江岸上，聚集好汉英雄；闹市丛中，来显忠肝义胆。"联中实指关公所具有的高尚品德，并以此为标准要求世人。"诡计"，多指狡诈的计谋。"奸心"，坏心思，作恶之心。联意为：关帝岂能营私舞弊，若是没有忠心赤胆，那就不必前来"焚香叩谒"；将军为圣当之无愧，如果心存奸诈诡计，又怎么会给你"赐福降祥"？此联言简意赅，别具一格，在颂赞关羽的同时，又对"焚香叩谒"者示以振聋发聩之声，既为阅世之警语，又是醒世之妙言。

设宴启圣祠前，联袂话乡关，济济同人，常敦和气

嘉会春秋阁下，举头仰帝座，高高在上，时凛神威

    ——湖北汉口山陕会馆关圣殿联　　佚　名

"启圣祠"与"春秋楼"均为会馆中的重要建筑。"启圣"，向圣贤启奏
禀告。意为在此拜祭祷祝。"联袂"，携手。比喻一同（来、去等）。"乡
关"，犹故乡。唐崔颢《黄鹤楼》诗："日暮乡关何处是，烟波江上使人
愁。""济济"，形容人多。"同人"，同行业的人。"敦"，亲密，和睦。
"嘉会"，欢乐的聚会。"帝座"，帝王的座位。"高高在上"，谓所处极
高。指上苍、天帝或人君。"凛"，严厉，严肃。"神威"，神奇的威力。联
意为：在启圣祠前设宴，携手一道谈论家乡之事，众多的志同道合者相聚畅
谈，更显得热烈欢快，敦睦和气；欢聚在春秋阁下，抬头可仰瞻巍然在上的关
帝圣像，不时地感受到他那凛然严正的威仪，有如听到教诲和警戒，自会受到
激励和鼓舞。

版图本荆澧连疆，自吕蒙潜师，此土三分非汉有

祀典以帝王号庙，考陈寿作史，当年五等只侯封

    ——湖南慈利关帝庙联　　吴恭亨

吴恭亨，字悔晦，号岩村，清末湖南慈利人。一生以游幕、教读为业。曾
任慈利县进步党主任干事，进步团体南社成员。"版图"，疆域，领土。"连
疆"，接壤，相连。"潜师"，秘密出兵。慈利旧属澧州，与荆襄毗邻。上联
即此写起，指出只因东吴吕蒙率部偷袭，最终导致荆州丢失，关羽被害，"此
土"不再属于蜀汉。"祀典"，记载祭祀礼仪的典籍。亦指祭祀的礼仪。"号
庙"，庙前奉祀时所称的名号。下联则考订"以帝王号"之出于后起，指明西
晋史学家陈寿写《三国志》时，只"追谥羽曰壮缪侯"。古代爵位分公侯伯子
男五等。此联与众不同，不是颂赞关羽的功勋，而是隐指他的过失，实属另类
之联，细细品读，当获惊省之益。

157

[二十言联]

心存西汉，魂附西川，请看庙貌全新，身教已通西域

法护南无，名存南史，若使边功同立，神威不让南征

——西藏昌都关帝庙联　　佚　名

　　"昌都"在西藏自治区东部，与青海省相邻。"西汉"，即历史上汉高祖刘邦所建汉朝，此指三国蜀汉。"西川"，宋至道十五路之一。治益州（今四川成都）。联中泛指蜀汉辖地。"身教"，以自身的作为对人进行教育。《书·禹贡》："东渐于海西，被于流沙，朔南暨声教，讫于四海。""西域"，汉以后对于玉门关、阳关以西地区的总称。这里指关帝庙所在地西昌。上联写关公一心忠于蜀汉，就连死后也要魂归蜀地，之所以建造这崭新的庙宇，是为了缅怀其"身教已通西域"的功绩。"南无"，音那摩，意为"归敬""敬礼"。佛教徒常用来加在佛、菩萨名或经典题名之前，表示对佛、法的尊敬和虔信。此处指关羽被封为"三界伏魔大帝神威远镇天尊关圣大帝"，成了佛的护法神。"南史"，指《三国志·蜀书》，相对于《三国志·魏书》而言。"南征"，指诸葛亮率兵征南，七擒孟获，威名远扬。下联写关羽已被尊为神佛，并名载史册，倘若他当年像诸葛亮征南那样去征西，自会建立更具"神威"的功业。联语以三"南"对三"西"，紧切关庙所在之地，紧切关公所建之业，可谓构思巧妙，想象丰富，笔法独特，尤其是保存在西藏少数民族所建的关帝庙中，更有特殊的意义和珍贵的价值。

圣至于神，荐馨历千载而遥，如日月行天，江河行地
湖开自汉，崇祀值两峰相对，有武穆在北，忠肃在南
　　——浙江杭州金沙港关庙联　　胡　敬

　　胡敬，字以庄，号书农，清浙江仁和（今杭州）人。嘉庆十年（1805）进士，官至侍讲学士。"荐馨"，指祭献时所用黍稷。泛指供奉神佛的香火。"日月行天，江河行地"，语本《后汉书·冯衍传上》，"行天"原为"经天"。言日月天天运行天空，江河时时流过大地。形容光明正大或永存不废。上联从关羽"圣至于神"的谥封起笔赞其神明，称千百年来此间祭献虔诚，香火鼎盛，充分说明其深入人心，亘古长存。"湖开自汉"，据《西湖游览志》载："汉时，金牛见湖中，人言明圣之瑞，遂称明圣湖"。明圣湖为西湖早期之名。"两峰"，即西湖的南高峰与北高峰。下联由杭州西"湖开自汉"的史地知识入手，说关庙建在遥相对应的"两峰"之间，又有宋代名将"武穆"岳飞及明代名臣"忠肃"于谦与其相邻，皆为英杰，同享"崇祀"。联语遣词沉稳，情感充溢，颂扬先贤，追昔抚今，给人以丰富的想象空间。

山西有圣人，至大至刚，合秦陇士民恭敬，毋忘桑梓
湖北崇会馆，美轮美奂，俾东南商旅神庥，共迓汉皋
　　——湖北汉口山陕会馆春秋楼联　佚　名

　　"秦陇"，秦岭与陇山的并称。亦指今陕西、甘肃之地。《诗经·小雅·小弁》："维桑与梓，必恭敬之。"自东汉以来一直以"桑梓"借指故乡或乡亲父老。春秋楼即有"恭敬桑梓""桑梓被泽"匾额。"美轮美奂"，语本《礼记·檀弓下》："美哉轮焉，美哉奂焉。"轮，高大。奂，众多。形容房屋高大美观。"俾"，使。"迓"，迎接。"汉皋"，汉口的别称。联意为：山西有关羽这样的圣人，他的浩然之气"至大至刚"，连陕西、甘肃的百姓民众，都对他毕恭毕敬，每每祭拜便会永远不忘家乡；在湖北兴建的会馆高大华美，使东南一带的经商之人都得到神灵的护佑，庄重肃穆地常常来到这里举行祭拜仪式。

阊阖初开，瞻如在之神，穆穆皇皇，日色才临仙掌动

衣冠齐拜，正若思之貌，雍雍肃肃，香烟欲傍衮龙浮

——湖北当阳关陵拜殿联　　魏　勋

　　"阊阖"，天门。此指殿门。"如在"，《论语·八佾》："祭如在，祭神如神在。"谓祭祀神灵、祖先时，如同受祭者就在面前。"穆穆皇皇"，端庄美盛。"雍雍肃肃"，和睦庄重。上联描绘关公端庄美盛之圣像，下联表现拜谒者肃穆虔恭之神态，上下联结句引唐王维《和贾至舍人早朝大明宫之作》颈联，"仙掌"是形状如扇的仪仗，用以挡风遮日。"衮龙"本指皇帝的龙袍，此指关公塑像的服饰。联语以"日色才临"寓祭拜之早，又用"香烟欲傍"写崇仰之诚。将新撰之句与所引之诗，结合得水乳交融，出神入化，更见兴味浓浓，情韵绵绵。作者另有题正殿联云："浩气塞两间，尽君臣父子兄弟之伦，体用五常，千古日星河岳；威名齐八表，备忠恕慈悲感应之理，总持三教，万年俎豆衣冠。"

声名何其震，功勋何其赫，忠义何其重，真武圣人也

富贵不能淫，贫贱不能移，威武不能屈，诚大丈夫哉

——贵州镇宁县关帝庙联　　佚　名

　　"声名"，名声。"何其"，多么，何等。用于感叹句。"功勋"，《周礼·夏官·司勋》："王功曰勋。"郑玄注："辅成王业若周公。"后泛指为国家建立的功绩勋劳。上联的"震""赫""重"三字均用作形容词，赞关羽的"声名"威严远播，"功勋"显赫卓著，"忠义"厚重深挚。诚如此，关公方为名不虚传的"真武圣人"。下联引《孟子·滕文公下》语，"淫""移""屈"三字皆用作动词，意为富贵不能使他的心惑乱，贫穷不能使他的节操改变，威武不能使他的意志屈服。原文结句为："此之谓大丈夫。"联语为求对仗工稳，改为"诚大丈夫哉"，进一步表达了对关羽的钦仰崇敬之情。联语集引自然，珠联璧合，排比递进，一气呵成，首尾贯通，深切感人。

生而同堂，殁而同祠，俎豆享千秋，愧世间同胞兄弟
人则一心，神则一气，英灵垂万古，示天下一体君臣
    ——甘肃宕昌哈达铺三义庙联   张炯奎

张炯奎，清代文人。其余不详。"同堂"，同处一堂，同居一家。"殁"，去世。"同祠"，同在一祠受祭。此指三义庙。"同胞"，同父母所生的兄弟姐妹。刘关张"桃园结义"时盟誓曰："虽然异姓，既结为兄弟，则同心协力，……不求同年同月同日生，但愿同年同月同日死。"经常"寝则同床"，"食则同器"，是真正的同心同德，同甘共苦，同仇敌忾。上联围绕"同"字释义，以"同堂""同祠"，同"享千秋"祭祀的实际，盛赞异姓三人令人称颂的"三义"，当使世上未能同心同德的"同胞兄弟"感到羞愧。"一心"，同心。"一气"，声气相通。"一体"，谓关系密切或协调一致，犹如一个整体。下联之"一"仍有"同"之义，称三人心气相同，"英灵"同"垂万古"，实为普天之下"君臣"欲为"一体"者的楷模。此联构思巧妙，对语工整，宗旨鲜明，寄慨遥深。

本是豪杰作为，只此心无愧圣贤，洵足配东国夫子
何必仙佛功德，唯其气充塞天地，早已成西方至人
    ——山东聊城山陕会馆门联   佚 名

"豪杰"，指才能非凡的杰出人物。《三国演义》第一回回目即"宴桃园豪杰三结义，斩黄巾英雄首立功"。《三国演义》第七十七回又写孙权回顾众官曰："云长世之豪杰，孤深爱之。""洵"，诚然；实在。"西方"，相对于山东而言，指称山西。"至人"，旧指思想或道德修养最高超的人。联意为：关羽本来就是英雄豪杰，其所作所为及仁心义德无愧于圣贤，完全可与鲁国的文圣人孔夫子相提并论；何必追崇仙佛的功德，只是关公充塞天地间的浩然正气，就使之成为令三晋大地骄傲的完人。山西省太原市迎泽公园2010年新落成的晋商会馆，亦以此联作为大门联语。

二十言联

161

汉臣忠义感曹瞒，患难周旋，何况张文远三生知己
蜀志刚矜笑陈寿，幽明激赏，且看罗贯中一部传奇
　　　　——甘肃卓尼关帝庙联　　吴　镇

　　"张文远"即张辽，字文远，初为吕布部将。吕布兵败，曹操以斩杀威吓张辽，关羽跪求为保其性命。张辽遂归顺曹操，后成其麾下名将。当关羽同刘备失散时，正是经张辽相劝才暂留曹营。这才有了"秉烛达旦""挂印封金""千里走单骑"等传奇佳话。关羽的"忠义"使曹操深感"叹服"。上联即写此事，称关羽和张辽是历经"患难周旋"的"三生知己"。另有联专写关羽思念张辽和鄙视袁绍（字本初），句云："热肠为侠思文远；冷眼轻贤笑本初。""刚矜"，固执而自傲。西晋史学家陈寿在所著《三国志》中，曾评说关羽"刚而自矜"。"罗贯中"为元末明初小说家，其代表作为《三国演义》。下联亦用"笑本初"之"笑"字，对陈寿所议表示不满，进而让人们去阅读罗贯中的"传奇"之作，因为内中对关公甚加誉赞。联语用字讲究，观点鲜明，通脱旷达，启人思考。平心而论，陈寿所议确实有道理。但鉴于世人将关羽尊为"完人"，不允许说他半个"不"字，所以借对陈寿表示反感而颂赞关公的联语还有，一曰："唯帝其难之，浩气忠心，史官休议一矜字；夫子既圣矣，振顽起懦，后学宜尊百世师。"二曰："德自能名，陈寿小儒，立传难扬美盛；义不可屈，曹瞒奸贼，拜官徒效解推。"所引"解推"典出《史记·淮阴侯列传》，即"解衣推食"，指慷慨赠人衣食，意为施惠于人。

[二十一言联]

才兼文武，义重君臣，耻与汉贼同天，戮力远开新帝业
威震华夷，气吞吴魏，能使奸雄破胆，忠魂长绕旧神京
————四川南充关帝庙联　　　任　瀚

　　任瀚，字少海，明四川南充人。嘉靖八年（1529）进士。曾官吏部考功主事、翰林院检讨，后辞官家居，专心学问。"汉贼"，篡夺汉室权位之奸贼。《三国演义》第四十三回写有人问诸葛亮："曹操何如人也？"答曰："曹操乃汉贼也。"接下来的第四十四回中周瑜也说："操虽托名汉相，实为汉贼。""戮力"，合力。"帝业"，帝王的事业；建立王朝的事业。"破胆"，吓破了胆。形容惊悚之至。"忠魂"，忠烈者的英魂。"神京"，帝都，仙都。此联用"兼、重、震、吞"四个动词，突出强调关羽的"才、义、威、气"，并通过概括他与"汉贼"争斗并使"奸雄"胆寒的生平，颂赞其参与合力开创匡扶汉室正统伟业的功绩，正因此而受到世人的崇仰，"忠魂长绕"，英名永存。

庙貌遍尘寰，此间地接许昌，请看魏国山河，徒留荒草
辂车遵汝水，使者家居苕霅，愿与故乡父老，同拜灵旗
　　——河南汝州关帝庙联　　俞　樾

　　俞樾，字荫甫，号曲园，清浙江德清人。道光三十年（1850）进士，官至河南学政。晚年主持杭州诂经精舍。上联用唐李益《鹳雀楼》诗"汉家箫鼓随流水，魏国山河半夕阳"句意，说崇祀关帝的庙宇遍及各地，可与此间相邻的许昌，尽管当年是魏国的国都之一，如今却凋零破败，"徒留荒草"。反衬关公的影响极大。"辂车"，唐王昌龄《送郑判官》诗："东楚吴山驿树微，辂车衔命奉恩辉。"指奉使者和朝廷急命宣召者所乘之车。"汝水"，源出河南鲁山县大盂山之水名。因境内有汝水而有"汝州"之名。下联用"辂车"之典，指自己奉旨在河南任职。又用浙江"苕霅"二水表明自己的籍贯。称自己虽在异地他乡，仍"愿与故乡父老"同谒关庙，共拜"灵旗"。联语紧密结合自己的实际，抒怀寄意，雅切晓畅，情味隽永。值得一提的是，现今许昌正大力发展旅游经济，"魏国山河"不再是"徒留荒草"，新开发的包括"春秋楼""灞陵桥""丞相府""受禅台"等诸多景区，热情地欢迎来自四面八方的游人。

数定三分扶炎汉，讨吴伐魏，辛苦备尝，未了平生事业

心存一统佐熙朝，伏魔荡寇，威灵丕振，始完当日精忠

——福建漳州东山关帝庙联　　黄道周

　　黄道周，字幼玄，号石斋，明福建漳州东山人。天启二年（1622）进士，南明弘光帝时为礼部尚书。清兵入关，率师抗击，兵败被执，不屈而死。追谥忠端。东山关帝庙右侧即为黄道周的出生处，称"石斋故里"。他自幼在这里生活读书，深受关帝文化的熏陶，特于明崇祯八年（1635）十月间，沐浴焚香，虔诚地为关帝庙写下了这副极具影响的对联。上联精要地概括了关羽的一生，称其忠贞追随刘备四处奔波，征战讨伐，含辛茹苦，但终因如《三国演义》终篇诗云"纷纷世事无穷尽，天数茫茫不可逃"那样，未能完成匡扶炎汉正统的大业，对此深表遗憾与惋惜。

　　下联颂赞关公称帝封神之后，依然护国佑民，伏妖除魔，威名大振，为的是更好地体现与完善其忠贞仁义的精神。作者借此自警并激励世人，期望弘扬关帝的忠义精神，抵御外侮，护国佑民。

　　黄道周性存忠孝，尚气节，贱流俗，不媚权势，立朝守正，清直敢言，"直以行王道，正儒术为己任"，显然这些都与自幼尊崇关帝分不开。南明时以一儒生竟勇敢地领兵抗清，更与关帝"心存一统"的志节相同。

　　东山关帝庙还是台湾省众多关帝庙的香缘祖庙。1989年，到此朝拜的台湾同胞送来"追源谒祖"的匾额。正因此，这副对联又广见于中国台湾的关帝庙。祖国大陆的辽宁义县、甘肃兰州等地以及越南胡志明市义润关帝庙亦有此联。可见其影响深远，广受好评。

[二十二言联]

博厚所以载，高明所以覆，悠久所以成，
可以与天地参矣

富贵不能淫，贫贱不能移，威武不能屈，
岂不诚大丈夫哉

——江苏如东玭山关帝庙联　赵曾望

　　赵曾望，字绍亭，清江苏丹徒人。同治九年（1870）举人，官至内阁中书。后乞假归里，聚徒授学。上联句见《礼记·中庸》："博厚所以载物也，高明所以覆物也，悠久所以成物也。博厚配天，高明配地，悠久无疆。"竭力渲染"至诚"的功用广大深厚、崇高明睿、漫长久远，其神奇的作用可以同天地的功用相媲美。下联句出《孟子·滕文公下》。作者引儒学典籍中的名句集撰成联，排比递进，妙合天成，热情颂赞关羽"乃神乃圣"的高风亮节，读来气魄雄浑，意境高远，令人肃然起敬。甘肃西峰市关帝庙也有联云："天地合其德，日月合其明，四时合其序，智者勇者圣者欤，纵之将圣；富贵不能淫，贫贱不能移，威武不能屈，忠矣清矣仁矣夫，何事于仁。"上联集自《易·乾》，堪称集四书五经之大成者。

息马仰真容，忆当年泰岱同瞻，
衮冕常新，俨与岳宗南面
卓刀留圣迹，看此地长江环抱，
渊泉时出，不随浩渎东流
　　——湖北武昌卓刀泉关帝庙联　　　　李云麟

李云麟，字雨苍。从曾国藩参戎幕，官至布伦托海办事大臣，署伊犁将军。"泰岱"，即东岳泰山。泰山又名岱宗，故称。亦比喻敬仰的人。"衮冕"，衮衣和冕。古代帝王与上公的礼服和礼冠。此指关帝塑像之着装。"南面"，古代以坐北朝南为尊位，故帝王诸侯见群臣，或卿大夫见僚属，皆面向南而坐。泛指居至尊之位。

清朱应镐《楹联新话》卷二录此联，曰："盖山东兖州有息马地，相传帝尝驻马其处。庙像乃示梦于众所塑，与世间画者不同，神座后可望泰山。"李云麟少时曾遍游五岳，故上联追忆"当年"在"息马仰真容"，见"衮冕常新"而生感慨，"同瞻"意为既观瞻泰山胜景，又瞻仰关公圣像。同时又以泰山之雄伟，喻指关公形象之高大，地位之尊崇。卓刀泉因关羽"以刀卓地得泉"而名，自宋代起便为武昌胜景之一。

"渊泉"，源泉。"浩渎"，大江。作者在下联借"圣迹"缅怀圣人，并以喷涌而出的"渊泉"没有汇入"浩渎"大江东去为喻，表明黎民百姓对关公的热爱和崇敬，即关圣形象深入人心，与世长存。此联引类设喻，舒卷自如，读来浮想联翩，备添逸兴。

忠肝得汉主同盟，魏不敢死，吴不敢生，
六旬历史三知己
庙食与尼山并盛，作者重文，读者重武，
一部春秋两圣人

　　　——湖南临湘武圣庙联　　　吴　獬

　　吴獬，字凤笙，清湖南临湘人。光绪十五年（1889）进士，选江西知县。不乐仕进，乃改教职。主湖南衡山、岳麓书院40年，门生数以千计，遍及东南诸省。"忠肝"，指忠义之心。"同盟"，共结盟约。上联写关羽与"汉主"刘备结为兄弟，"誓同生死"，忠义仁勇，披肝沥胆。魏国曹操爱慕才华不愿其死，吴国孙权为夺荆州不愿其生，所以在他将近60年（亡年59岁）的生涯中，依然是刘关张三人最为"知己"。"庙食"，谓死后立庙，受人奉祀，享受祭飨。元傅若金《题张齐公祠》诗："自古英雄须庙食，精灵何待楚辞招。"下联写关公"与尼山"孔子一样，享受隆盛的祭典和奉祀。不同的是"重文"的孔子是《春秋》的"作者"，"重武"的关公为《春秋》的"读者"。正因此，故曰"一部春秋两圣人"。联语概括恰切，叙说精要，颇具史论特色。作者还为此间戏台撰联云："神似日行天，天行日即行，哪管孙，哪管曹，哪管江东河北；戏将人换世，世换人不换，甚么唐，甚么宋，甚么往来古今。"

亦知吾故主尚存乎，从今后遍逐天涯，再休言万钟千驷
曾许汝立功乃去耳，倘他日相逢歧路，岂敢忘杯酒绨袍

　　——河南许昌八里桥关帝庙联　　佚　名

　　《三国演义》第二十五回写曹操破徐州后，关羽经好友张辽劝说，以降汉不降曹的名义暂附曹操，并相约"若知皇叔所在，虽蹈水火，必往从之"。曹公为收服关羽，三日一小宴，七日一大宴，厚待有加。当关羽已知"故主"刘皇叔"尚存"人间，决计"从今后遍逐天涯"去追寻大哥刘备，曹操酌酒饯行并馈赠绨袍。后来曹操兵败赤壁，在华容道与关羽"相逢歧路"，关羽未忘当日"樽酒绨袍"之旧情，义释曹操。此联正是表述这段故事，妙在以关羽口吻写关羽心声，自叙其离曹、放曹之理由，从而突显其忠勇仁义之品德，实属匠心独具。

　　清朝著名文学评论家毛宗岗修订评刻《三国演义》时，对第五十回"关云长义释曹操"一事这样评述："怀惠者小人之情，报德者烈士之志。虽其人之大奸大恶，得罪朝廷，得罪天下，而彼能不害我，而以国士遇我，是即我之知己也。我杀我之知己，此在无义气丈夫则然，岂血性男子所肯为乎？使关公当日以公灭私恩，曰：'吾为朝廷斩贼，吾为天下除凶。'其谁曰不宜？而公之心，以为他人杀之则义，独我杀之则不义，故宁死而有所不忍耳。"

　　在《三国演义》第二十回"曹阿瞒许田打围"中，写"云长大怒，剔起卧蚕眉，睁开丹凤眼，提刀拍马便出，要斩曹操。玄德见了，慌忙摇手送目。关公见兄如此，便不敢动。"针对许田欲斩及之后的华容义释，毛宗岗又评道："或疑关公与操，何以欲杀之许田，而不杀之于华容。曰：许田之欲杀，忠也；华容之不杀，义也。顺逆不分，不可以为忠；恩怨不明，不可以为义。如关公者，忠可干霄，义亦贯日。真千古一人！"

　　清李伯言《南亭联话》卷一评曰："唯此一联，全组织华容道中事，笔墨淋漓，有游戏三昧之妙，虽事不可稽，而联语深情婉转，跌宕非常，必名士之作也！"民国吴恭亨《对联话》卷二也称此联："扫尽摇笔即来之颂祷语，对幅言情，厥深无底。"

[二十三言联]

义重桃园，誓同生死，异姓胜同胞，
堪叹凡今之人莫如兄弟

忠扶汉室，仇视魏吴，偏安承正统，
试问晚近之世有是君臣

——甘肃宕昌哈达铺三义庙联 佚 名

　　《三国演义》第一回写刘备、关羽和张飞"虽然异姓，既结为兄弟"。"三义殿"便因合祀"结义"三人而名。同书第二十六回写关羽得知兄长刘备下落后，先速作回书，内中有"义不负心，忠不顾死"之句。此联即借嵌"义忠"二字以抒怀。"堪叹"，可叹。"凡今"，犹如今，当今。唐杜甫《戏为六绝句》之四："才力应难跨四公，凡今谁是出群雄。"上联对刘关张"异姓胜同胞"的忠贞情义表示由衷的钦佩，并对现今难有像他们那样的"兄弟"发出感叹。"偏安"，谓封建王朝失去国家的中心地带（多指中原）而苟安于仅存的部分领土。"正统"，旧指封建王朝先后相承的系统。"晚近"，最近若干年来。下联写"三义兄弟"虽"偏安"一隅，但关羽还是以"扶汉室""承正统"为己任，殚精竭虑，死而后已。这种执"君臣"之礼、尽"兄弟"之义的品德难能可贵。联末的"试问"实为当时的社会的晨钟暮鼓，振聋发聩，发人深省。

大道绍麟经，忆当年耿耿精忠，哪管他魏国山河，
吴宫花草

小心扶汉室，看此日煌煌祀典，犹想见襄樊烟水，
涿郡风雷

　　——湖北汉口山陕会馆关帝庙联　　佚　名

　　"大道"，《礼记·礼运》："大道之行也，天下为公。"指古代所遵循之正道。"绍"，承继。"麟经"，孔子所著《春秋》。"耿耿"，明亮。形容忠诚。上联引用唐李益《鹳雀楼》、李白《登金陵凤凰台》诗中"魏国山河半夕阳""吴宫花草埋幽径"之句，将"半夕阳""埋幽径"隐去，有如歇后语一般，使人在对曹魏、孙吴表示轻蔑之意的同时，又表达了对秉《春秋》意旨、献"精忠"丹心的关羽的钦敬之情。"煌煌"，显耀；盛美。"烟水"，雾霭迷蒙的水面。联指关羽"水淹七军"的故事。《三国演义》第七十四回有诗赞道："夜半征辇响震天，襄樊平地作深渊。关公神算谁能及？华夏威名万古传。""涿郡"，地名，今河北涿州。"风雷"，比喻威猛的力量或急剧变化的形势。联指关羽同刘备、张飞在"涿郡"结义而开创了一番轰轰烈烈的事业。下联用"犹想见"三字连贯前后，称关公理所当然地得以享受"此日煌煌祀典"。联语化用古诗名句，写得洒脱隽逸，实在是为情造文，又以文生情，读之当发思古之幽情，更激兴今之豪情。

忠贯汉家正统，赤胆未寒，偶来寻伯约遗魂，
欲问蜀亡旧事
节高大像孤峰，青山常在，唯懒见陇头残月，
空嗟曹盛当年

————甘肃甘谷大像山关帝庙联　　雷光甸

雷光甸，清陕西渭南人。光绪二十一年（1895）进士，曾任伏羌（今甘谷）县令。"大像山"在甘谷县城南，沿山寺观庙宇林立，尤以顶上依山开凿大佛之像雄伟壮观，行人于十余里外亦可望见，大像山之名由此而得。《三国演义》第五十四回写诸葛亮说："自我高皇帝斩蛇起义，开基立业，传至于今，不幸奸雄并起，各据一高，少不得天道好还，复归正统。"上联以"汉家正统"写贯穿关羽一生之"忠"，称其正因如此，故虽逝多年"赤胆未寒"，还要向后来志图光复蜀汉的"伯约遗魂"询问"蜀亡旧事"。"伯约"是甘谷籍蜀汉名将姜维的字，诸葛亮临终前曾说："吾兵法皆授予姜维，他自能继吾之志，为国家出力。"结合《三国演义》所写，"蜀亡"之原因一曰："不是忠臣独少谋，苍天有意绝炎刘。"二曰："快乐异乡忘故国，方知后主是庸才。"下联以"大像孤峰"赞誉关公的节操，"孤"表"孤忠"，"峰"喻崇高。又用"青山常在"表达世人对关羽的怀念和钦敬。借"陇头残月"喻"曹盛当年"，已经显得凄凉冷落，冠以"唯懒"与"空嗟"，更见作者"拥刘贬曹"的情感。联语以鹤顶格嵌"忠节"二字，突出颂赞关羽的忠贞节操，借"大像孤峰"比喻，用"伯约遗魂"映衬，将景致、人物、历史联结在一起，尽兴抒怀，融情铸意，文辞斟酌，生动雅切，内涵丰富，发人深省。

想当年挂印封金，来去分明，真是有钱难买，
自应独尊一位
看今日冰冷水热，情态炎凉，却又非财不行，
何妨并列千秋
——甘肃陇西火神财神关帝庙联　　佚　名

"火神"，神话传说中司火之神。《山海经·海外南经》："南方祝融兽身人面，乘两龙"。晋郭璞注："火神也。""财神"，旧时指掌管钱财的神。俗称赵公元帅，本为道教信奉之神。关公也有"武财神"之称。将火神、财神同关帝合为一庙供奉，是甘肃陇西独特的习俗。上联起句用《三国演义》第二十六回故事，曹操对张辽说："（关）云长封金挂印，财贿不足以动其心，爵禄不足以移其志，此等人吾深敬之。"这样的人"真是有钱难买"，理当独受尊重。下联的"冷""热"寓"人情冷暖"义，即在别人失意时待之冷淡，当别人得意时又变得热情。"情态炎凉"即"世态炎凉"，指趋炎附势的人情世故。宋文天祥《杜架阁》诗之二："世态炎凉甚，交情贵贱分。"《三国演义》第一回中就有"人情势利古犹今，谁识英雄是白身"的感慨。妙在"冷、热、炎、凉"与火神之司火有关，"却又非财不行"，不仅引出财神，还让人联想到"钱可通神""财聚如兄，财散如奔""有钱能使鬼推磨"等诸多俗谚。联语作者正是从这个角度，找出了让火神、财神与关帝"并列千秋"的理由。此联幽默风趣，在颂赞关公"挂印封金"高尚节操的同时，对嗜财如命、见利忘义者予以嘲讽，可谓蕴涵深意，实有褒贬，语露机锋，别饶兴味。

二十三言联

173

[二十四言联]

浩气塞两间，尽君臣父子兄弟之伦，体用五常，
千古日星河岳

威名齐八表，备忠恕慈悲感应之理，总持三教，
万年俎豆衣冠

——湖北当阳关陵正殿联　　魏　勋

　　"两间"，谓天地之间。指人间。"伦"，《孟子·公孙丑下》："内则父子，外则君臣，人之大伦也。"即"人伦"，指人与人之间的道德关系。"体用"，古代哲学用以指事物的本体、本质和现象。此指体悟运用。"五常"，谓仁、义、礼、智、信。唐柳宗元《时令论下》："谓之五常，言可以常行之也。""日星河岳"，语出宋文天祥《正气歌》："天地有正气，杂然赋流形。下则为河岳，上则为日星。"上联赞关羽因竭力维护人伦纲常，遂使其浩然之气充塞于天地之间，与"日星河岳"相偕而"千古"共存。"八表"，八方之外，指极远的地方。"忠恕"，《论语·里仁》："夫子之道，忠恕而已矣。"儒家的一种道德规范。"忠"为尽心为人，"恕"为推己及人。"慈悲"，原为佛教语。谓给人快乐，将人从苦难中拯救出来。亦泛指慈爱与悲悯。"感应"，谓神明对人事的反应。"理"，伦理纲纪。"总持"，总地掌握。下联颂关公因悉备"感应"诸理，故令其能被"三教"一致认同并推崇，威望英名自然传播各地，他也理所当然地受到千秋万代的尊崇和拜谒。作者在当时的历史条件下撰书此联，自有一定的局限性，但集引伦理纲常之言，倾吐由衷颂扬之情，兼之词句承接自然，内容因果相扣，诚属意蕴充盈，匠心可见。

匹马可独行，仗此生凌霄浩气，会风虎云龙，
别自有千年事业
双眉常不展，悯当时满目群雄，同石牛腐鼠，
哪堪登一部春秋
　　　——甘肃通渭关帝庙联　　李南晖

　　李南晖，字仲晦，号青峰，清甘肃通渭人。雍正十三年（1735）举人，曾任威远知县。后主讲书院多年。"匹马"，一匹马。后常指独自一人。联指关羽"千里走单骑""单刀赴会"等豪迈之举。"仗"，依仗，凭借。"此生"，终生，一世。唐李商隐《马嵬》诗之二："海外徒闻更九州，他生未卜此生休。""会"，会合，会集。《易·乾》："云从龙，风从虎，圣人作而万物睹。"后以"风虎云龙"比喻圣主、贤臣的遇合。上联称颂关羽一生英勇无畏，正气凛然，忠贞辅弼刘备匡扶汉室，终于创建了享誉千年的英雄事业，令人钦仰。"悯"，忧虑，忧伤。"群雄"，旧时多指据地称雄的豪强。《三国志·吴书·陆逊传》："群雄虎争，英豪踊跃。""同"，如同，好似。"石牛"，石质牛形之物。古人迷信，以为石牛出现象征祥瑞或预示灾变。联用预示灾变之意。"腐鼠"，典出《庄子·秋水》，后用为贱物之称。下联用"双眉常不展"形象地表现关公之"悯"，即整日心存忧患意识，立志"上报国家，下安黎庶"，将"满目群雄"视为"石牛腐鼠"，又以"哪堪登一部春秋"，表明与之泾渭分明的坚定信念。联语用典精当，借喻传情，对比强烈，爱憎分明，张弛适度，抑扬有致，读来令人扼腕感慨。

二十四言联

175

大道久弥新，奚必伤麟叹凤，即今仰德怀仁，
又见海疆崇圣学

典型垂万古，足令慕义效忠，但愿同心继武，
莫将成败论英雄

——台湾省日月潭文武庙联　　佚　名

"大道"，《礼记·礼运》："孔子曰：'大道之行也，与三代之英，丘未之逮也，而有志焉'"。指最高的治世原则，包括伦理纲常等。"弥"，更加。"奚必"，何必。"伤麟叹凤"，唐玄宗《经邹鲁祭孔子而叹之》诗："叹凤嗟身否，伤麟怨道穷。"《公羊传·哀公十四年》："西狩获麟，孔子曰：'吾道穷矣。'"孔子作《春秋》，绝笔于获麟。后以"伤麟"感叹不得其时，不能施行正道。上联写文武庙中的"文圣"孔子，称其所倡"大道"不仅没有衰败，而是曰"久弥新"，更可喜的是"海疆"宝岛台湾也"崇圣学"，"仰德怀仁"成为时尚，自然没有必要发"伤麟叹凤"之感慨。"典型"，具有代表性的典范。宋苏舜钦《代人上申公祝寿》诗："天为移文象，人思奉典型。""慕义"，倾慕仁义。汉贾谊《新书·数宁》："苟人迹之所能及，皆乡风慕义，乐为臣子耳。""效忠"，竭尽忠诚。汉王逸《九思·守志》："伊我后兮不聪，焉陈诚兮效忠。""继武"，《礼记·玉藻》："大夫继武。"孔颖达疏："继武者，谓两足迹相接继也。"比喻继续前人的事业。"成败"，成功与失败。世俗多以"成败"作为评论人物的标准。清沈德潜《咏史》诗："成败论古人，陋识殊未公。"认为以"成败论人"是狭隘的见识，极不公允。下联写文武庙之"武圣"关羽，就持"不以成败论英雄"的观点，称其虽未完成蜀汉一统的大业，但其精忠仁义当为"典型"，"足令"世人仰慕效法，公开倡导"同心继武"。可谓文武二圣同赞，"大道""典型"共颂，既有感染力，又有号召力。

生死证同盟，兄兄弟弟，君君臣臣，同心同德，
古今来不二义气
始终全士节，怡怡穆穆，肃肃雍雍，大仁大忠，
天地间第一圣人
　　——甘肃宕昌哈达铺三义庙联　　　佚　　名

　　"同盟"，本指古代诸侯国歃血为誓，缔结盟约。后泛指国与国、人与人共缔盟约。联指《三国演义》第一回"宴桃园豪杰三结义"中关羽同刘备、张飞拜而盟誓曰："不求同年同月同日生，但愿同年同月同日死。"自此确立了如关羽所说"我与玄德，是朋友而兄弟，兄弟而主臣者"的关系（见《三国演义》第二十六回）。上联以"无双"之意的"不二"盛赞关羽"生死"可证的"义气"。关公异姓骨肉之"义气"，同时涵盖"君臣"相与之伦理。故当代史学家吕思勉在《关岳合传》中称："夫信义之为生于世也久矣……有能行之者，其唯三国时代之刘先主与关壮缪。""士节"，士大夫应有的节操。"怡怡穆穆"，愉悦和睦。"肃肃雍雍"，恭敬严整。下联以"天地间第一圣人"的最高评价，颂扬关羽自始至终"大仁大忠"的"士节"。清赵翼《二十二史札记》评说关羽为"艰险不避，生死不渝者"，并感叹"其忠义之气固凛然不可得而及也"。此联明快畅达，洒脱自然，极表尊崇之义，尽抒钦敬之情。

二十四言联

威名满华夏，真义士，真忠臣，若论千载神交，
合与睢阳同俎豆

戎服读春秋，亦英雄，亦儒雅，试认九霄正气，
常随奎壁焕光芒

——河南新安汪村关帝庙联　　俞　樾

"神交"，谓通过神灵而相交。亦指彼此慕名而未谋面的情谊。"睢阳"，本为地名。即今河南商丘。唐朝安史之乱时，大将张巡守睢阳，在内无粮草、外无援兵的情况下，坚守数月不屈。睢阳失守后，与部将南霁云等同遭杀害。后世称其为张睢阳。上联围绕庙中"并祀睢阳"而写，以两个"真"字，赞关羽同张巡是有心灵感应而又心意投合的"义士"和"忠臣"，同样"威名满华夏"，所以才"合与"同祀，共享隆祭。"戎服"，军装。"奎壁"，二十八宿中奎宿与壁宿的并称。旧谓二宿主文运，故常用以比喻文苑。此指关庙近处又建有文昌阁。下联结合"常随奎壁"而议，针对关羽喜读《春秋》的特点，赞扬他既有武略为"英雄"，又有文韬称"儒雅"，浩然正气直冲云霄，当与文昌共放"光芒"。民国雷瑨《楹联新话》卷四称此联"并写处颇能融洽，殆史公合传体也"。

十四年沧桑梦醒，莲社全墟，纵看庙貌重新，
回首盍簪如隔世
一万里云树程远，梓乡暂寄，唯愿神灵默护，
保身捧檄到归田
　　——浙江杭州万安桥关帝庙联　　王　堃

王堃，字厚山，号简卿，清浙江杭州人。道光二十四年（1844）举人，曾任内阁中书，后去云南任地方官。"沧桑"，沧海桑田的略语，比喻世事变化很大。"莲社"，佛教净土宗最初的结社，因寺池有白莲，故称。此借用指集社。"全墟"，完全荒废。"盍簪"，《易·豫》："勿疑，朋盍簪。"用以指士人聚会。"隔世"，相隔一世。"云树"，比喻朋友阔别远离。"梓乡"，故乡。"暂寄"，暂时寄寓。"捧檄"，为使母亲高兴而出仕之典。见《后汉书·刘平等传序》。南唐伍乔《送江少府授延陵后寄》诗："束书西上谒明主，捧檄南归慰老亲。""归田"，谓辞官回乡务农。联系作者所云："余于道光二十七八年间，约同人集文字会课，每月两期，各友咸受观摩之益。自乱离窜难，官内阁十三年，蒙恩拣发滇南，给假还籍省墓，见庙尚存，里人将谋修葺。余敬献一联，抚时寄慨，益申畏神服敬之虔，以答灵庥，而惕修省。"仔细领会自可加深对联语的理解。

[二十五言以上联]

骑赤兔扫灭汉贼，唯期正统相承，恨吕陆小儿，
竟弄成三分事业

抵黄龙剪灭夷酉，当与诸君痛饮，仇秦万大憨，
应羞读一部春秋

——甘肃通渭关岳庙联　　孔宗尧

　　孔宗尧，清代文人，生平不详。"吕陆"，东吴名将吕蒙、陆逊。吕蒙曾随周瑜、程普等大破曹操于赤壁。鲁肃卒，代领其军，袭破关羽，占领荆州。陆逊善谋略，曾与吕蒙定袭取关羽之计，后任大都督，用火攻取得与蜀相争夷陵之战的胜利。官至丞相。"小儿"，小孩子。此指对人的蔑称。《三国演义》第七十五回写东吴来使告知陆逊代吕蒙守陆口，关羽听后便说："仲谋（孙权字）见识短浅，用此孺子为将。"所说"孺子"即同"小儿"。上联写关羽本为匡扶汉室而四出征战，没想到被吕蒙、陆逊二人算计，使得"正统"难以传承，形成了三足鼎立的割据纷争局面。"黄龙"，府名。契丹天显元年（926）置，治所在今吉林省农安县。《宋史·岳飞传》："飞大喜，语其下曰：'直抵黄龙府，与诸君痛饮尔！'"后以"黄龙"借指敌方的都城、巢穴。以"黄龙痛饮"指彻底击败敌人，欢庆胜利。"秦万"，南宋佞臣秦桧、万俟卨（读音莫其树），两人合谋，以"莫须有"罪名陷害岳飞，向金称臣纳币，为人所切齿。"大憨"，极为人所厌恶。后用以称极奸恶的人。下联写岳飞抗金大获全胜，宋朝旧都开封收复在即，却遭到秦桧、万俟卨等人的陷害，铸成千古奇冤。那些诬害忠良的权奸佞臣，面对也曾读过的《春秋》，应当感到羞愧而无地自容。联语笔力沉雄，情致深婉，意境高远，强化了赏读者抚古思今的历史意识，颇多感慨，颇多思忖。与之相似的还有贵州关岭关岳庙联："赤兔欢嘶，义辞奸相，且看烛影腾空，好追寻刘氏同盟兄弟；黄龙痛饮，愤激孤军，只恨风波早起，难收拾宋家半壁河山。"

挟天子以令诸侯，威力假人，纵有什么骁勇华雄，
难挡关前一大汉

幸司徒而献美女，忠心为国，弄得这个痴情董卓，
反遭手下两孤官

　　——某地演《温酒斩华雄》戏台联　　佚　名

　　随着关公故事的广为流传，至少从宋代起就有了关公戏。元代著名剧作家就写有《关大王独赴单刀会》（后简称统一为《单刀会》）的代表作。又名《氾水关》的戏剧《温酒斩华雄》，其故事见《三国演义》第五回，书中有诗赞道："威震乾坤第一功，辕门画鼓响冬冬。云长停盏施英勇，酒尚温时斩华雄。"上联的"关前一大汉"即指关羽。"挟天子以令诸侯"，挟制天子，并用其名义号令诸侯。董卓、袁绍、曹操等人皆有此为。"威力假人"，凭借他人的力量。联指董卓用吕布的部将华雄。《三国演义》第九回又写司徒王允施"连环计"，献义女貂蝉离间董卓与吕布的关系，后让李肃以天子禅位骗得董卓到场，吕布持戟将其刺死。下联的"手下两孤官"即吕布与李肃。书中也有诗叹曰："司徒妙算托红裙，不用干戈不用兵。三战虎牢徒费力，凯歌却奏凤仪亭。"故事扣人心弦，戏剧引人注目，联语耐人寻味。又有专为演《单刀会》而撰的戏台联："请某岂无因，若提起荆襄，开腔话等周仓说；谅他原有意，倘埋藏刀斧，挡箭牌拿鲁肃当。"湖北通城关帝庙戏台有用鹤顶格嵌"关帝"二字的长联，句为："关心事借优孟传出，卧蚕眉锁住江山，丹凤眼撑开世界，虽操雄魏北，权驻东吴，想公镇守荆州，视若辈几如儿戏；帝道昌从忠义得来，赤兔马遍寻故主，青龙刀惯斩奸臣，况谊结桃园，功成汉室，仰斯人谁不胆寒？"

国贼数曹，谁曰不然，顾权无以异也，张挞伐，
建纲常，天地低昂神鬼泣
圣乡说鲁，复乎尚矣，唯解亦相侔焉，仰威灵，
明祀事，山川磅礴庙堂巍

　　——山西运城解州关帝庙联　　郭象蒙

　　郭象蒙，清末民初人，曾任解州县长。"国贼"，危害国家或出卖国家主权的败类。"数曹"，曹操尤为突出。在《三国演义》中是将曹操作为"国贼""奸相"加以描写并予以贬斥的。"谁曰不然"，谁说不是如此。进一步肯定前面所议。"顾权"，再来看东吴的孙权。"无以异也"，和曹操没有什么区别。"挞"为打击，"伐"为攻伐。见《诗经·商颂·殷武》："挞彼殷武，奋伐荆楚。"后合"挞伐"谓征讨之意。"纲常"，"三纲五常"的简称。封建社会中人与人关系的道德标准。"低昂"，起伏；升降。此指苍天低头，大地昂首。"神鬼泣"，唐杜甫《寄李十二白二十韵》："笔落惊风雨，诗成泣鬼神。"文笔和诗篇使鬼神为之感泣。现常以"惊天地泣鬼神"形容非常令人吃惊或感动。"圣乡说鲁"，指"文圣"孔子的家乡在简称"鲁"的山东曲阜。"复乎尚矣"，位尊至高。"相侔"，相等，同样。"威灵"，神灵。"祀事"，祭祀之事。"磅礴"，广大无边貌。晋陆机《挽歌》之二："磅礴立四极，穹崇效长天。"上联借斥操贬权而烘托关公，赞其驰骋疆场所建之丰功，颂其维护纲常所立之榜样，"天地"为之感佩，"神鬼"为之感泣，世人为之感动。下联以尊孔说鲁而称誉关庙，言其巍峨高耸可媲美孔庙，叙其祭关祀典亦礼仪隆崇，"威灵"得以钦仰，神明得以告慰，馨香得以流芳。此联文字极富感情色彩，斥操贬权虽有偏激之虞，但结合作者的身份也好理解。

荆州吾旧业，恨刘封孟达协力勖吴，至今一局残棋，
须还我汉家疆土
陈寿尔何人，党司马夏侯私心阿魏，谁知百年定论，
要援他孔氏春秋
      ——重庆江津关庙联　　钟云舫

　　钟云舫，清四川江津（今属重庆）人。廪生，以教读为业，工诗文词联，有"长联圣手"之誉。清同治年间，江津吴、刘、孟、陈四姓豪绅相互勾结，买通官府，强夺关庙的庙产。乡人敢怒而不敢言，钟云舫正直豪爽，为表心中愤慨，特于关庙上题书此联。"荆州吾旧业"，表面写关羽镇守荆州之事，暗指关庙庙产。"刘封"是刘备义子，"孟达"为蜀将。"勖"本指急迫，此处通"匡"，意为匡助。关羽曾差人向刘、孟求援，二人托故不允，致使关羽兵败。联中借指刘、孟与吴氏劣绅狼狈为奸。"一局残棋"，指庙产被占，但事情并未了结。"疆土"指荆州，本为"汉家"刘表所据，原非东吴固属，故云。联中仍指庙产。"陈寿"是西晋历史学家，在蜀汉为观阁史令，因不屈事宦官黄皓，屡遭谴黜。入晋著《三国志》，间或有抑蜀汉而扬曹魏之文笔。此处借其姓斥豪绅陈某"尔何人"（你算什么东西），实则并非对陈寿本人进行臧否。"党"指结党营私。"司马夏侯"指司马炎、曹奂（本姓夏侯）等，"阿魏"，讨好曹魏。此处借指腐败官府。"孔氏春秋"，孔子所著史书。因褒贬分明，"为乱臣贼子惧"。结句意为后人将明辨是非，评说功过，官府及豪绅之丑行劣迹，必遭谴责。此联就《三国演义》故事而言，亦追昔抚今，抑扬有致。结合庙产被夺抒发感慨，更是借古讽今，矛头所指，笔锋犀利，令人称快。

当蜀道三千里，巍然据荆襄上游，想神武之英灵，
匹马单刀，掀髯似昔
别彝陵五六年，好是践江山旧约，问疮痍于父老，
瓣香樽酒，按部重来
　　——湖北宜昌关帝庙联　　严树森

　　严树森，字渭春，清四川新繁人。道光二十年（1840）举人，历任湖北、广西巡抚。"彝陵"，即夷陵。湖北宜昌的古称。《三国演义》第八十四回有诗云："彝陵吴蜀大交兵，陆逊施谋用火焚。""掀髯"，同书第二十五回写汉帝见关公一纱锦囊垂于胸次，问之，答曰："臣髯颇长，丞相赐囊贮之。"帝令当殿披拂，过于其腹。帝曰："真美髯公也！"因此人皆呼关羽为"美髯公"。"掀髯"拂须也成了关羽惯见的动作。"践约"，履行约定的事。"疮痍"，创伤，比喻遭受破坏或灾害后的景象。"瓣香"，佛教语。犹言一瓣香。喻崇奉敬仰。"樽酒"，犹杯酒。"按部"，巡视部属。此指作者曾任湖北巡抚。上联首先标明宜昌的地理位置，以"巍然"二字形容所建关帝庙雄伟高大，拜祭时可见关公栩栩如生的威武形象。下联结合自己来写，称虽已离开"五六年"，但不会忘记当初的约定，还会回来看望生活在苦难中的百姓，当然更要以"瓣香樽酒"的礼仪，去虔诚地祭拜关帝。联语有的放矢，文意连贯，将自身置于其中，更觉亲切真实，感人至深。

经文纬武立功勋，将封侯，侯封王，王封帝，

帝封天尊，皓皓乎不可尚已

出圣入神成变化，汉至宋，宋至元，元至明，

明至大清，荡荡乎无能名焉

  ——黑龙江宁安县关帝庙联 佚 名

  "经文纬武"，谓以文才武略治理国家。上联盛赞关羽的不朽"功勋"，称其由将而侯、王、帝、天尊的封号理所当然，末句语出《孟子·滕文公上》："江汉以濯之，秋阳以暴之，皓皓乎不可尚已。"原文是说孔子去世后，有人提议以礼侍奉貌似孔子的有若，以慰思念恩师之情。但曾子坚决反对，说圣人之洁白是其他人无法超越的。借以说明关羽的封号已经登峰造极，至高无上。下联重在强调关羽死后历经五朝"出圣入神"的"变化"，末句亦出自《孟子·滕文公上》："大哉，尧之为君！唯天为大，唯尧则之，荡荡乎无能名焉。"原文是说尧之伟大，以至于百姓都不知道该如何去赞美他。借以表明关羽也应享有同样的盛誉。值得一提的是，《尚书·大禹谟》有"帝德广运，乃圣乃神，乃武乃文"句，孔传云："圣，无所不通；神，妙无方；文，经天地；武，定祸乱。"后即用"文武圣神"称颂贤明君主或其他杰出人物。联中以"经文纬武""出圣入神"之对，将"文武圣神"四字全部嵌入，可见对庙主关羽推崇备至。尤以上下联末句皆引经书成句，更具感染力。类似的联语还有："儒称圣，释称佛，道称天尊，三教尽皈依，式瞻庙貌长新，无人不肃然起敬；汉封侯，宋封王，明封大帝，历朝加尊号，矧是神功卓著，真所谓荡乎难名。"所云"式瞻"指敬仰、景慕。"矧是"即亦是。

力扶汉鼎，道阐麟经，秉忠义伐魏拒吴，统南北东西，四海咸钦
帝君仙佛

气禀乾坤，心同日月，显威灵伏魔荡寇，合古今中外，万民共仰
文武圣神

——山西运城解州关帝庙联　　佚　名

　　"力扶"竭力扶助。"汉鼎"，古代以"鼎"为立国的重器，此指汉朝的帝业。"道阐"，使道义之理得以阐明。"麟经"，指孔子所著《春秋》。"秉"，秉承。"忠义"，忠贞义烈。《三国演义》第二十五回写曹操见关羽说道："素慕云长忠义，今日幸得相见，足慰平生之望。""咸钦"，全都钦敬。上联写关羽遵从孔子《春秋》所述之义理，殚精竭虑匡扶汉室正统，在"伐魏拒吴"的征战中，可见其忠肝义胆。由此而被封为"帝君仙佛"，受到"南北东西"各地的尊崇，庙祀遍及"四海"。"气禀"，指人生来就有的气质。"气禀乾坤"则仍用《孟子·公孙丑上》句意，指关羽的浩然正气"至大至刚"，充塞于天地之间。"威灵"，显赫的声威。"伏魔荡寇"，降伏妖魔，荡除贼寇。关羽有"伏魔大帝""荡寇将军"等封号。下联写关羽浩气充盈天地，丹心明如日月。英雄威名大振，"威灵"尽显，让世间妖孽魔寇无处可逃。"允文允武""乃神乃圣"的关公，理所当然地让"古今中外"的"万民"同敬"共仰"。

荆州形胜即中原，得之则进取易，失之则退守难，天意苍茫，莫怪公犹立马

壮武大名垂宇宙，生不为曹氏臣，死不作孙家妾，人心维系，遂令我欲登龙

——湖北荆州关帝庙联　　佚　名

"形胜"，谓山川壮美。亦谓利用有利的地形制胜。《史记·高祖本纪》："秦，形胜之国，带河山之险，县隔千里。""立马"，使马停下不走。指驻扎守卫。宋高宗建炎二年（1128）时敕封关羽为"壮缪义勇武安王"，简称"壮武"。"大名"，《逸周书·谥法》："是以大行受大名，细行受细名。行出于己，名生于人。"谓尊崇的名号。唐杜甫《咏怀古迹五首》之五："诸葛大名垂宇宙，宗臣遗像肃清高。""维系"，牵绊，挂念。"登龙"，乘龙。此联结合关羽守荆州、失荆州的故事而写。荆州自古就是兵家必争的战略重地，人皆知晓，"得之则进取易，失之则退守难"。《三国演义》将荆州之失释为不是失于少谋，也不是失于惧战，而是失于大意，实乃"天意"使然，故莫要"怪公"。因为关羽对曹魏是挂印封金，对孙吴是骂使拒婚，其仁义忠贞，"大名"令"人心维系"，欲"登龙"而追随其后。联中"得失、进退、易难、生死"等皆为自对，朴实自然，韵味醇厚。联语所述实际是为尊者讳，避开了关羽因刚矜致败的要害，归咎于"天意苍茫"难测，深蕴对关帝的惋惜之意与钦敬之情，不失为一种聪辩黠慧的写法。

史策几千年未有，上继文宣大圣，下开武穆孤忠，
浩气长存，是终古彝伦师表
地方数百里之间，西连汉寿旧封，东接益阳故垒，
英风宛在，想当初戎马关山

——湖南常德关帝庙联　　左宗棠

左宗棠，字季高，清湖南湘阴人。道光十二年（1832）举人，官至两江总督兼通商事务大臣。谥文襄。"史策"，史册，史书。"终古"，自古以来。"彝伦"，常理，亦指纲常。"师表"，表率，在道德或学问上的学习榜样。上联以"终古""几千年未有"之语，盛赞关羽上承孔圣道义，下启岳飞精忠，其"浩气长存"，永远是人们学习的楷模。"汉寿旧封"，指关羽斩颜良后，曹操表奏朝廷，封其为汉寿亭侯。汉寿为湖南地名，与常德相近。需要说明的是，建安十二年（215）吴蜀平分荆州后，湖南汉寿划归东吴，刘备遂将蜀地之葭萌县改为汉寿，关羽的封邑便从湖南移到了四川（见《图志·爵谥》）。"益阳故垒"，关羽曾在湖南益阳筑堤设防，与驻此间的吴将鲁肃对峙，并有"单刀赴会"的佳话流传后世。"戎马"，古代驾兵车的马。借指军队、战争。"关山"，关隘山岭。下联以关羽"当初"镇守荆州时征战的"数百里之间"为例，颂扬其威名大振，"英风宛在"。此联用"上、下、东、西"的方位词，表明岁月之久长，地域之拓展，借以突出关羽作为"彝伦师表"的巨大影响，读之令人感慨而深思。作者任陕甘总督时，曾撰戏台联云："都要你拜相封侯，却也不难，这里有现成榜样；最好是忠臣孝子，看来容易，问他做几许功夫"。

称皇呼帝号天君，庙貌与恒河沙比数，
尽忠诚而食厚报者，万年仅见关夫子
贱霸尊王扶汉室，心胸与旸谷日争光，
读春秋而明大义者，百世堪追孔圣人
　　——江苏南京燕子矶关帝庙联　李　渔

　　此联题于清康熙十年（1671）初夏。"天君"，犹天神。起句指关羽的诸多敕封之号。"庙貌"，指庙宇及神像。"恒河沙"，佛教语，形容数量多至无法计算。"食"，享受，受用。"厚报"，丰厚的祭祀。"报"为祭名。《诗经·周颂·良耜序》："良耜，秋报社稷也。"上联针对当时各地均建有关帝庙及关羽的谥封也愈发崇隆现象，指明因竭尽忠诚而得到世人如此广泛且丰厚祭祀者，从古到今"仅见关夫子"。"贱霸尊王"，蔑视凭借武力、权势等进行统治的"霸道"，尊重依靠仁义治天下的"王道"。"心胸"，胸襟，抱负。"旸谷"，《书·尧典》孔传："旸，明也。日出于谷而天下明，故称旸谷。"即古称日出之处。"争光"，竞放光彩。《史记·屈原贾生列传》："推此志也，虽与日月争光可也。"下联颂赞关公"贱霸尊王"，匡扶蜀汉，其丹心与襟怀可与旭日竞放光彩，又因雅好《春秋》有得，深明义理，可以说能同文圣孔子相比，一样百世流芳。明王柔《嘉靖重修武安王庙记》："王（关羽）雅好《春秋》，诵说而有得焉。其于正逆分之间有深辨也。"此联借题发挥，烘托渲染，题旨鲜明，直抒胸臆，既有思想内涵，又有艺术魅力。

下邑归东吴版图者，凡六十年，论瑞纪天门，
不闻俎豆馨香，奉祀虔修孙氏庙
此邦距西蜀边鄙间，近一千里，问神迎社鼓，
可趁交通便利，临歧小住汉官仪

——湖南大庸关帝庙联　　陈逢元

　　陈逢元，字桐阶，清末民初湖南大庸（今张家界）人。擅长诗文联语。年方50醉酒而亡。"下邑"，国都以外所属城邑。"奉祀"，供奉祭祀。"虔修"，恭敬地修建。上联意为：在鼎足而立的三国纷争60年间，这里始终归属东吴管辖，又有吉瑞的美景天门山，但是却找不到为东吴孙氏修筑的庙宇，自然也就没有"俎豆馨香"的虔恭奉祀了。"边鄙"，边远之地。"社鼓"，旧时社日祭神所鸣奏的鼓乐。"临歧"，本为面临歧路，后亦用为赠别之辞。唐杜甫《送李校书》诗："临歧意颇切，对酒不能吃。"下联意为：大庸距离刘备称帝的西蜀"还有近一千里"的距离，可是这里却多有"问神迎社鼓"的活动，人们也都利用交通便捷的条件到此小住，并按照汉代的官家礼仪祭拜关帝。上下联通过鲜明的对比，明确表达了作者贬"孙氏"崇关公的观点。民国吴恭亨《对联话》卷四称此联："全首紧抱大庸立说，是为宽题走窄路，孙氏庙反跌，犹若振衣千仞岗。"

绛灌功名，千年如生，痛袭荆陷桧，两皆未用功名，
终是人国不祥，故人国即从而陨获
江湖门户，九澧之蔽，稽拒魏擒么，独毅然遮门户，
战为地方作卫，斯地方永报以馨香
　　——湖南澧县关岳庙联　　田金楠

田金楠，字东溪，民国湖南慈利人。与《对联话》作者吴恭亨友善。"绛灌"，汉绛侯周勃与颍阴侯灌婴的并称。均佐汉高祖定天下，建功封侯。"人国"，国家。《三国演义》第四十三回："苏秦佩六国相印，张仪两次相秦，皆有匡扶人国之谋。""陨获"，丧失志气。上联以"绛灌"并称指关岳合祀，称二人"功名"卓著，"千年如生"，痛只痛吕蒙袭荆州，秦桧陷岳飞，致使二人前功尽弃，壮志未酬，皆因为时局混乱，国家遭难，二人的失去使得元气大伤，愈加衰败。"门户"，途径；关键。"九澧"，水名。"蔽"，庇护。"稽"，查考，核实。下联结合澧县"江湖门户"的地理特点，以"九澧之蔽"代指此间所建关岳庙，追思当年关羽拒曹魏、岳飞擒杨么的史实，赞誉二人"毅然遮门户""为地方作卫"的功绩，也正因此，"地方"（包括此地，兼及各地）上才建庙崇祭，香火隆盛。联语中"功名""人国""门户""地方"均两次出现，既隐指两人合祀，又明言相同特点，颇具匠心。《对联话》卷二评曰："作合传不难，难在紧贴澧县立论，而又以'人国不祥'四字为失败英雄出脱，视吴作（见十四言联'地居廉让之间'）又上一层矣。"

不爱钱，不爱酒，不爱妇人，是个老头陀。

只因眉宇间带两字英雄，耽搁了五百年入山正果

又要忠，又要孝，又要风流，好场大冤孽。

若非胞胎里有三分痴钝，险些做十八滩顺水推舟

  ——某地关帝庙联 佚 名

  "头陀"，梵文意为"抖擞"，即去掉尘垢烦恼。后用以指行脚乞食的僧人。"正果"，佛教语。修道有所证悟，谓之证果。言其修行成功，学佛证得之果，与外道之盲修瞎练所得有正邪之分，故曰正果。"风流"，释意甚多，如流风余韵、风尚习俗、风格流派、杰出不凡等等。此处则用指男女私情事之意。"冤孽"，本为佛教语。指因造恶业而招致的冤报。此处指因缘。《红楼梦》第四回："这也是前生冤孽：可巧遇见这丫头，他便一眼看上了，立意买来作妾。"这副对联集中围绕《三国演义》第二十五、二十六回的故事来写，曹操"欲乱其君臣之礼，使关公与二嫂共处一室"，然"关公乃秉烛立于户外，自夜达旦，毫无倦色"。曹操后又"送美女十人，使侍关公"，关公"尽送入内门，令服侍二嫂"。当关公得知兄长刘备的下落后，将曹公所赐"挂印封金"，护送二嫂去寻故主。这一切所作所为，令曹操"敬服""叹服"，赞之为"真义士""真丈夫"，并对属下说："财贿不足以动其心，爵禄不足以移其志，此等人吾深敬之！"联中却将"真义士"说成了"老头陀"，称如果不是打娘胎里就带几分愚笨迟钝，早就"顺水推舟"成就了"风流"的"大冤孽"之事，也多亏了他"眉宇"之间有"英雄"之气，才"耽搁"了这难得修到的"正果"。事实上，关羽是真正修成了"正果"，其品德使人称赞，节操令人钦敬，英名让人传颂，庙祀引人莅临。联语偏偏要用嬉笑谐谑的手法写来，以致显得多了些谐趣，少了点格调。不过，清梁章钜《楹联丛话》卷三还是将此联收录，并称之为"直是委巷荒唐之语，所当亟为别裁，而俗流颇多脍炙之者，不得不附录而辩之"。所说堪称公允。

此何地哉，溯郡分吴会，县析魏塘，久无尺寸归孙曹，唯公浩气
常留，膺累代崇封，咸仰上仪侔帝制

神来格矣，看云拥灵旗，雷轰天鼓，犹是声威震华夏，尔日海氛
多恶，愿降魔伏寇，俾知中国有圣人

  ——浙江嘉善关帝庙联   江峰青

  江峰青，字湘岚，号襄楠，清江西婺源人。光绪十二年（1886）进士，累
官道员、大学士。此联是作者在嘉善任知县时所写。"溯"，逆着水流的方向
走。比喻往上推求或回想。"吴会"，东汉分会稽郡为吴会稽二郡，并称吴
会。后亦泛称此两郡故地为吴会。《三国志·吴书·孙贲传》："时（孙）策
已平吴会二郡。""析"，析分另立。嘉善县在嘉兴市东北部，邻接上海市及
江苏省，县人民政府驻魏塘镇，明代由嘉兴析置。上联先从嘉善的地理沿革写
起，妙在结合此间地名引出三国时的"吴"与"魏"，并以"久无尺寸归孙
曹"与之对应，反衬关公庙祀遍天下的事实，借以颂赞关公的浩然之气常存世
间，并受到历代皇帝越来越崇的封谥，人们都按照最高的礼仪来祭拜关圣。
"来格"，来临，到来。《三国志·魏书·刘馥传》："阐弘大化，以绥未
宾；六合承风，远人来格。""灵旗"，战旗。出征前必祭祷之，以求旗开得
胜，故称。"天鼓"，天神所击之鼓。传说云天鼓震则有雷声。晋葛洪《抱朴
子》："雷曰天鼓，雷神曰雷公。""声威"，名声与威望。"海氛"，借指
海疆动乱的形势。"降魔伏寇"，降伏妖魔贼寇。针对关公"伏魔大帝""荡
寇将军"等封号而言。下联写期盼尊神关公来此显圣，看"灵旗"翻飞，听
"天鼓"轰鸣，"降魔伏寇"的战神声威大震，将列强入侵的"海氛多恶"荡
平除尽，让世界知晓"中国有圣人"。联语融情传神，含意深远，借古喻今，
颇多警示，极具号召力和感染力。

识者观时，当西蜀未收，昭烈尚无尺土，操虽汉贼，犹是朝臣，至一十八骑走华容，势方穷促而慨释，非徒报德，只缘急大计而缓奸雄，千古有谁共白

君子喻义，恨东吴割据，刘氏已失偏隅，权即人豪，讵应抗主，占八十一州称敌国，罪实难逃以拒婚，岂曰骄矜，明示绝强援以尊王室，寸心只有自知

——河南许昌关帝庙联　　佚　名

　　"识者观时"，犹言"识时务者为俊杰"。"昭烈"，指昭烈帝刘备。"尺土"，一尺之地，极言其小。"穷促"，窘迫；困厄。"奸雄"，《三国志·魏志·武帝纪》引晋孙盛《异同杂语》曹操问许劭："我何如人？"答曰："子治世之能臣，乱世之奸雄。"指弄权欺世、窃取高位的人。联指曹操。"共白"，一道表明。"君子喻义"，《论语·里仁》："君子喻于义，小人喻于利。"指君子通晓仁义之理。"偏隅"，一方之地，隅之地。"人豪"，人中豪杰。联指孙权。"讵"，副词，表示反诘。相当于"岂""难道"。"骄矜"，骄傲自负。"寸心"，指心。旧时认为心的大小在方寸之间，故名。全联站在关羽的立场上，对其与曹魏和孙吴影响最大的两件事予以剖析，把关羽在华容道"动故旧之情"义释曹操，说成是"急大计而缓奸雄"；把孙权欲以其子娶关公之女遭拒，解释为"绝强援以尊王室"。可谓是强词辩白，难以服人。因为蜀汉的"大计"就是"联吴拒魏"，关羽的释曹显然要因"报德"而丧失原则，拒婚东吴更是呈"骄矜"而破坏结盟，最终导致兵败麦城，招来杀身之祸。著名作家梁羽生在《名联谈趣》中称此联作者是清乾隆四年（1739）进士袁枚，而陆家骥所著《对联新语》予以否定，称"实为好事者盗袁之名以成者"。

[附录　三国人物联语选辑]

彝水环绕

明镜高悬

　　——湖北南漳水镜庄联　　佚　名

　　"水镜庄"，在南漳县城南门外千米处。相传为东汉末年水镜先生司马徽隐居之地。司马徽，字德操，东汉末颍川阳翟（今河南禹县）人。清雅善知人。《三国演义》第三十五回写刘备"视其人，松形鹤骨，器宇不凡，慌忙进前施礼"。交谈中，水镜先生向刘备荐举诸葛亮、庞统。上联"彝水环绕"为实写，指山庄多有清泉喷涌，汇成彝水而环绕四周。下联"明镜高悬"典出《西京杂记》卷三，称秦始皇常用以照人，以辨忠奸。后多以喻官吏执法严明，判案公正，或办事明察秋毫，公平无私。联中"明镜"亦隐寓司马徽的名号。庞统曾说："司马徽清雅有知人鉴。"所说之"鉴"，即指镜也。故庞统称其为"水镜先生"，也就是誉赞其有知人之明。联语用燕颔格嵌"水镜"二字，既写景美，又喻人杰，堪称妙笔。《三国演义》第十一回在描述北海孔融时，特意提及他的抒怀联句："座上客常满；樽中酒不空。"

寒鸦配鸾凤
驽马并麒麟
——《三国演义》徐庶口占联

　　此联见《三国演义》第三十六回，刘备拜徐庶为军师，大败由曹仁率领进攻新野的魏军。曹操用程昱计，使孝子徐庶为救母亲，不得不离开刘备改投曹操。徐庶临别特向刘备推荐诸葛亮，强调说："此人不可屈至，使君可亲往求之。若得此人，无异周得吕望，汉得张良也。"刘备问："此人比先生才德如何？"徐庶当即口占此联，又说："此人每尝自比管仲、乐毅。以吾观之，管乐殆不及此人。此人有经天纬地之才，盖天下一人也"。为合对联平仄，特将两句位置换过。"配""并"均有比较之意，既表现了徐庶的谦逊真诚，又誉赞了诸葛亮的卓尔不群，也为后面故事的发展做了极好的铺垫。书中引诗赞"徐庶走马荐诸葛"云："痛恨高贤不再逢，临歧泣别两情浓。片言却似春雷震，能使南阳起卧龙！"同书第三十九回写曹操询问："诸葛亮何人也？"徐庶当即口占一联，称诸葛亮有"经天纬地之才；出鬼入神之计"，告曹操曰："真当世之奇士，非可小觑"。

淡泊以明志
宁静而致远

——四川成都武侯祠引《三国演义》联

　　《三国演义》第三十七回写刘备冒着风雪到卧龙岗拜访诸葛亮，见他所居之处中门上书有此联。可谓未睹其人，已见其心——一位恬淡寡欲而志向高远、身居草野而可肩承重任的高士形象呼之欲出。《文子·上仁》："非淡漠无以明德，非宁静无以致远，非宽大无以并覆，非正平无以制断。"诸葛亮受此影响，在《诫子书》中曰："夫君子之行，静以修身，俭以养德，非淡泊无以明志，非宁静无以致远。"《三国演义》取其《诫子书》中七字句，改作五言联，用以表现诸葛亮高远的志向与隽雅的情趣，对后面描写诸葛亮为报答刘备三顾茅庐的知遇之恩，真正做到了"鞠躬尽瘁，死而后已"的可贵德操予以极好的铺垫。正是言为心声，联如其人。清毛宗岗评刻《三国演义》时说："淡泊宁静之语，是孔明一身本领。淡泊，则其人之冷可知；宁静，则其人之闲可知。天下非极闲极冷之人，做不得极忙极热之事。后来自博望烧屯，以至六出祁山，无数极忙极热文字，皆从极闲极冷中积蓄得来。"此联已作为格言联广为流传。祠内五言联还有一曰："两表酬三顾；一对足千秋。"二曰："志见出师表；好为梁甫吟。"书中还有诸葛亮的口占联数副，如第四十三回舌战群儒时，就以"笔下虽有千言；胸中实无一策"，对"小人之儒"予以嘲讽。又如第四十四回智激周瑜时，又用"沉鱼落雁之容；闭月羞花之貌"描绘二乔。

197

三顾频烦天下计

一番晤对古今情

　　——四川成都武侯祠联　　董必武

　　董必武，湖北红安人。无产阶级革命家、政治家、诗人，中国共产党创始人之一，党和国家卓越领导人之一。唐杜甫《蜀相》诗："三顾频烦天下计，两朝开济老臣心。"上联出自此诗，指刘备不厌其烦三顾茅庐，为的是向诸葛亮求取治天下之计。诸葛亮深为刘备求贤若渴的执着精神所感动，"由是感激，遂许先帝以驱驰"（见诸葛亮《前出师表》）。因此才有了下联的"一番晤对古今情"。"三顾频烦"方能引来"一番晤对"，以"天下计"而建"古今情"。明初将武侯祠并于祀刘备的昭烈庙，更可见刘备与诸葛亮志同道合的"古今情"。对刘备而言，请出诸葛亮是如虎添翼；对诸葛亮来讲，辅佐刘备则是如鱼得水。此联简明扼要，凝练概括，好读易记，广为流传。祠内七言联还有，一曰："诸葛大名垂宇宙；宗臣遗像肃清高。"二曰："伯仲之间见伊吕；指挥若定失萧曹。"三曰："时艰每念出师表；日暮如闻梁甫吟。"四曰："日月同悬出师表；风云常护定军山。"五曰："兴亡天定三分局；今古人思五丈原。"六曰："异代相知习凿齿；千秋同祀武乡侯。"习凿齿，字彦威，东晋襄阳人。博学洽闻，以文笔著称。所著《汉晋春秋》，以蜀汉为正统。

明知落凤存先帝
甘让卧龙作老臣

——四川德阳庞统祠联　　佚　名

　　庞统，字士元，汉末襄阳（今湖北襄樊）人。刘备得荆州，以为谋士，与诸葛亮同任军师中郎将。后从刘备入蜀，采其议而进成都。攻雒城时中流矢死。庞统道号"凤雏"，与"卧龙"诸葛亮齐名。《三国演义》第六十三回写进兵雒城时，庞统自取山南小路前行，让主公刘备从山北大路而进，并与之换过所骑之马。到落凤坡后知"不利于吾"，急令撤退，却被埋伏之军士认定"骑白马者必是刘备"，箭如飞蝗般射来，庞统中箭而亡，刘备得以生还。故上联称"明知落凤存先帝"，"落凤"者，凤雏之落难也。"甘让"，心甘情愿让出。"卧龙作老臣"，指诸葛亮辅佐刘备、刘禅二主，直至鞠躬尽瘁，死而后已。下联是对庞统不幸早逝的委婉表述，借以称颂庞统的襟怀与情操。此间另有联云："千秋功业留三国；一代忠贞属二师。"所云"二师"即指诸葛亮、庞统二位军师。

思亲泪落吴江冷
望帝魂归蜀道难

——安徽芜湖灵泽夫人祠联　　徐　渭

灵泽夫人祠祀蜀汉昭烈帝刘备的夫人孙尚香。蜀汉建政后，孙权派人接妹妹回东吴。之后东吴陆逊火烧连营，刘备大败而病死军中。孙夫人对江痛哭，投水自尽。《三国演义》第八十四回有诗云："先主命归白帝城，夫人闻难独捐生。至今江畔遗碑在，犹著千秋烈女名。"后人建庙祭祀。上联化用崔信明佚句"枫落吴江冷"，极言身处东吴的孙夫人，对远在益州的夫君刘备的思念。一个"冷"字，尽写内心的凄楚。下联用唐李商隐"望帝春心托杜鹃"句式。"望帝"即古蜀帝杜宇，死后"其魂化为鸟"，啼声为"不如归去"。联中"望帝"又为歧义，可释为"远望蜀汉先帝刘备"，再以唐李白诗篇名"蜀道难"缀其后，成为孙夫人魂欲归蜀而不可得的悲语。一个"难"字，极述命运的悲凄。联语表达了作者对孙夫人不幸遭遇的深切同情，遣词精巧，言为心声，情感真挚，哀婉动人。此间还有联云："空江萍藻祠灵泽；故国松楸梦惠陵。"湖北石首绣林山有汉昭烈帝及孙夫人合祠，内有多联，一曰："一缕芳魂归白帝；千秋倩影寄绣林。"二曰："蜀道崎岖，先帝魂萦三峡远；吴宫寂寞，尚香泪洒一江寒。"三曰："锦绣江山，半壁雄心敌吴魏；风云儿女，千秋佳话掩甘糜。"四曰："痴情女，孤影照桥头，环珮东来花寂寂；大耳儿，一心匡汉室，扬鞭西去马萧萧。"五曰："眼盼东吴，神驰千里，长江水阔朔风冷；心悬西蜀，梦断五更，楚望山高夜月孤。"六曰："联吴蜀亲，结吴蜀仇，千古奇人，千古奇事；感郎君情，尽郎君节，一心为义，一心为贞。"七曰："思归思归，空自思归，我将奈何，蜀道可怜天子；独活独活，义难独活，人谁不死，吴江留得灵仙。"

曹公教弩台尚在
吴主飞骑桥难寻

　　——安徽合肥教弩台联　　佚　名

　　据《三国志·魏书·武帝记》载，曹操先后四次到合肥部署与孙权交战，
"教弩台"，又名明教台，俗称曹操点将台。据《合肥县志》载，此台为三
国时曹操所筑，在这里操练强弩500人以御东吴孙权水师。后在此建明教寺。
"教弩松荫"为古八景之一。据《江南通志》载，此间有桥"旧名西津桥，一
名逍遥桥。三国吴孙权为魏张辽所袭，乘马越渡处"。称当时津桥已被拆除，
孙权是飞骑脱险，后人遂将再建之桥称为"飞骑桥"。《三国演义》第六十七
回也有诗云："的卢当日跳檀溪，又见吴侯败合肥。退后着鞭驰骏骑，逍遥津
上玉龙飞。"此联记述了有关"曹公""吴主"争战的故事，联语作者以"台
尚在""桥难寻"的描述，借景抒怀，显然是心向曹魏而小视孙吴的。如今相
邻两处皆为当地胜景，游人置身三国遗址，臧否三国人物，倒也有趣。此间另
有联，一曰："飞骑桥头论胜负；教弩台上评忠奸。"二曰："教弩耸高台，
不为炎刘消劫运；听松来远客，谁从古佛识真如。"

大帝君臣同骨肉
小乔夫婿是英雄

　　周瑜，字公瑾，庐江舒县（今安徽庐江西南）人。少与孙策为友，后助策在江东创立孙氏政权。策死，与张昭同辅孙权，任职为大都督。建安十三年（208），曹操率军南下，他和鲁肃坚决主战，并亲率吴军大破曹兵于赤壁。后病死。"大帝"，即孙权。黄龙元年（229）称帝于武昌（今湖北鄂州），国号吴。旋即迁都建业（今江苏南京）。孙权去世后，谥号大皇帝。俗称吴大帝。"骨肉"，比喻紧密相连、不可分割的关系。《三国演义》第四十五回写周瑜曾说："大丈夫处世，遇知己之主，外托君臣之义，内结骨肉之恩，言必行，计必从，祸福共之。"上联点明周瑜同孙权非同寻常的"君臣"关系。"夫婿"，丈夫。《三国志·吴书·周瑜传》："孙策欲取荆州，时得乔公二女，皆国色也。策自纳大乔，瑜纳小乔。"宋苏轼《念奴娇·赤壁怀古》："遥想公瑾当年，小乔初嫁了，雄姿英发。"下联以"小乔夫婿"指称周瑜，赞其为东吴名将，一代英雄。清梁恭辰《楹联四话》卷二录有"堪称鼎足"之三联，一曰："姻娅君臣专阃外；夫妻人物冠江东。"二曰："小乔得婿称为快；名将为郎古孰争。"三曰："青春南国乔初嫁；赤壁东风亮助成。"作者的《巧对续录》卷下也录有一联云："曹孟德横槊江上，温太真击楫中流，同一义勇；韩平原定议伐金，周公瑾力排降魏，各自英雄。"

七步诗成名盖世
千年冢陷骨闻香

——山东聊城东阿子建墓联　　佚　名

曹植，字子建，曹操第三子，曹丕弟。才学高旷，曾受父亲宠爱，一度欲立为太子，后遭猜忌，封东阿王，又徙封陈王。郁郁而死。谥思，世称陈思王。曹植生前常登鱼山游览咏怀，死后其子遵嘱归葬鱼山。后人建祠立碑以祭。清王士禛《陈思王墓下作》："昔诵君王赋，微波感洛神。今过埋玉地，重忆建安人。名岂齐公干，谗宁杀灌均。可怜才八斗，终古绝音尘。""七步诗"，南朝宋刘义庆《世说新语·文学》："文帝（曹丕）尝令东阿王七步中作诗，不成者行大法。应声便为诗曰：'煮豆持作羹，漉菽以为汁。萁在釜下燃，豆在釜中泣。本是同根生，相煎何太急！'"后以"七步""七步成诗"形容才思敏捷。"冢陷"，字面意为坟墓塌陷，暗寓遭诬陷而亡。"骨"，遗骨。也用以喻人的品性或诗文的气势。联中二者皆有，以"盖世"赞其才名，用"闻香"誉其风骨，由衷表达对一代才子的同情与怀念，自是感人至深。誉赞曹植的联还有："圣代三升论秀；家风八斗量才。"

灵爽永护江原父老
忠魂犹壮蜀国山河

　　——四川大邑子龙庙联　　佚　名

　　赵云，字子龙，三国常山真定（今河北正定南）人。初从公孙瓒，后归刘备。曹操取荆州，刘备败于当阳长坂，他力战救护甘夫人和刘备子刘禅。刘备得益州，任为翊军将军，从取汉中。去世后葬大邑县城东郊银屏山麓。清乾隆四年（1739）所立"汉顺平侯赵公子龙墓"石碑犹存，庙亦始建于乾隆年间。《三国演义》第九十七回有诗赞曰："常山有虎将，智勇匹关张。汉水功勋在，当阳姓字彰。两番扶幼主，一念答先皇。青史书忠烈，应流百世芳。""灵爽"，神灵，精气。晋袁宏《后汉纪·献帝纪三》："朕遭艰难，越在西都，感唯宗庙灵爽，何日不叹。"此指赵云。"江原"，即"江源"。古人以为长江发源于四川岷山，故称四川为江源。联中代指四川。"父老"，本是对老年人的尊称。此处义因"父老乡亲"，泛指平民百姓。"忠魂"，忠烈者的英魂。唐许浑《题卫将军庙》诗："欲奠忠魂何处问，苇花枫叶雨霏霏。"联语虽写其死，读来更念其生，"冲阵扶危主"，"截江夺阿斗"，好个"常山赵子龙，一身都是胆"。祭奠抬眼见"灵爽"，缅怀俯首赞"忠魂"。此间另有联，一云："壮绩震河山，名垂丞相祠堂外；余威披草木，人拜将军墓道旁。"二曰："以此一身胆，曾当百万兵，千秋草木馀生气；奠公数杯酒，试问三分国，几个英雄得寿终。"

真儒者不徒文章名世
大丈夫当以马革裹尸
　　——四川德阳庞统祠联　　　佚　名

　　在《三国演义》第四十三回中，诸葛亮就"儒有君子小人之别"而发表看法："君子之儒，忠君爱国，守正恶邪，务使泽及当时，名留后世。若失小人之儒，唯务雕虫，专工翰墨，青春作赋，皓首穷经；笔下虽有千言，胸中实无一策。且如扬雄以文章名世，而屈身事莽，不免投阁而死，此所谓小人之儒也。"上联即用诸葛亮所论之意，赞庞统不是单以"文章名世"的"小人之儒"，而是功在社稷、名显于世的"君子之儒"，也即"真儒者"。"马革裹尸"，《后汉书·马援传》："男儿要当死于边野，以马革裹尸还葬耳，何能卧床上在儿女子手中邪？"谓英勇作战，献身疆场。下联赞庞统是名副其实的"马革裹尸"的"大丈夫"。《三国演义》第六十三回写庞统因与刘备换马而遭伏兵乱箭射死，书中有诗叹曰："谁知天狗流星坠，不使将军衣锦归。"据史料记载，庞统并不是死在落凤坡，而是在广汉城外。"白马替主"的故事也属艺术编排。但就庞统为辅助蜀汉而屡献良策、舍身捐躯而言，称之为"真儒者""大丈夫"是恰如其分的。联语亦借此表达了钦仰和怀念之情。

正统千秋，当有紫阳纲目
托孤数语，常留白帝城头
——重庆奉节白帝城联　　佚　名

　　白帝城在重庆奉节白帝镇，东汉初公孙述始筑，以见"井中有白龙出"而自号白帝，城也以此为名。三国时期，蜀先主刘备举兵伐吴，兵败退居此城，传临终时在永安宫托孤于诸葛亮。后人建祠纪念，明良殿有刘备、诸葛亮等人塑像。"紫阳"，宋代理学家朱熹的别号。"纲目"，指朱熹所著《通鉴纲目》。北宋苏轼、欧阳修等皆以曹魏为"正统"，直至朱熹《通鉴纲目》才以蜀汉为"正统"。上联即写此事，以"千秋"二字颂赞刘备的功业永垂不朽。"托孤数语"，《三国志·蜀书·诸葛亮传》载，刘备临终对诸葛亮说："若嗣子可辅，辅之；如其不才，君可自取。"又谓刘禅曰："汝与丞相从事，事之如父。"《三国演义》第八十五回也有描述。下联写刘备感人至深的"托孤数语"，不仅"常留白帝城头"，也常留世人心头，表达了对刘备的誉赞和怀念。此间还有联，一曰："兴刘义烈著千秋，到底祚延两汉；建业雄心归一统，休题数定三分。"二曰："万国衣冠拜冕旒，僭号称尊，岂容公孙跃马；三分割据纡筹策，托孤寄命，赖有诸葛卧龙。"所云"公孙"，指公孙述，新莽时起兵，据益州称帝。联用"岂容"二字，表明汉室不可由异姓所僭越的正统思想。

沥胆披肝，六经以来二表

托孤寄命，三代而后一人

　　　——陕西岐山五丈原武侯祠联　　　佚　名

　　五丈原，古地名。在今陕西岐山南斜谷口西侧。诸葛亮伐魏，病卒于此。
元初始建武侯祠，明清不断扩建，遂成今日规模。宋代爱国名将岳飞手书前
后《出师表》石刻甚为珍贵。"沥胆披肝"，比喻竭尽忠诚。"六经"，指
《诗》《书》《礼》《乐》《易》《春秋》六部儒家经典。古代大臣向君主陈
述事理所写文章称为"表"。"二表"即诸葛亮所写前后《出师表》。上联对
诸葛亮披肝沥胆忠于王事的高风亮节予以颂赞，并对其所写"二表"给出极高
的评价。"托孤寄命"，以遗孤和重任相托。《三国志·蜀书·诸葛亮传》写
刘备将"嗣子"刘禅托付诸葛亮后，诸葛亮涕泣曰："臣敢竭股肱之力，效忠
贞之节，继之以死。"下联结合诸葛亮在五丈原"死而后已"的事实，褒赞其
受"托孤寄命"之嘱而鞠躬尽瘁之忠贞，堪称夏商周"三代"以来的第一人。
联语无浮泛之述，有重点之评，无拖沓之语，有简洁之议，甚得要领，堪称妙
笔。此间还有联云："此老不工画，不善书，不精杂诗，压倒蜀吴魏中几多伪
士；其人可托孤，可寄命，可临大节，算来夏商周后一个纯臣。"

成大事以小心，一生谨慎

仰流风于遗像，万古清高

——广西灵川武侯祠联　　佚　名

　　此联见清梁章钜《楹联丛话》卷三。"谨慎"，言行慎重小心，以免发生有害或不幸的事情。诸葛亮《前出师表》："先帝知臣谨慎，故临崩寄臣以大事也。"另《宋史·吕端传》："时吕蒙正为相，太宗欲相端。或曰：'端为人糊涂。'太宗曰：'端小事糊涂，大事不糊涂。'决意相之。"故后人有联语曰："诸葛一生唯谨慎；吕端大事不糊涂。"上联肯定诸葛亮的"一生谨慎"，指出这是其之所以能够建功立业的重要原因之一。下联用唐杜甫《咏怀古迹五首》之五"诸葛大名垂宇宙，宗臣遗像肃清高。三分割据纡筹策，万古云霄一羽毛"诗意，表达拜祭遗像时肃然起敬的仰慕之情。此联简洁明快，概括精当，得以广泛流传，见于多处武侯祠中。冯玉祥将军曾为成都武侯祠题书此联。此间另有一联云："梁父吟成高士志；出师表见老臣心。"

闭月羞花，堪为巾帼骄傲

忍辱步险，实令须眉仰止

　　　　——山西忻州木芝村貂蝉陵园联　　　佚　名

　　忻州木芝村是传说中貂蝉的故里。当地人称她姓任，名红昌。入宫后掌管貂蝉冠，遂以"貂蝉"为名。在司徒王允"巧使连环计"中，作为义女的貂蝉扮演重要角色，最终促成吕布杀掉董卓。《三国演义》第八回有诗云："一点樱桃启绛唇，两行碎玉喷阳春。丁香舌吐衡钢剑，要斩奸邪乱国臣。"貂蝉也由此成了家喻户晓的传奇女子。"闭月羞花"，月亮见了躲藏起来，花儿看了自感羞惭。形容女子貌美。貂蝉是中国古代四大美女之一，传说就因其貌美，故里的桃杏树都羞于开花。"巾帼"，巾和帼是古代妇女戴的头巾和发饰，借指妇女。"忍辱步险"，忍受屈辱，经历危险。有诗称貂蝉"不惜万金躯，何惧险象生"。"须眉"，指男子。联语将弱女情怀与汉祚国运联结在一起，既写貂蝉貌美，更赞其除奸有功，故令妇女感到自豪，也使男子钦仰敬佩。委婉巧妙，意象生动，读来温婉传奇，颇多回味。

心在朝廷，原无论先主后主
名遍天下，何必辨襄阳南阳

——河南南阳武侯祠联　　顾嘉蘅

　　诸葛亮当年究竟在何处隐居，河南南阳和湖北襄阳为此争论不休。清朝咸丰年间，襄阳籍的顾嘉蘅出任南阳知府。地方人士请他承认卧龙岗是诸葛亮在《前出师表》中所说的"躬耕"之地。他颇感为难，后来精心写出这副极富理趣的佳联。"先主"，指刘备。"后主"，即刘备之子刘禅。为报先帝"三顾臣于草庐"的知遇之恩，诸葛亮"心在（蜀汉）朝廷"，并用毕生的精力辅佐二主，直至鞠躬尽瘁，死而后已。上联盛赞诸葛亮的崇高精神及杰出贡献；下联就诸葛亮"躬耕于南阳"的结庐之地究竟在何处的争论，阐明自己的观点。从更高层次上指出诸葛亮是"名满天下"的贤臣良相，为华夏儿女、炎黄子孙的共同骄傲，没有必要争辩其当初究竟住在何处。此联高屋建瓴，从大处着眼，总揽全局，借赞诸葛亮之忠心和盛名而平息争辩，实属立意新颖别致，构思独具匠心。作者另有联云："将相本全才，陈寿何人，也评论先生长短；帝王谁正统，文公特笔，为表明当日孤忠。"此间还有多联，一曰："自来垂名宇宙，布衣有几；能使山川增色，陋室何妨？"二曰："纵论三分天下，审势画策佐先主；长怀一统江山，辅国连治启后人。"三曰："羽扇任逍遥，试看抱膝长吟，高卧尚留名士隐；井庐空眷念，可惜鞠躬尽瘁，归耕未慰老臣心。"四曰："立品于莘野渭滨之间，表读出师，两朝勋业惊司马；结庐在紫峰白水以侧，曲吟梁父，千载风云起卧龙。"五曰："取二川，排八阵，六出七擒，五丈原明灯四十九盏，一心只为酬三顾；平西蜀，定南蛮，东和北拒，中军帐变卦土木金爻，水面偏能用火攻。"

使君乃天下英雄，谊同骨肉
寿侯为人中神圣，美并勋名
　　——河北涿州张飞庙联　　方维甸

　　方维甸，字南耦，号葆岩，清安徽桐城人。乾隆四十六年（1781）进士，官至闽浙总督。张飞"世居涿郡，颇有庄田，卖酒屠猪，专好结交天下豪杰"。后与刘备、关羽"桃园三结义"，精诚团结，共扶汉室。以雄壮威猛，与关羽同称"万人敌"。"使君"，汉时为刺使之称。此指刘备，曾为豫州刺使。《三国演义》第二十一回写曹操手指玄德，复自指曰："今天下英雄，唯使君与操耳。""寿侯"，指关羽，曾有"汉寿亭侯"封号。作者借此在上联中突出刘备，下联中强调关羽，妙在巧用"同""并"二字，变成了明写刘备、关羽，实写祠主张飞：与"使君"刘备比肩，也"乃天下英雄"；和"寿侯"关羽并名，亦"为人中神圣"。这样的衬托推理是令人信服的。兼之"骨肉""勋名"之语，又寓三人之"桃园结义"和扶汉建功。可谓写法独特，别开生面，含蓄隽永，引人入胜。此间另有联云："井里犹存，一旅旌旗先翊汉；楼桑未远，千秋魂魄尚依刘。"

扶帝烛曹奸，所见在荀彧上
侍吴亲汉胄，此心与吴侯同
————湖南岳阳鲁肃墓联　　佚　名

　　鲁肃，字子敬，临淮东城（今安徽定远东南）人。三国吴蜀名将，初率部属百余人从周瑜到江南，后为孙权所敬重。建安十三年（208）曹操率军南下，严重威胁孙氏政权，他与周瑜坚决主战，并建议联结刘备共拒曹操。孙权采其建议，任为赞军校尉，助周瑜大破曹军于赤壁。周瑜死后，任奋武校尉，代领其军，继为横江将军，与刘备力修和好关系。去世后，吴、蜀皆为举哀。"扶帝"，辅佐吴帝孙权。"烛"，照耀。引申指察见。"曹奸"，奸雄曹操的阴谋诡计。"所见"，犹见解，意见。"荀彧"，曹操的重要谋士。建安元年（196）提出迎汉献帝到许昌立都的建议，此举使曹操取得有利的政治形势。不久，任尚书令，参与军国大事。后以反对曹操称魏公，为操所不满，不久病死。一说被迫自杀。上联以鲁肃辅佐孙权、协助周瑜赢得赤壁之战的胜利为证，指出其智慧谋略要在荀彧之上。"亲"，亲近。"胄"指帝王或贵族的后裔。"汉胄"指刘备。其为东汉远支皇族，有"皇叔"之称。下联以鲁肃始终坚持吴蜀联合、共同抗曹的战略思想为例，指出在这点上是同诸葛亮一致的。联语文字虽简，题旨却明，通过对比联系，尽写鲁肃功德，实属构思巧妙，立意高远。此间另有一联云："三讨荆州，已累先生频敝舌；两呈荐表，应推都督最知心。"湖北汉阳鲁肃墓联为："联蜀拒曹，乃公一生学问；舍奸去诈，则吾十年用心。"

室护风云，与丞相祠堂并峙

山排旗鼓，看将军壁垒常新

——四川绵阳凤凰山蒋琬墓联　　吕　超

　　吕超，字汉群，祖籍湖南，入籍四川宜宾。曾为国民党中央监委，参与策动四川军队起义。新中国成立后，任西南军政委员会委员。民国八年（1919）题写此联。蒋琬，字公琰，三国零陵湘乡（今属湖南）人。弱冠知名。初随刘备入蜀，刘禅建兴中，诸葛亮驻汉中，以为丞相长史，统理府事，常足食足兵以相供。亮卒，代亮执政，为大将军，录尚书事。为政有诸葛亮遗风，明察善断，循法治国，故群臣悦服，乐于效命。延熙初屯军汉中，加大司马，卒谥恭。有诗赞曰："武侯之亚有恭侯，千古英名壮益州。""风云"，比喻雄韬大略或高情远志。"丞相"，指诸葛亮。"并峙"，一道耸立。"旗鼓"，旗与鼓，古代军中指挥战斗的用具。唐皇甫冉《送客》诗："旗鼓军威重，关山客路赊。""壁垒"，军营的围墙，作为进攻或退守的工事。《六韬·王翼》："修沟堑，治壁垒，以备守御。"上联肯定墓主是可同诸葛亮相提并论的有功于蜀汉的一代名臣。下联以"壁垒常新"表明蒋琬对后世的影响，借抒发怀念和敬重之情，表达期盼天下一统之意。可谓吊古怀今，余韵不尽。湖南湘乡蒋琬祠也有联云："蜀中曾继如龙相；湖上今传伏虎名。"

芳草萋萋，孤冢西望已陈迹

洪涛滚滚，大江东去有新声

——湖北武汉鹦鹉洲祢衡墓联　　佚　名

　　祢衡，字正平，汉末文学家。少有才辩，长于笔札，性刚傲物。曹操欲见之，称病不往。操乃召为鼓史，大会宾客，欲当众侮衡，反被衡所辱。操怒，遣送荆州刘表。复不合，转送江夏太守黄祖，被祖所杀。作有《鹦鹉赋》，借以抒写才智之士生于乱世的不幸遭遇，辞气慷慨，为咏物小赋中的优秀之作。《三国演义》第二十三回有诗叹曰："黄祖才非长者俦，祢衡丧首此江头。今来鹦鹉洲边过，唯有无情碧水流。"上联摘用唐崔颢名作《黄鹤楼》中"芳草萋萋鹦鹉洲"的前四字，指代鹦鹉洲。接下来称祢衡的孤坟已变成历史的"陈迹"。下联又选用宋苏轼《念奴娇·赤壁怀古》词中"大江东去，浪淘尽、千古风流人物"句意，表明联语作者在凭吊遗迹、缅怀古人之时，不是发思古之幽情，而是生励今之豪情，愿历史的悲剧不再重演，让时代的"新声"鼓舞奋进。联语的可贵之处即在于此。此间另有联一云："郁满腔壮采奇情，挝鼓裸衣，早目空老奸曹瞒，俗物黄祖；剩几辈词人墨客，访碑谒墓，犹指点洲前芳草，江上斜阳。"联二曰："挝鼓想豪雄，问他展墓何人，都知小儿是杨，大儿是孔；鹦鹉惊手笔，阅尽成名竖子，怕说坐者为冢，卧者为尸。"

高唱大江，谁把黄金铸铜雀
方迁乔木，忍抛红豆打流莺

  ——湖南岳阳大乔墓联 佚　名

  大乔，三国东吴孙策的夫人。"铜雀"，指铜雀台。在今河北临漳县古邺城西北隅，汉末建安十五年（210）冬曹操所建，顶置所铸铜雀，故名。《三国演义》第四十八回写曹操大笑曰："吾今新构铜雀台于漳水之上，如得江南，当娶二乔置之台上，以娱暮年，吾愿足矣！"唐杜牧《赤壁》诗："折戟沉沙铁未销，自将磨洗认前朝。东风不与周郎便，铜雀春深锁二乔。"上联写铜雀之铸欲锁二乔，东吴为护尊严决意抗曹。"乔木"，形容故国或故里的典实。语出《孟子·梁惠王下》。"红豆"，唐王维《相思》诗："红豆生南国，春来发几枝。愿君多采撷，此物最相思。"文学作品中常用以象征爱情或相思。"流莺"，本指莺之鸣声婉转。此处则用流动义。下联写别离故土葬身异地，"忍抛"二字饱含相思悲情。联语构思巧妙，联想丰富，尤以鸢肩格嵌"大乔"二字，更见匠心。

姊妹花残，青草湖边双断雁

佩环月冷，紫藤墙外有啼鹃

——湖南岳阳小乔墓联　　佚　名

　　"姊妹"，指大乔、小乔姐妹。清杨铸《二乔村曲》："每从青史思明眸，江东僚婿偏风流。伯符公瑾作佳偶，英雄国色皆千秋。""花残"，花凋零残败。比喻错过了美好时光。"断雁"，孤雁，失群的雁。隋薛道衡《出塞》诗之二："寒夜哀笛曲，霜天断雁声。""佩环"，玉佩。唐常建《古意》诗之三："窈寐见神女，金沙鸣佩环。"亦借以指女子。清赵翼《题琼花观图长卷》诗："月下佩环招不得，卷中人可崔徽识。""月冷"，即冷月。月光给人以清冷之感，故称。《红楼梦》第七十六回："寒塘渡鹤影，冷月葬诗魂。""紫藤"，蔓生木本，茎缠绕他物，花紫色蝶形，可供观赏。唐李白《紫藤树》诗："紫藤挂云木，花蔓宜阳春。密叶隐歌鸟，香风留美人。""啼鹃"，犹"鹃啼"。相传杜鹃鸟啼声凄苦。用以形容人的思念之苦或悲怨之深。元王元鼎《雁传书》套曲："鹃啼春思月中魂，花迷蝶梦窗前影。"联语寓情于物，借喻抒怀，将二乔姐妹过早失去夫君的不幸表达得淋漓尽致，读来尤觉凄切，深表同情。小乔墓联兼及大乔的还有："铜雀有遗悲，豪杰功随三国没；紫鹃无限恨，潇湘月冷二乔魂。"

巾帼遗羞，当年尝怕诸葛计
帻头出字，今日方知司马灵
　　　——福建漳州司马懿祠联　　黄道周

　　司马懿，字仲达，三国河内温县（今属河南）人。初为曹操主簿，多谋略，善权变。后任太子中庶子，为曹丕所信重。魏明帝时任大将军，多次率军对抗诸葛亮。曹芳即位，他和皇族曹爽受遗诏辅政。嘉平元年（249）杀曹爽，专国政。其孙司马炎代魏称帝建晋，追尊为宣帝。黄道周是明末反清的著名学者，后为清兵所俘被杀。相传他见家乡有人借为司马懿修祠而谋卜卦算命之财时，特意撰书此联。"巾帼"，指妇女。"遗羞"，谓留下耻辱。唐卢肇《海潮赋》："是以纳人于聋昧，遗羞于后代。"上联所写见《三国演义》第一百零三回，"孔明以巾帼女衣辱司马懿，懿受之不战"。"帻头"，古代男子用的一种头饰。此处指祠内所置仿司马懿所戴头饰雕刻的签筒。"出字"，表面指从签筒中可摇出带有卦辞的卦签。实际用旧时称女子出嫁为"字"之义予以嘲讽。故下联所言"司马灵"之"灵"亦为谐谑之语。据民间传说，黄道周还对前来求签的善男信女们说："司马懿论忠不如关公，论智不如孔明，怎配受人间香火供果。"祠由此日渐衰败。民间另有联写司马懿："难胜诸葛，忍看红妆作妇孺；轻瞒魏主，乔装残喘扮危人。"

造物忌多才，龙凤岂容归一室

先生如不死，江山未必许三分

——四川德阳庞统祠联　　佚　名

　　《三国演义》第三十五回写水镜先生对刘备说："伏龙、凤雏两人得一，可安天下。"同书第五十七回又写刘备见诸葛亮荐庞统之书："庞士元非百里之才，使处治中别驾之任，始当展其骥足。如以貌取之，恐负所学，终为他人所用，实可惜也。"刘备高兴曰："昔司马德操（即水镜先生）言：'伏龙、凤雏两人得一，可安天下。'今吾二人皆得，汉室可兴矣！"遂拜庞统为副军师中郎将，与孔明共赞方略。"造物"，特指创造万物的神。《庄子·大宗师》："伟哉，夫造物者将以予为此拘拘也。""忌"，妒忌；不喜欢。上联将庞统之死解释为因"造物"之"忌"，不愿意让才华出众的伏龙凤雏都归于"一主"刘备。接着下联又沿"二人皆得，汉室可兴"之说，称庞统如果没有被乱箭射死，"江山未必许三分"，即很可能"汉室可兴成一统"了。同书第六十三回又引童谣云："一凤并一龙，相将到蜀中。才到半路里，凤死落坡东。"联语将庞统之死及蜀汉未成一统，均归于"造物"的安排，虽属宿命的观点，但也是无奈的诠释，充分表达的还是对庞统"多才"的誉赞，以及遭"忌"早逝的痛惜。潜心笔墨，独特构思，诚为佳作。

雄猛让一人，武善提戈文握管
精英传万世，唐曾显姓宋留名
　　　——重庆云阳张桓侯庙联　　吴　镇

　　吴镇，字信辰，号松崖，清甘肃临洮人。乾隆十五年（1750）举人，曾官湖南沅州知府。晚年主讲兰山书院。"张桓侯"，即张飞，卒谥桓侯。"雄猛"，强悍勇猛。《三国演义》第四十二回有诗云："长坂桥头杀气生，横枪立马眼圆睁。一声好似轰雷震，独退曹家百万兵。""让一人"，指谦让其二哥关羽。《齐书·文惠太子传》："齐桓厉生拳勇独出，时人以比关羽张飞。"清赵翼《二十二史札记》："汉以后称勇者必推关张。""提戈"，持戈矛为兵器。"握管"，执笔。谓书写或作文。据《四川总志》载，张飞书法功力过人，有《刁斗铭》甚工，又书《立马铭》刻于石壁。有诗赞曰："江上祠堂横剑佩；人间刁斗重银钩。"上联对张飞勇猛刚烈的性格和文武双全的才华表示敬佩与颂赞。"精英"，喻指最精粹、最美好的。民间流传唐宋名将张巡、岳飞皆为张飞后身，一"显姓"同为"张"，一"留名"皆是"飞"，均属"传万世"之"精英"。下联即用此传说，虽有迷信色彩，但从另一方面反映了人民群众对张飞及其他英雄的爱戴与颂扬。如此"握管"，尽"显"别致，亦"留"佳话。提及《刁斗铭》的还有两副联，联一曰："过涪陵见刁斗铭，义释严颜乃其余事；与昭烈有桑梓谊，同扶汉祚告厥成功。"《三国演义》第六十三回有诗赞张飞云："生获严颜勇绝伦，唯凭义气服军民。至今庙貌留巴蜀，社酒鸡豚日日春。"联二曰："以汉帝为兄，以武圣为兄，只徒马尾系树枝，谋而有勇；或断桥退贼，或擒将退贼，谁信蝇头提刁斗，武亦能文。"

顾曲有闲情，不碍破曹真事业

饮醇原雅量，偏嫌生亮并英雄

——湖南岳阳周瑜墓联　　佚　名

　　"顾曲"，操琴奏乐。指通晓或爱好音乐戏曲。《三国志·吴书·周瑜传》："瑜少精意于音乐，虽三爵之后，其有阙误，瑜必知之，知之必顾，故时人谣曰：'曲有误，周郎顾。'""闲情"，闲适安逸的兴致情趣。上联写周瑜虽然有诸多爱好及闲情逸致，但这并不妨碍他"破曹真事业"，赤壁大战的胜利就充分证明了这点。根据《三国志·吴书·周瑜传》记载："唯与程普不睦"。裴松之注引晋虞溥《江表传》："普颇以年长，数陵侮瑜。瑜折节容下，终不与校。普后自敬服而亲重之，乃告人曰：'与周公瑾交，若饮醇醪，不觉自醉。'"后遂以"饮醇"指受到宽厚对待而心悦诚服。"雅量"，称人善饮。借指宽宏的度量。"偏嫌生亮"，《三国演义》第五十七回写周瑜仰天长叹曰："既生瑜，何生亮！"连叫数声而亡。又有诗云："苍天既已生公瑾，尘世何须出孔明？"下联以周瑜妥善处理与老将程普的关系为例，证明他原本有"雅量"气度，却偏偏容不得诸葛亮，数次设计谋害未遂，反遭对方"三气"而亡。上下联皆由看似矛盾实则统一之事写来，表明周瑜文武双全，才会"闲情"而"不碍"；忠于吴主，故有"雅量"却"偏嫌"。雅正切题，运棹自如，发人深思，自是不同凡响。另有一联虽起句写曹操，却落笔在周瑜，句为："横槊赋诗，乌鹊南飞无魏地；当歌对酒，大江东去有周郎。"小乔墓联也有提及周瑜"顾曲"的，联一云："拂弦顾曲话周郎，竟能赤壁鏖兵，恨销铜雀；同穴湘山羡妃子，抚此东吴抔土，望断秭归。"所言"妃子"指岳阳君山湘妃。联二云："夫婿是英雄，虽香闺妙解，谈兵筹策，无须内助；名姝隆际遇，喜良人才高，顾曲唱和，别有知音。"

五戏转灵枢，道本皇轩仙位业
四轮消劫运，功参帝释佛菩提

——安徽亳州华佗庵联　　佚　名

　　华佗是东汉沛国谯（今安徽亳州）人，著名医学家。精内、外、妇、儿、针灸各科，尤擅长外科。后因不从曹操征召被杀。"五戏"，即五禽戏。以模仿虎、鹿、熊、猿、鸟的动作和姿态进行肢体活动，增强体质，防治疾病。"灵枢"，灵巧之机枢。《后汉书·华佗传》："血脉流通，病不得生，譬如户枢，终不朽也。""本"，依据；探究。"皇轩"，传说中黄帝轩辕氏的别称。现存《黄帝内经》为我国最早的医学著作。"位业"，名位与功业。上联赞华佗之医"道"，称其在继承传统医学的基础上，大胆革新，取得了良效，赢得了美誉。"四轮"，佛教语。指风、水、金、空四轮。"劫运"，灾难；厄运。"参"，并立。"帝释"，亦称"帝释天"。佛教护法神之一。"菩提"，佛教名词。指觉悟的智慧和途径。下联颂华佗之医"功"，称其为患者消灾去难，有如释佛菩萨，功德无量。清嘉庆二年（1797）安徽巡抚朱珪所题"燮理通微"之匾，可视为此联之横额，指协和治理，洞察细微。此间还多有联语，一曰："未劈曹颅千古恨；曾医关臂一军惊。"二曰："岐黄以外无仁术；汉晋之间有异书。"三曰："活人功盖三分国；寿世方传十卷书。"四曰："汉献之时恨未医国；神农而后赖有传人。"五曰："橐龠无传，一卷伤心狱吏火；户枢不朽，片言终古活人方。"六曰："大儒以胞与为怀，小数得名，仅此术耳；汉室有腹心之患，神针莫救，岂非天哉！"

灵素阐真诠，断胃湔肠呈异术

岐黄宣妙蕴，解头理脑媲神功

　　——甘肃兰州华佗庙联　　　林则徐

　　林则徐，字少穆，清福建侯官（今福州）人。嘉庆十六年（1811）进士，曾任湖广总督、两广总督等职，为爱国主义思想家、民族英雄。道光二十二年（1842）赴戍伊犁，途经兰州，应邀为华佗庙撰写此联。"灵素"，指古代著名医书《灵枢》和《素问》，二书合称《内经》，为我国现存最早的一部重要医学文献。"真诠"，犹"真谛"，谓最真实的意义或道理。"断胃湔肠"，指华佗对"肠胃积聚"等病创用麻沸散麻醉后施行手术。"异术"，特别的技艺。"岐黄"，岐伯与黄帝，一为古代著名医家，一为中原民族祖先。《内经》是他们讨论医学的著作，后世因以"岐黄之术"代指中医学。"妙蕴"，精妙深奥的义理。"解头理脑"，即开颅术。《三国演义》第七十八回写曹操头脑疼痛，华佗说："先饮麻沸汤，然后用利斧砍开脑袋，取出风涎，方可除根。"曹操以其欲杀害自己而急令追拷，致使华佗死于狱中。"媲"：媲美；匹敌。"神功"，神奇的功力。此联以真挚的深情和浓重的笔墨，讴歌赞誉华佗作为一代名医的"神功"和"异术"，称其是传统医学的继承者，又是新兴医术的开创者。作者深知"为情造文"的意旨，抓住典型事例对人物予以评说，实事求是，中肯公允，感人至深。

当蜀吴魏之交，扰攘一时能择主
附刘关张而后，偏裨千古竟传名
　　　——广西荔浦周仓庙联　　　余应松

　　余应松，字小霞，清广西人。嘉庆进士，历任广西三防塘主簿、大滩司巡检、桂州通判。周仓其名不见于史传，而是《三国演义》所塑造的人物。书中对周仓着墨不多，却给人留下较深的印象。这不仅因他忠厚善良，勇猛无畏，更得益于他对关羽"执鞭随镫，死也甘心"的至诚精忠。故在关帝庙中，周仓得以关羽的贴身随从配祀。"扰攘"，混乱，不太平。"择主"，《三国演义》第三回："良禽择木而栖，贤臣择主而事。"指慎重选择正确的主人。书中写周仓不愿"啸聚山林"，而愿"将军不弃，收为步卒"。"偏裨"，偏将，裨将。将佐的通称。唐王维《陇头吟》："身经大小百余战，麾下偏裨万户侯。"联语紧紧围绕周仓因"一时能择主"的正确决定，从而赢得"千古竟传名"的荣耀来写，言之有据，言之有理，言之有情。清毛宗岗在《三国演义》第二十八回关羽收周仓的总批中写道："夫使仓而不与公遇，不过绿林一豪客耳。今日立庙绘像，仓得捧大刀立于公之侧，意附公以并垂不朽，可见人贵图改，士贵择主。"所言极是，有助于对此联的理解。湖北麦城遗址纪念地也有联写周仓，句为："心怀辅弼志，义慕关公，执鞭随镫，驰骋疆场尽忠瘁；身有万夫雄，水擒庞德，破浪乘风，殉难麦城遗长哀。"

铁面铁心铁头颅，千古这一条铁汉
金马金戈金锁甲，三分有几座金汤
　　——重庆云阳张桓侯庙联　　陈钟祥

　　陈钟祥，字息帆，号亭亭山人，清浙江山阴（今绍兴）人。道光年间举人，曾官河北赵州知府。"铁面"，指脸黑。喻指刚直无私。"铁心"，形容坚贞的品格和志向。引申为坚定不移。"铁头颅"，坚毅勇武铁人之头颅。"铁汉"，指坚强不屈的男子。上联连用四个"铁"字，突出张飞这一"千古"为人颂赞的"铁汉"形象，感人至深。"金马"，实为"铁马"。因上联已用"铁"字，改作"金"以对。与"金戈"合为"金戈铁马"，形容威武雄壮的军旅兵马。"金锁甲"，以金线连缀甲片而成的精细锁子甲。《三国演义》第八十三回赞黄忠的诗有句为："重披金锁甲，双挽铁胎弓。""金汤"，指金城汤池。即用金属建造之城，护城河有沸水流淌。形容城池险固。赵朴初《杂诗》之一："万里长城万里长，长城万里耀金汤。"下联连用四个"金"字，极力渲染"虎将"张飞的勇猛威武，由衷称颂其固守"金汤"的卓越之功。尤以"金"与"铁"相对，可谓珠联璧合，相映生辉。读之如见雷电之光，似闻霹雳之声。此间另外有几幅联，一曰："徒令上将挥神笔；长使英雄泪满襟。"二曰："春雨楼台，无限蓓花悲帝子；秋风剑阁，有人洒泪吊将军。"三曰："君知刘豫州乎，似说生能助臂；身是张翼德也，可怜死不归元。"四曰："慕汉宋两完人，文章绝世，书法绝世；称巴蜀一胜境，琵琶有声，铜锣有声。"所言"两完人"，指有"文章"《出师表》传世的诸葛亮，以及用草书"书法"将其写出的岳飞。刻石存于庙内。"琵琶""铜锣"为地名。

能攻心则反侧自消，从古知兵非好战

不审势即宽严皆误，后来治蜀要深思

——四川成都武侯祠联　　赵　藩

赵藩，字樾邨，号蝯仙，清云南剑川人。光绪元年（1875）举人，官川南道按察使。此联撰于光绪二十八年（1902）。当时四川巡抚岑春煊残酷镇压农民起义，致使民怨沸腾，危机四伏。赵藩曾是岑巡抚的启蒙老师，出于对局势的忧虑和关注，借用联语评议诸葛亮，希望对"后来治蜀"者有所触动。"攻心"，谓从精神上或心理上瓦解对方，使之动摇。"反侧"，反复无常，亦用指心怀异志，不愿顺从。诸葛亮治蜀期间，制定了"攻心为上，攻城为下，心战为上，兵战为下"的原则，曾七擒七纵彝族头领孟获，使其"反侧自消"，叹曰："公，天威也，南人不复反矣！""审势"，审察时机，忖度形势。宋苏洵《审势》："势有强弱，圣人审其势，而应之以权。"联语在肯定"攻心"战术的同时，也对诸葛亮执法谨严、审时度势、实事求是、宽严结合的施政方针予以好评，明确指出，若"不审势"，无论"宽严皆误"。此联客观地总结了诸葛亮治理政务的经验，揭示了正反、宽严、和战等诸多矛盾的辩证统一关系，不仅用语简洁凝练，称颂得当，而且针砭时政，发人深思。作者还书清陈矩集苏轼、朱熹句联云："文章与伊训说命相表里；经济自清心寡欲中得来。"《伊训》《说命》为《尚书》两篇名。此间还有多联，一曰："望重南阳，想当年羽扇纶巾，忠贞扶汉季；泽周西蜀，爱此地浣花濯锦，香火拥灵祠。"二曰："地有千秋，南来寻丞相祠堂，一样大名垂宇宙；桥通万里，东去襄阳问耆旧，几人相忆在江楼？"三曰："勤王事大好儿孙，三世忠贞，史笔犹褒陈庶子；出师表惊人文字，千秋涕泪，墨痕同溅岳将军。"四曰："心悬八阵图，初对策，再出师，共仰神明传将略；目击三分鼎，东连吴，北拒魏，常怀谨慎励臣躬。"五曰："一生唯谨慎，七擒南渡，六出北征，何期五丈崩摧，九代志能遵教受；十倍荷褒荣，八阵名成，两川福被，所合四方精锐，三分功定属元勋。"

陇云千里，秦月半轮，好谒名祠瞻虎将
汉桂一枝，蜀醪三盏，还参古墓礼雄魂
　　——陕西勉县马超墓门联　　佚　名

　　马超，字孟起，三国扶风茂陵（今陕西兴平东北）人。凉州豪强马腾子，东汉末随父起兵，为偏将军。建安十六年（211），与韩遂等联手攻曹操，兵败还据凉州。为杨阜所逐奔汉中，归攻益州之刘备。蜀汉立，累迁骠骑将军，领凉州牧。汉中现存的三国文化遗址，以马超墓的历史最为悠久，比诸葛亮的武侯墓还早12年。二者构成了勉县三国文化之旅的重要资源。"陇"，甘肃的别称。又指陇山。"秦"，陕西的别称，也指秦岭。秦岭和陇山并称"秦陇"，泛指今陕西、甘肃之地。勉县在陕西的西南，与甘肃的陇南相邻。"虎将"，勇将的通称。马超为蜀汉"五虎将"之一。上联以"陇云""秦云"也来拜谒"名祠"，瞻顾"虎将"，表明了对葬在"秦陇"之地名将马超的钦仰和尊崇。"汉"，指陕西汉中。"蜀"，指四川成都。"汉""蜀"合称"蜀汉"，指马超等人助刘备所建之功业。"雄魂"，犹"英魂"。多用以对死者的敬称。下联以"汉桂""蜀醪"作为"古墓"祀品，礼祭"雄魂"，表明了对兴建"蜀汉"功勋卓著马超的追思与缅怀。联语用字考究，文辞优雅，借物抒怀，主旨精要，感慨遥深，场景宏大，逐去伤悼之悲，道尽崇仰之情，读来至为感人，诚为佳作。此间还有诸联，一曰："千古英名基事汉；一篇遗疏痛仇曹。"二曰："嚼血盟言，丹心照日月；捐生取义，英灵笑苍穹。"三曰："威震陕北，正气弘扬天汉；武比关张，英雄炳映斗牛。"

雄关高阁壮英风，捧出热心，披开大胆
剩水残山余落日，虚怀远志，空寄当归

　　　　——四川剑阁姜维祠联　　沈寿榕

　　沈寿榕，字郎山，号意文，清浙江海宁人。历官云南盐法道。此联题四川剑阁姜维祠。姜维，字伯约。三国天水冀县（今甘肃甘谷东）人。本魏将，后归蜀，得诸葛亮信重，任为征西将军。亮死，继领其军。后任大将军，屡攻魏无功。魏军攻蜀，他坚守剑阁。刘禅出降，始被迫降于魏将锺会。咸熙元年（264），锺会谋叛魏，他伪与合谋，拟乘机恢复蜀汉，事败被杀。明李贽评《三国志》称："姜维，又一孔明也。"上联据《三国志·蜀书·姜维传》引诸葛亮所说"姜伯约甚敏于军事，既有胆义，深解兵意。此人心存汉室而才兼于人"之语，突出颂赞姜维的"热心"与"大胆"，称其英雄风采永在，有"雄关高阁"可以为证。下联据同书注引孙盛《杂记》所载"初，姜维诣亮，与母相失，复得母书，令求当归。维曰：'良田百顷，不在一亩。但有远志，不在当归也'"之事，以同为中药的"当归""远志"双关语义，指出只因局势已是"剩水残山"、余晖"落日"，故使姜维"虚怀"了复兴蜀汉的"远志"，老母望子"当归"的心愿也成"空寄"。借此对姜维的忠贞扶汉、壮志未酬表示深切的同情。联语笔墨激荡，用词凄婉，情景交融，双关意深，实属难能可贵。此间另有联，一云："忠于侍君怀远志；不遑将母忆当归。"二曰："当归不归，陇上青草游子泪；可死无死，锦江波鉴老臣心。"

碧眼紫髯坐石头，叹天下三分，未成一统

暗香疏影来春信，喜陵前百亩，都放万株

——江苏南京梅花山孙权墓联　　佚　名

孙权墓位于中山门外明孝陵的梅花山。孙权，字仲谋，三国时吴国的建立者，即吴大帝。公元229~252年在位。明孝陵初建时，工程负责人建议将孙权墓移走，太祖朱元璋说："孙权也是一条好汉，留着给我看门吧。"于是孙权墓得以在原地保存下来。1993年，当地政府在梅花山东麓新建了一座孙权故事园，以十二幅颇具气势的浮雕造像，再现了孙权一生的不朽功业。"碧眼紫髯"，指孙权。《三国演义》第二十九回写道："孙权生得方颐大口，碧眼紫髯。昔汉使刘琬入吴，见孙家诸昆仲，因语人曰：'吾遍观孙氏兄弟，虽各才气秀达，然皆禄祚不终。唯仲谋（孙权字）形貌奇伟，骨骼非常，乃大贵之表，又享高寿，众皆不及也。'""石头"，即"石头城"，指南京。《三国志·吴书·吴主传》："建安十六年，权徙治秣陵，明年城石头。"上联写孙权尽管创建吴国并称帝，但也只赢得与魏、蜀"天下三分"的局面，未能实现"一统"的愿望。用一"叹"字表示感慨与遗憾。"暗香疏影"，宋林逋《山园小梅》诗之一："疏影横斜水清浅，暗香浮动月黄昏。"后遂以"暗香疏影"为梅花的代称。"春信"，春天的信息。宋陆游《梅花》诗："春信今年早，江头昨夜寒。"下联以墓建在梅花山可见"百亩""万株"梅花为喻，寓指孙权生前有梅花不畏寒威的意志，去世之后也如梅花的"暗香疏影"被人夸赞，所用"喜"字当有此意。《三国演义》第一百零八回有诗赞孙权："紫髯碧眼号英雄，能使臣僚肯尽忠。二十四年兴大业，龙盘虎踞在江东"湖北洪湖乌林吴王庙也有联云："千秋展奇观，一座宫阙耸楚地；万代存浩气，九域衣冠谒吴王。"

出处媲耕莘，寄命托孤，卓尔卧龙诚国士
忠勤昭伐魏，大星遽陨，咄哉司马叹奇才
　　——湖北襄樊古隆中武侯祠联　　尧　城

　　尧城，清浙江仁和（今杭州）人。光绪年间任均州知事。古隆中因"有山隆然中起"而名。诸葛亮青少年时期随叔父到襄阳，隐居隆中，躬耕苦读，留意世事，被称为"卧龙"。后刘备三顾访求，始出山辅佐蜀汉。此为古隆中重点建筑武侯祠联语之一。"耕莘"，语出《孟子·万章上》："伊尹耕于有莘之野，而乐尧舜之道焉。"相传商初名臣伊尹未遇商汤时耕于莘野，隐居乐道。《三国演义》第四十三回诸葛亮在舌战群儒时曾说："且古耕莘伊尹，钓渭子牙……皆有匡扶宇宙之才。""寄命托孤"，《论语·泰伯》："可以托六尺之孤，可以寄百里之命，临大节而不可夺也。君子人欤？君子人也！"多指君主把遗孤托给大臣，委以重任。"卓尔"，形容超群出众。语出《论语·子罕》："既竭吾才，如有所立卓尔。"形容才华超群绝伦。"国士"，一国之中才能最优秀的人物。上联由诸葛亮在古隆中隐居写起，颂赞他如同伊尹一般，隐时自乐其道、出则屡建丰功，是可以"寄命托孤"的"卓尔"不群的优异人物。此间还有多联，一曰："诸葛大名垂宇宙；隆中胜迹永清幽。"二曰："风雪历三番，欲致高贤甘折节；江山谋一统，愿撑危局藉酬知。"三曰："使先帝不三顾茅庐，笑布衣贱当似我；若后主可终承社稷，想巴蜀乐亦如人。"四曰："布衣吟啸足千秋，草庐频顾，收起潜龙，蜀丞相尽瘁鞠躬，非得已也；竹帛勋名垂两代，汉祚将终，霄沈羽鹤，杜少陵酸心呕血，有来由哉！"杜少陵即唐诗人杜甫，自号"少陵野老"。多有题咏诸葛亮诗作，对其壮志未酬叹惋不已。如《谒先主庙》诗："杂耕心未已，呕血事酸辛。"又如《蜀相》诗："出师未捷身先死，长使英雄泪满襟。"

伊吕允堪俦，若定指挥，岂仅三分兴霸业

魏吴偏并峙，永怀匡复，犹余两表见臣心

——陕西勉县诸葛武侯墓区联　　佚　名

　　诸葛亮病故后葬勉县定军山，后人为表纪念，陆续修建，遂使山环水抱，古木荫郁，殿庑宏敞，碑石林立，人们多来此瞻仰和拜祭。"伊吕"，伊尹和吕尚，分别辅佐商汤与周武王，是历史上的著名贤相。"允"，可以。"堪俦"，能够相比。"若定指挥"，即"指挥若定"。形容指挥调度时胸有韬略，稳操胜算。唐杜甫《咏怀古迹五首》之五："伯仲之间见伊吕，指挥若定失萧曹。"上联盛赞诸葛亮具有伊尹、吕尚的志向和胆识，凭借他胸有成竹、从容镇定的指挥才能，本该成就"岂仅三分"而当"志在一统"的宏伟"霸业"。"偏"，偏偏。"并峙"，并立，对峙。"匡复"，谓挽救复兴危亡之国。汉孔融《论盛孝章书》："唯公匡复汉室，宗社将绝，又能正之。"下联颂扬诸葛亮面对"三足鼎立"的局势，"永怀匡复"之志而不动摇，忠贞之"臣心"可见其前后《出师表》。上联以类比入手，突出诸葛亮的才能与功业。下联以缺憾起笔，尽显诸葛亮的品节与志向。全联既高屋建瓴，又提纲挈领，文辞庄重，感情真切，引人共鸣，感人至深。此间还有多联，一曰："汉祚难延，忠魂痛裂三分鼎；军山在望，高冢通灵八阵图。"二曰："水咽波声，一江天汉英雄泪；山无樵采，十里定军草木香。"三曰："数亩荒筠，山光犹似南阳卧；一林翠柏，鹃血常啼蜀道难。"四曰："铜雀台荒，七十二疑冢安在；定军山古，百千载血祀常新。"五曰："大业定三分，伊吕堪称匹伯仲；奇才真十倍，萧曹未许比经纶。"六曰："王业不偏安，两表于今悬日月；臣言当尽瘁，六军长此驻风云。"七曰："天所废谁能兴，追念龙骧虎视，未了臣心，凭吊那禁碑下泪；神之来不可度，闻道风马云旗，犹寒贼胆，英灵常护沔阳人。"八曰："我居白河水东，与南阳原系毗邻，知当日避祸躬耕，人号卧龙，自况管乐，未出茅庐即名士；公葬定军山下，为汉中留此胜迹，寿终时对众遗命，地卜嘶马，墓勿丘垄，能荼樵木是佳城。"

义胆大于身，陷阵推锋，在昔号常山虎将

忠魂符厥号，兴云降雨，至今冠洮水龙神

————甘肃临洮常山大王庙联　　吴　镇

常山大王庙又称龙神庙，这是因为被世人称为"常山大王"的三国蜀汉名将赵云，又被当地百姓尊为"洮水龙神"。这可能与赵云字子龙有关，更重要的是他的英雄形象深入人心。在民众虔诚的祭祀中，赵云已被神化，赋予他降福消灾的神威。"义胆"，忠义之胆。喻正直忠贞。赵云曾以数十骑拒曹操大军，被刘备誉为"一身都是胆"。"陷阵"，攻入敌人的营垒或阵地。"推锋"，"推"通"摧"。摧挫敌人的兵刃。泛指用兵，冲锋。上联盛赞"常山虎将"赵云"谁敢与争锋"的英勇无畏。诚如《三国演义》第七十一回诗歌所赞："昔日战长坂，威风犹未减。突阵显英雄，被围施勇敢。鬼哭与神号，天惊并地惨。常山赵子龙，一身都是胆。""忠魂"，忠烈者的英雄魂。"符"，符合，相符。"厥"，指示代词，其，他的。"厥号"，给赵云的封号。也即"龙神"。"兴云降雨"，自古就有"云从龙，凤从虎"之说。故令云气流行、雨泽惠施便被看成是"龙神"（俗称龙王爷）的主要职责。"冠"，冠名。下联表达了在科学不发达社会中百姓善良的愿望，以及对他们视若神明英雄的朴素感情。此联选取了看似离奇实则深情的"龙神"之封，充分表达了普通百姓对杰出英雄的深切缅怀与真实崇拜。语不求丽，意则深长，令人于不尽的回味中产生情感的共鸣。

北伐数中原，溯汉中王业所基，唯公绩最

西城留墓道，与昭烈庙堂相对，有此祠高

  ——四川成都西郊黄忠祠联 佚　名

  黄忠，字汉升，三国南阳（今属河南）人。初属刘表，守长沙。后归刘备，从取益州，常先登陷阵，任讨虏将军。继从取汉中，于定军山（在今陕西勉县东南）斩曹操大将夏侯渊，迁征西将军。旧小说、戏曲将其描写成勇敢善战的老将，一般因以"老黄忠"作为老当益壮的比喻。黄忠祠旧址在成都西郊营门口乡黄忠村。该村原名鸡矢树村，后因出土黄忠残缺墓碑，故建祠纪念，村名亦改为今称。"汉中"，郡名。战国楚怀王置，因在汉水中游得名。秦惠王时又置，移治南郑（今陕西汉中市东）。刘备称帝前曾自立为"汉中王"。"昭烈庙堂"，蜀汉昭烈帝刘备的庙堂。明初武侯祠并于昭烈庙，故大门横额虽书"汉昭烈庙"，习惯以"武侯祠"称之。上联颂赞黄忠为刘备称帝兴业有着特殊贡献，立下不朽功勋。下联记录在刘备庙堂近处为黄忠建祠，充分表明了世人对黄忠的钦仰与崇敬。上下联均将黄忠与刘备紧紧联系在一起，突出强调黄忠在蜀汉帝业中的重要作用。《三国演义》中多次以诗赞黄忠，如第八十三回写黄忠去世，有诗叹曰："老将说黄忠，收川立大功。重披金锁甲，双挽铁胎功。胆气惊河北，威名震蜀中。临恨头似雪，犹自显英雄。"

九伐竟无功，心师武侯，能继祁山六出志
三分不可恃，计诛邓艾，已复阴平一败仇

——四川剑阁姜维祠联　　佚　名

　　《三国演义》第九十三回写姜维归降蜀汉，诸葛亮执其手曰："吾自出茅庐以来，遍求贤者，欲传授平生之学，恨未得其人。今遇伯约，吾愿足矣。"可见诸葛亮对姜维极为重视，初为征西将军。诸葛亮去世后，改任大将军，承"武侯"命领兵"九伐"魏军，其"志"乃"继"诸葛亮"祁山六出"也。盖当时魏已极为强盛，蜀非其对手，故最终"竟无功"。"邓艾"，三国魏镇西将军，由阴平道（今甘肃文县西北）进兵灭蜀。姜维欲抵抗已无及，遂伪降魏将钟会，用计使钟会诬邓艾谋反，邓艾被杀。姜维又使魏军将士作乱，钟会也被杀。魏军警戒，姜维随即被执，壮志未酬。《三国演义》第一百一十九回有诗叹姜维曰："天水夸英俊，凉州产异才。系从尚父出，术奉武侯来。大胆应无惧，雄心誓不回。成都身死日，汉将有余哀。"陆家骥《对联新语》云："伤姜维之逝，但能为其留有余地；指阴平之失，因邓艾之被诛，稍可慰藉也。按：诸葛亮以德服众，蜀人感之，俎豆千秋。姜维承其遗志，亦能深得民心，不然何得祠祀，又有联为其开脱耶！"此间还有联云："志在中原，费尽平生胆智；神栖剑阁，永昭千代英灵。"

兴师仗剑出凉州，气盖风云三国，屡挫老瞒，威平羌乱，名垂竹简神碑，英雄烈烈将门子

勊命封侯归汉土，尘埋古冢千秋，空盟恨誓，难报家仇，魂断秦山沔水，草木萧萧鼓角声

——陕西勉县马超墓门联　　佚　名

　　"兴师"，举兵；起兵。"仗剑"，持剑。"凉州"，古州名。西汉武帝置，为十三刺史部之一。东汉时治陇县（今甘肃张家川回族自治县），三国魏移治姑臧（今甘肃武威）。马超即出身于凉州豪强家庭。当他父亲马腾被曹操设计诱杀后，"兴兵雪恨"。"气盖"，气势磅礴，盖世无双。"老瞒"，指曹操，小字阿瞒。《三国演义》第五十八回有诗赞马超："潼关战败望风逃，孟德仓皇脱锦袍。剑割髭髯应丧胆，马超身价盖天高。"马超归蜀汉后，又在与魏军争战中屡建奇功。"威平羌乱"，灵帝末年，羌人多叛，马超随其父招募兵马平息。后与羌氏部族修好。"竹简"，古代用来写字的竹片。"名垂竹简"即"名垂青史"。"神碑"，即"神道碑"。旧时立于墓道前记载死者生平事迹的石碑。"烈烈"，功业、德行显赫貌。"将门"，将帅家门。马超为汉代伏波将军马援之后。上联简要概述马超起兵与曹操对抗之事，并兼及他的世系还有与羌族平乱修好的历史，以"名垂竹简神碑"肯定了他的不朽功绩。

　　"归汉土"，指马超降归蜀汉。先主刘备赞其"信著北土，威武并昭"，多有封赏与任命。"尘埋"，搁置已久，被尘土埋没。"空盟恨誓"，马超之父马腾曾与曹操门下侍郎黄奎盟誓，相约当曹操在城外点兵时将其诛杀，不料被与黄奎妾私通者苗泽得知，密报曹操。马腾与黄奎计谋未成，反遭杀害。株连马超一族多人被曹操奸杀。马超也发誓要将有"不共戴天之仇"的曹操"活捉生啖汝肉"。最终未能如愿便不幸早逝，即联中所云"难报家仇"。马超临死还向后主刘禅上疏，倾吐不杀仇人死难瞑目的血泪心声。

　　陈寿《三国志·蜀书·马超传》云："马超阻戎负勇，以覆其族，惜哉！""魂断"，指去世。"萧萧"，象声词。此处形容草木摇落声。清蒲松龄《聊斋志异·连琐》："墙外多古墓，夜闻白杨萧萧，声如涛涌。""鼓角"，战鼓和号角，两种乐器。军队亦用以报时、警众或发出号令。唐杜甫

《阁夜》诗："五更鼓角声悲壮，三峡星河影摇动。"

下联深情慨叹马超家仇未报便郁郁以终的不幸命运，但因"尘埋古冢千秋"的是家仇国恨，所以连"草木萧萧"都好似"鼓角声"声，以此充满想象的描述，再现马超慷慨悲歌的英雄形象。联语高度概括了马超的生平际遇和不朽业绩，重点突出，脉络分明，于叙述中倾注了真切深挚的感情，雄浑悲壮，给人以十分深刻的印象。

赋诗横槊，一番快意如挥，文髓武道能惊世
对酒当歌，万里豪情似寄，雅志雄心自顶天
　　　——湖北洪湖乌林曹公祠联　　　佚　名

乌林在今湖北洪湖东北长江北岸，是孙权与刘备联军大败曹操的遗迹。曹公祠始建于明朝，"文化大革命"中被毁，后由群众捐资重建。"赋诗横槊"，横执长矛吟诗。多形容能文能武的豪迈潇洒风度。《三国演义》第四十八回写曹操满饮三爵，横槊赋诗作《短歌行》，起句即："对酒当歌，人生几何？""快意如挥"，恣意纵情，一挥而就。"文髓武道"，诗文的精髓和军事的谋略。"惊世"，谓卓绝特异，使世人震惊。"豪情似寄"，豪迈激情，得以传送。"雅志雄心"，一贯的意愿，称雄的抱负。"顶天"，形容极高，喻气概豪迈。

曹操的《短歌行》，表达了作者建功立业的雄心壮志，以及求贤若渴广招人才的内心愿望。全诗感情充沛，气韵沉雄，历来为人称道。宋苏轼《赤壁赋》云："酾酒临江，横槊赋诗，固一世之雄也。"此联以现今已有定评的曹操"赋诗横槊"立意，表达对这位有争议人物的敬佩之情，可谓选材极妥，修辞极雅，对仗极工，自然读来印象极深。

曹操是三国时期政治家、军事家、文学家、诗人，对于中国北方的统一曾有重要贡献。此间另有多联，一曰："天时地利人和，曹公得兹；大略雄才伟业，魏王居全。"二曰："赤壁鏖战日，豪杰三分汉鼎；乌林燎火时，英雄两铸龙廷。"三曰："汉相抑或汉贼，青史昭明曾秉笔；负人还是负我，人民公正已评裁。"四曰："官渡胜，赤壁败，胜由火败亦由火；碣石诗，长江槊，诗属公槊也属公。"五曰："文章贯古今，论汉魏当时，不输七子；武略兼天下，逢孙刘合力，才让三分。"六曰："举杯邀月，横槊赋诗，自诩周公曾吐哺；对酒当歌，踌躇满志，放言天下将归心。"七曰："挟天子以令诸侯，纵横捭阖乃一流高手；临碣石而观沧海，豪放雄浑成千古名句。"八曰："北平袁绍，南拒孙刘，青梅煮酒间，问天下英雄有几；因事设奇，唯才是举，铁槊赋诗处，笑人间霸业如何。"九曰："治世能臣？乱世奸雄？臧否伴千年，叱咤风云三足鼎；政坛盟主，文坛领袖，风骚荣两代，悲凉慷慨一家诗。"十曰："杀吕奢，借王垕，出奇兵，布疑冢，攻城善用臣谋，小名为瞒，人言尔诈；礼关羽，赎文姬，歌赤壁，煮青梅，让县自明本志，大字称德，或见其真。"

元龙币聘以来，泽被广陵，到此日青囊未烬
孟德头颅安在，烟消漳水，让先生碧血常新
　　——江苏扬州华佗庙联　　佚　名

　　汉末陈登字"元龙"，其父陈珪为沛国相时，曾荐举华佗为孝廉，华佗未就。陈登任广陵（今扬州）太守时，"患胸中烦闷，面赤不食。佗作汤二升，再服……乃愈"（《后汉书·华佗传》）。"币聘"，指陈登聘请华佗到广陵行医。"泽被"，恩泽所及。"青囊"，古代医家存放医书的布袋，借指医术、医书。《三国演义》第七十八回写华佗为谢吴押狱厚意，特以《青囊书》相赠，后被押狱妻烧毁。书中有诗云："华佗仙术比长桑，神识如窥垣一方。惆怅人亡书亦绝，后人无复见青囊。"上联颂赞华佗"泽被广陵"的行医功德，并以"青囊未烬"指出烧掉的是医书，而传承的是医术，借以肯定华佗对祖国医学发展的卓越贡献，必将名留青史，永垂不朽。"孟德"，曹操字孟德，因头脑疼痛请华佗入内视疾，称为其开颅去除病根，以"汝要杀孤"为由追拷入狱并杀害。"烟消"，比喻消失。"漳水"，在河北临漳境内。曹操破袁绍后在此建都城，临终又令人在漳水边设疑冢七十二。"碧血"，《庄子·外物》："苌弘死于蜀，藏其血，三年化为碧。"后用以称忠臣义士所流之血。下联"烟消"与上联"泽被"相对应，借对曹操的斥责与讥讽，表明对华佗的钦仰和尊崇。联语对比鲜明，托月烘云，颂功述德。画龙点睛，实属巧思妙构，感人至深。

使君为天下英雄，正统攸归，王气钟楼桑车盖
巴蜀系汉朝终始，遗民犹在，霸图余古柏祠堂

——四川成都汉昭烈庙刘备殿联　　顾复初

顾复初，字幼耕，号道穆，晚号潜叟，清江苏元和（今苏州）人。拔贡生，官光禄寺署正。咸丰年间入川，历为吴棠、丁宝桢、完颜崇实等人幕僚，通辞章，擅楹对，工书画，光绪中被推为蜀中第一书家。旧署完颜崇实撰之联，皆为顾复初所作并书。"使君"，指州郡长官。刘备曾任豫州牧，故称。《三国志·蜀书·先主传》载曹操曾对刘备说："今天下英雄，唯使君与操耳。""正统"，旧指封建王朝先后相承的系统。

古典文学名著《三国演义》第五十四回诸葛亮对鲁肃说："少不得天道好还，复归正统。我主乃中山靖王之后，孝景皇帝玄孙，今皇上之叔，岂不可分茅裂土？"以示刘备为汉室"正统"的承继者。"攸归"，所归。"王气"，旧指象征帝王运数的祥瑞之气。"钟"，汇聚。"楼桑车盖"，刘备故里为楼桑村（在今河北涿州）。

据《三国志·蜀书·先主传》载，刘备少时，宅东南有桑树，高五丈余，遥望如车盖。备与诸小儿在树下戏言："吾必当乘此羽葆盖车。"众说此树奇异，日后当出贵人。"巴蜀"，秦汉设巴蜀二郡，皆在今四川省，后用为四川的别称。汉高祖刘邦封汉王时占据巴蜀，蜀汉后主亡汉也在巴蜀，故言"巴蜀系汉朝终始"。"遗民"，后裔，后代。"霸图"，称霸的雄图。"余"，剩有。"古柏祠堂"，即指汉昭烈庙和武侯祠。唐杜甫《蜀相》诗："丞相祠堂何处寻？锦官城外柏森森。"

楹联作者以刘备为"正统攸归"而献出生命的事实，颂赞其是名副其实的"王气"所钟之"英雄"，尽管"霸图"未成令人惋惜，但"古柏祠堂"还有"遗民犹在"祭拜，亦足以使人欣慰。联语集引真实，叙事真切，感情真挚，评议真确，可见作者之真心，可识作者之真功。

此间另有联，一曰："唯此兄弟真性情，血泪洒山河，志在五伦存正轨；纵极王侯非富贵，英灵照天地，身经百战为斯民。"二曰："兄弟君臣一时际会，当年铁马金戈，树神旗而开西川大业；祖孙父子千秋明良，今日丹楹画栋，崇庙貌而志后汉丕基。"

生不视强寇西来，天意茫茫，伤心恸洒河山泪
死好见先皇地下，英姿凛凛，放眼早空南北人
————四川成都汉昭烈庙刘谌龛联　　刘咸荥

　　刘咸荥，字豫波，清四川双流人。光绪二十三年（1897）拔贡，历官达县教谕、内阁中书。精诗文，娴书法。其联作以题咏四川名胜为主。刘谌为刘禅子、刘备孙，封北地王。《三国演义》第一百一十八回写魏国出兵伐蜀，接连取胜，蜀国危在旦夕。慵懦的后主刘禅放弃抵抗，准备乞降。其子刘谌叩头哭曰："若势穷力极，祸败将及，便当父子君臣背城一战，同死社稷，以见先帝可也。奈何降乎？"无奈刘禅降意已定，令近臣将"宁死不辱"的刘谌推出宫门。刘谌不忍见蜀国灭亡，"屈膝于他人"，"欲先死以见先帝于地下"，其妻崔夫人自请先死，触柱而亡。刘谌又杀其子，然后至昭烈庙哭拜，眼中流血，自刎而死。书中有诗赞曰："君臣甘屈膝，一子独悲伤。去矣西川事，雄哉北地王。捐身酬烈祖，搔首泣穹苍。凛凛人如在，谁云汉已亡？"此联与赞诗一样，也对刘谌大义凛然、壮烈殉国的举措，表明了深切的哀悼和由衷的敬佩，加之概括精要，脉络分明，悲壮沉雄，至为感人。此间另有联云："河山大好，经先帝留此安乐窝，断送顿成空，县公实辱三分鼎；家室飘摇，仗何人保我子孙福，自裁唯有死，丞相徒劳六出师。"

一抔土尚巍然，问他铜雀荒台，何处寻漳河疑冢
三足鼎今安在，剩此石麟古道，令人想汉代官仪
　　——四川成都汉昭烈庙刘备墓联　　顾复初

　　"一抔土"，即一捧土，旧用以指坟墓。此指刘备墓。"巍然"，形容雄伟。"铜雀荒台"，汉末建安十五年冬，曹操在古邺城（今河北临漳西南）建铜雀台。"疑冢"，为迷惑人而虚设的坟墓。元杨奂《山陵杂记》："曹操殁后，恐发其冢，乃设疑冢七十二在漳河上。"清赵翼《邺城怀古》诗："疑冢不教人识别，凭何歌舞望夫君。"上联的意思是，先主刘备的陵墓巍然完好，而曹操所建铜雀台已荒凉冷寂，他的"疑冢"更是难以找寻，祭拜之事自然无从谈起。"三足鼎"，三足之鼎。古为国家之重器。此指汉末魏蜀吴三方如鼎足相崎并立。"石麟"，古代帝王陵墓前的石雕麒麟。自秦始皇郦山墓始有此制。前蜀韦庄《上元县》诗："止竞霸图何物在，石麟无主卧秋风。"下联抚今思古，生发感慨，当年三足鼎立的局面早已荡然无存，可此间尚有"石麟古道"，不由地使人追想蜀汉先主昔日的气派与威仪。联语构思独特，联想丰富，文笔洒脱，气势不凡，但有明显的尊刘抑曹倾向。此间另有联云："与吴魏为难，此日收场，不过墓门宽几尺；继高光而起，当年壮志，哪容汉土窄三分。"所说"高光"指汉高祖刘邦和汉光武帝刘秀。

辽仕北，昭仕东，同宗不少英贤，未择成都真命主
山依明，水依秀，后嗣无忘功烈，须安长坂古时桥

——湖南芷江张桓侯祠联　　吴　獬

　　吴獬，字凤笙。清湖南临湘人。光绪十五年（1889）进士，选江西知县，以不乐仕途，乃改教职。主讲荔浦正谊、长沙岳麓书院。"仕"，为官；任职。"辽"指张辽，字文远，三国雁门马邑（今山西朔州）人。初为吕布部将，后归曹操，任征东将军。因曹魏据北方，故称"辽仕北"。"昭"指张昭，字子布，三国彭城（今江苏徐州）人。东汉末任孙策长史、抚军中郎将，极得信任。策死，辅立孙权。官至辅吴将军。因在东吴任职，故称"昭仕东"。"同宗"，同属一个家族。此处指同姓。"英贤"，德才杰出的人。"真命主"，犹"真命天子"。旧时所谓秉承天命降世的皇帝。此指刘备。上联先抬出同姓之张辽、张昭，也将二人纳入"英贤"之列，小小恭维一下，旋即以未能择"真命主"而为之遗憾，借以烘托张飞较二人更胜一筹。
　　"后嗣"，后代，子孙。"功烈"，功勋业绩。《左传·襄公十九年》："铭其功烈，以示子孙。""古时桥"，指湖北当阳长坂坡桥。下联集中笔墨描写祠庙的美好风光，颂赞张飞的不朽功勋。尤以结句画龙点睛，好似又见张飞怒睁之目，又闻虎将雷霆之声。《三国演义》第四十二回《张翼德大闹长坂桥》有诗赞曰："长坂桥头杀气生，横枪立马眼圆睁。一声好似轰雷震，独退曹家百万兵。"
　　联语曲折有致，平中见奇，烘云托月，非同凡响。《三国演义》第八十一回又有诗曰："伐吴未克身先死，秋草长遗阆地愁。"所说"阆地"即四川阆中，张飞率军在此镇守。因急着替二哥关羽报仇，暴躁而鞭责帐下末将范疆、张达。二人恐惧兼仇恨，当夜将醉酒之张飞杀害。阆中建有汉桓侯寺，俗称张飞庙。内有一联云："公真乃世间快人，降曹则称逆，归汉则称兄，语语从肺腑中出，何等悲壮；我誓诛天下蟊贼，成固不为王，败亦不为寇，事事本良心去做，安问死生。"

江水无情红，凭吊当年，谁识别子布厄言，兴霸良策
湖山一望碧，遗留胜迹，犹怀想周郎身价，陆弟风徽
——湖北赤壁翼江亭联　　佚　名

　　翼江亭建在赤壁山头，以赤壁山与铁山两脉如鲲鹏之两翼而名。相传此处是当年周瑜火烧赤壁、大破曹军时的哨所。上联由"无情红"之"江水"，引出对"当年"壮烈之战的"凭吊"，明确提出"谁识别"的严肃问题。"子布厄言"指东吴老臣张昭（字子布）曾主张投降曹操，为孙权所不满。"厄言"即随意之言，或不当之言。孙权事后曾说："如张公之计，今已乞食矣。"（《三国志·吴书·张昭传》裴注）"兴霸良策"指东吴名将甘宁（字兴霸）曾向孙权献先取江夏再夺荆州之"良策"，为孙权所采纳。故"识别"者"谁"？孙权也！表明其多谋善断，知人善任。

　　下联由"一望碧"之"湖山"，引出对"遗留胜迹"的观瞻游览，自然发出"犹怀想"的由衷感慨。"周郎身价"指周瑜赤壁之战大胜曹操后"身价"剧增。《三国演义》第五十回有诗赞曰："魏武争斗决雌雄，赤壁楼船一扫空。烈火初张照云海，周郎曾此破曹公。""陆弟风徽"指陆逊夷陵之战大败刘备后"风徽"尽显。"风徽"，风范，美德。《三国演义》第八十四回有诗赞曰："持矛举火破连营，玄德穷奔白帝城。一旦威名惊蜀魏，吴主宁不敬书生？""怀想"犹褒"周陆"，兼及颂赞孙权。

　　上下联的末两句套用清朱彝尊《满江红·吴大帝庙》词中句："想当日，周郎陆弟，一时身价。乞食肯从张子布？举杯但属甘兴霸。"巧妙入联，文辞典雅，更将写景、咏史、凭吊、抒怀紧密结合，叙说精要，读之当发思古之幽情，启感慨之意绪。赤壁南屏山拜风台也有联云："东风吹灭曹公一统梦；烈火焚成吴蜀三分国。"

铜雀算老瞒安乐窝，卖履晚无聊，一世雄尽，美人亦尽
洞庭是夫婿战利品，埋香兹有托，三分鼎亡，抔土不亡

　　　　——湖南岳阳小乔墓联　　　吴恭亨

　　"铜雀"，指铜雀台。曹操在邺城（今河北临漳西）建此台，以楼顶铸铜雀而名。"老瞒"，曹操小字阿瞒，故称。"安乐窝"，宋邵雍自号安乐先生，所居名"安乐窝"。后泛指安逸舒适的住处。"卖履"，曹操《遗令》："余香可分与诸夫人，不命祭。诸舍中无所为，可学作履组卖也。"

　　上联用唐杜牧《赤壁》"东风不与周郎便，铜雀春深锁二乔"诗意，说曹操赤壁兵败，晚年在铜雀台内享乐，与姬伎嬉戏，并留下"卖履分香"的遗言。如今"美人"与"枭雄"曹操皆人去楼空，了无踪影。

　　"夫婿"，指周瑜。赤壁一战大败曹操后，洞庭湖遂成东吴操练水师之地，有如"战利品"，以致葬"埋香"骨有所依托。"抔土"，一捧土，代指坟墓。

　　下联写小乔随"夫婿"到此，得以最终在这里安葬。尽管三国鼎立的魏蜀吴皆亡，但小乔墓永留湖畔，供后人凭吊。此联对比鲜明，用典贴切，场面开阔，意境深远，借贬抑"老瞒"和颂赞"夫婿"，同时突出了对小乔的褒扬，读来令人深有感触。

　　作者另有一联云："世界已非唐虞，近接丛祠，生喜有邻傍舜妇；英雄不及儿女，虚传疑冢，死怜无地葬曹瞒。"所说"舜妇"，指舜帝之二妃娥皇、女英，俗称湘妃。其墓在岳阳君山。

　　安徽南陵也有纪念小乔的建筑，有一长联云："千年来本贵贱同归，玉貌花容，飘零几处，昭君冢，贵妃茔，贞娘墓，苏小坟，更遗此江左名姝，并向天涯留胜迹；三国时何夫妻异葬，纸钱杯酒，浇典谁人？箐篁露，芭蕉雨，菡萏风，梧桐月，只藉他寺前野景，常为地主作清供。"

妙施仁术，殁而失其传，虽五禽之戏犹存，奈余卷摧烧，
伤心狱吏

耻附权奸，死亦得其所，彼一世之雄安在，看千秋享祀，
稽首医王

——北京通州佗庙联　　李联琇

李联琇，字秀莹，一字小湖，清江西临川人。官至大理寺卿、江苏学政。《三国演义》第七十五回写华佗为关羽刮骨疗毒，有诗赞曰："治病须分内外科，世间妙艺苦无多。神威罕及唯关将，圣手能医说华佗。"《三国演义》第七十八回写华佗为曹操治风疾遭疑被害，有诗叹曰："华佗仙术比长桑，神识如窥垣一方。惆怅人亡书亦绝，后人无复见青囊。"上联写华佗其"仁术"因人之"殁"以致"失其传"，只有那模仿虎、鹿、熊、猿、鸟动作而创编的"五禽戏"至今"犹存"，呕心沥血所写"余卷"之《青囊书》，虽交付"狱吏"却被其妻"摧烧"，"狱吏"为之"伤心"，世人更为痛惜。

宋朝苏轼《前赤壁赋》："方其（曹操）破荆州，下江陵，顺流而东也，舳舻千里，旌旗蔽空，酾酒临江，横槊赋诗，固一世之雄也，而今安在哉？"下联写华佗虽因"耻附权奸"曹操而被害，却英名永存，为后世传诵，可谓"死也得其所"。请问当年的"一世之雄"如今"安在"？"千秋享祀"众人"稽首"拜祭者，当属"医王"华佗。联语借责备曹操，充分表达了对华佗不幸遭遇的同情，以及对其医德高尚、医术精湛的颂赞与钦敬。

联中"妙施"与"耻附"，"伤心"和"稽首"，"五禽之戏"同"一世之雄"等，对仗工整，爱憎分明，吊古抒怀，直陈胸臆，具有激荡回旋的力量，读来感人至深。

泰国北柳龙福寺内华佗殿也有联云："衫抛白纻，饭煮黄粱，一梦醒繁华，隅因术寄灵芝，施妙药，布良方，拯厄扶危，诚惑聿昭中外国；袖拥青蛇，肘悬丹篆，千秋神教法，祇为时逢板荡，仗文词，开善化，牖民觉世，荣封屡契帝王心。"

公本识字耕田人，为感殊遇驱驰，以三分始，以六出终，统一古今难，效死不渝，遗恨功名存两表

世又陈强古冶子，应笑同根煎急，谁开诚心，谁广忠益，安危天下系，先生已往，缅怀风义拂残碑

————四川成都武侯祠联　　王天培

王天培，侗族，字植之，号东侠，贵州天柱人。保定军校毕业，曾参加武昌起义。北伐后任第三路军前敌总指挥。徐州战役中兵败被陷害致死。"耕田"，诸葛亮《前出师表》："臣本布衣，躬耕于南阳。""殊遇"，特殊的厚遇。"驱驰"，本指策马快跑。喻奔走效力。同表中又云："三顾臣于草庐之中，咨臣以当世之事。由是感激，遂许先帝以驱驰。"上联写诸葛亮原本隐居耕读，"不求闻达于诸侯"。后因被刘备三顾所感动，于是从隆中晤对定三分开始，到北伐六出祁山病终，明知一统天下极其艰难，还是鞠躬尽瘁，至死不懈，壮志未酬，深感遗恨。世人读前后《出师表》中，可见其忠贞，当颂其功名。

"陈强"，即田开疆，与古冶子、公孙接同为齐国武士。三人居功自傲，骄狂无礼。齐相晏婴设计谋让景公以二桃赐予三人，论功而食，结果三人弃桃而自杀。事见《晏子春秋·谏下二》。后以"二桃杀三士"比喻施用阴谋杀人。诸葛亮《梁甫吟》："一朝被谗言，二桃杀三士。""同根煎急"，三国魏曹植《七步诗》："本是同根生，相煎何太急！"比喻自相残杀或迫害。下联讽喻民国初年又出现了"陈强古冶子"式的恃武逞勇的人物，不惜同根相煎，凶狠残杀。谁又能像诸葛亮那样开诚布公，集思广益，将天下安危系于一身呢？忠臣名相虽然不在了，出于对其风范节义的钦仰，特意来此拜谒，拂碑缅怀。

楹联作者在跋语中写道："民国以来，蜀中多故，抚影沧桑，恻怆今昔。"读之可知此联直陈胸臆，追昔抚今，在充分表达对三国时期著名政治家、军事家、预言家诸葛亮的深切敬意的同时，又结合纷争不已的现实抒发真切的感慨，意蕴深远，难能可贵。